起家靠長姊 3 完

文創風 1158

魯欣 著

目錄

第五十三章

臘月裡，明義還收到了穆靖之的來信，最重要的是，送信的人是穆江。他帶著兩個護衛出現在何家的時候，何貞跟明義真是又驚又喜。

「大人說了，明義少爺畢竟還是年幼，又沒去過京城，我好歹熟悉些，就陪著您走一趟。護衛的兩個兄弟功夫也很好，從前你們來固遠的時候也是見過的。」穆江趕路趕得風塵僕僕，不過精神很好，面帶笑容。「明義少爺果然了不起！」

看得出來，他是真心高興，提到穆靖之的時候也沒有什麼擔憂之意，何貞跟明義對視一眼，也放下了心。看來他在那邊也算得上順利。

「嬸子身體如何？」

他們寫信過去的時候估計穆太太已經生產了，現在看穆江神色輕鬆，肯定是母子都平安了。

果然，穆江笑著說：「太太一切都好，八月裡生了個小少爺，如今都百日啦。對了，她讓我給何姑娘帶了東西。」他把隨身帶著的一個包袱推給何貞。

一連串的都是好消息，何貞雖然有那麼一點點的不好意思，可還是問：「那，穆大哥那邊有什麼新的消息嗎？西北局勢如何？」

說到這個，穆江的笑容微斂，不過還是很欣慰的樣子。「北戎人跟西羌人都不安分，西北那邊今年的局勢不大好，這仗就沒停過，一直打著。說到這兒，我們大少爺立了不少功。我走之前，肅州那裡剛打了一場大勝仗，大少爺現在升到肅州守備了呢！明輝少爺也升了，不過調出了肅州，現在是寧夏的副守備。書信許還在路上，這是我家大人從朝廷的邸報上得知的，正好叫我告訴你們一聲。」

就算對軍中的官制再不熟悉，何貞也知道，守備不算是很低等的軍官了，尤其是穆永寧和明輝還那麼年輕。想著他們立功的緣故，她問：「他們倆可是有受傷什麼的消息嗎？」

穆江搖頭。「邸報裡沒寫，不過他們倆都是即日到任，想必應該是沒事的。」

明義忽然問：「先生三年任期已滿，明年是不是要有什麼變化？」

穆江有些遲疑。「尚且沒有定論。不過老爺這幾年考評一直是上等，應當有好消息才是。」他家老爺的事情有些特殊，也不知道京中有沒有人從中推手。

這倒是提醒了何貞。「可是呢，昨天黃家人回來過年，還說咱們的縣太爺朱大人就是因為連年考績上等，過了年就要高升了呢，想來先生也是一樣的。」

二月初會試，因為天氣寒冷，運河不通，走陸路要慢許多，所以明義在問過穆江之後決定正月初六就出發，先趕到京城去，也免得水土不服影響考試正常發揮。至於食宿，他倒是不擔心。「穆大叔說了，我們去了就住沂州會館，至少安全有保障，菜色也是咱們這邊熟悉的。就算是人多客房緊張，只要正常付銀子，我這個解元的名頭應該好用，怎麼都會有房間的。」

何貞也反覆問過了穆江，估計明義要在京城停留兩個月左右，如果考中了可能時間更長。想到京城比本地還要寒冷一些，就沒多給他帶薄衫，棉衣、夾衣帶足了，最重要的是銀子。

何貞手裡有一百三十兩，因為明義要進京趕考，縣令朱大人託黃縣丞給送了二十兩，穆靖之叫穆江給帶了五十兩。家裡親屬這邊，四叔家給了十兩，五叔家給了五兩，何里正給了五兩，姑母何氏給了三兩，至於佃戶們和謝大虎他們給的，何貞沒有收。最後她交給明義二百兩，是金額大小不等的銀票，另外給了十兩散碎的銀子和銅錢。

「大姊，這些太多了，我花不了。」村子裡還籠罩著過年的歡樂氣氛，時不時有鞭炮聲傳來，不過明義已經在打包行李了。

何貞幫他收拾，低頭絮絮說：「窮家富路，出門在外跟在家裡不一樣，什麼都要花錢買，還不一定舒服合用。路上該休息就休息，時間還寬裕，不急著趕路，別凍著累著。吃飯也是，到鎮子上正經的飯莊去吃，別在路邊隨便對付。還有啊，到了京城，先不忙著溫書，休息兩日就上街去看看，熟悉熟悉貢院的地點，提前把馬車雇好，這些都別不捨得花錢。在會館裡也是，吃的上頭不能差了，你還小呢，不能虧了身子。唉呀，這些銀子，還真不知道夠不夠你用呢……」

「大姊，」明義拉住她的袖子，笑著讓她直起腰來。「妳看看我，我比妳都要高啦，不是小孩子了。過了這個年，虛歲我都十四啦，大哥從軍的時候，可比我還小呢。」

「所以我才不同意他出門！你們還好意思笑我？」何貞捏捏他的臉。「個子高有什麼用？還不是個小孩？多虧了穆大叔跟著，不然我還不知道要多擔心呢！」

「大姊，等我考上進士，可就不能再算小孩子了。」明義打小就跟何貞親密，如果一定要在兄弟姊妹幾個裡面分個遠近的話，他跟大姊無疑是在一起最久、一起經歷過最多的，自然也最貼心。被大姊捏了臉，他雖然有些不好意思，可也不惱。「往後，妳就不要因為我們那麼辛苦了。」

穆江帶著護衛陪伴明義出發了。何貞這次倒不像當年明輝離家的時候那麼牽腸掛肚，只是總會擔心明義有沒有凍著餓著、水土不服什麼的。至於會試的成績，她覺得考上進士固然是大喜，同進士也好、落榜也罷，也都能夠接受，在本地已經算是有身分有地位的人了，她家也不缺銀子花，這就夠了。

因為鋪子的生意好，何貞也不願意讓人寒心，給孟柱子和謝大虎都漲了工錢，幾個人都高興得很。

現在孟柱子因為娶了妻，每隔兩、三天都要回來一趟，人也越發富態開朗。他的妻子是個很勤快本分的人，平常就住在孟柱子買的小院子裡，養了好幾隻雞，每隔幾天就來找何貞賣雞蛋，看得出是一心想把日子過好的。每當看到他們眼中充滿希望的神采，何貞都覺得特別有成就感。

她也把這種心情寫在了信裡，告訴穆永寧和明輝——現在他們已經不在同個地方了，寫信也要分開寫。但是他們的地位確實是不一樣了，穆永寧是正五品的品級，明輝是從五品。雖說同等品級的情況下，武將要比文官實際上低一些，可這也算是徹底脫離了底層軍官的行列了。一個重要的指標是，穆永寧有了自己的守備府。

這自然是穆永寧告訴何貞的，他在把自己升官的過程一筆帶過之後，著重說了一下這件事。「雖然肅州地方簡陋，守備府也不過是個四進的院子，可我總算是不用住在軍營裡了，妳來也有個家了。」

何貞莞爾，回信裡沒有對這件事做出評論。

明輝暫時還住在軍營裡，不過這個實心眼的孩子，因為是託了陳家的管道送信，覺得穩妥，居然還隨信寄了一張一百兩的銀票過來，說是前一陣子的獎勵和升官之後的餉銀。何貞搖頭，沒法送回去，就只好幫他收著，留著將來給他娶媳婦用。

會試是二月舉行，等成績出來再殿試，考試結果傳回來只怕要到四月去了。何貞暫時不去關注這個，還是把重心放在油坊的擴建上。新買的院子要投入使用，首先要蓋作坊，趁著一開春，土化凍之後，油坊的建設就馬上開工了。

木匠鋪子那邊捎了信來，說已經打好了一套家什，讓何貞去拉走，剩下的開了春他們人手充足了會盡快交貨。何貞倒是慶幸，好在他們做不完，不然自己也付不出錢來。

多了一套設備，自然又要招人做事。這次跟從前不一樣，有外村的人來找活幹了。這事何貞沒有一口答應，而是先跟五叔、何志這些作坊裡的管事商議，又一起去見了何里正，畢竟要讓外村人長期待在自己的村子裡，這件事情怕大夥不答應。

果然何里正也不大贊成。「咱村裡不是還有些家裡勞力富餘的嘛，儘量還是招本村人吧。」

依照何貞的想法呢，只要人品有人擔保，家庭背景清楚，其實未必一定要招本村人幹活。可是她已經在這裡生活了十六年，很明白村落和宗族微妙的排外之意，也就答應了。「那就都聽您的，我們還是在村裡問。」

如今作坊裡用的人多了，大概是覺得何貞也很難一個人一個人的去查訪背景，就有一些人家託到了作坊裡頭原有的雇工身上，讓他們幫忙說和，要找活的也不全是老實人了。

一開始何貞不知道，還是何志跟她含糊提了一句，她才意識到這個新問題。知道大家都是鄉親，抹不開臉，她乾脆在油坊裡跟大家約法三章——推薦人可以，推薦過來的人如果有任何不妥，推薦的那人也要承擔雙倍的責罰；當然，如果推薦過來的人幹活好，推薦人還會得到作坊的獎勵。這也是無奈之下的一種擔保策略，誰讓這個時候律法比不上宗法、道理比不上人情呢。

油坊裡全是大男人，又有一些不姓何的，所以何貞現在要稍微避諱些，並不能一天到晚在油坊裡泡著，便託付堂兄何志，讓他除了送貨之外管理著新開的那條線，和以後陸續安上的新線。之前的三組人都由五叔管理，她也沒做任何變動。

春暖花開的時候，何貞收到了好幾封西北來的信，總的來說，基本上全都是好消息。

陳三爺那裡已經有了良好的種植方案，雖然還沒開始榨油，但是也培植了上萬斤的花生米種子，也跟幾個州縣的地主、農戶立好了收購契約，預計今年秋天第一家油坊就可以出油了。另外西北算是地廣人稀，土地比較貧瘠，如果收益好，自然有百姓願意開墾這些原本沒什麼收益的薄地，預計以後產量也會大增。這樣何貞就能拿到她的分紅銀子了。

第二封信是穆太太寫給她的。除了表達思念和牽掛之外，她主要說了兩件事。第一，明義會試過後如果不中，自然無事；如果中了，要早做打算，無論留京進翰林院還是外派地方，都要準備錢財人手這些。

另外隱晦暗示了，京中會有人照拂明義，安全和前途上讓她不必過於擔心。第二，穆靖之確實如何貞他們所料的升官了，現在是涼州府同知，吏部的任命已經下來了，他們不日就啟程赴任，以後再寫信要換新的住址了。

州府同知是正五品，穆靖之這次升官的步伐算是很大了。誠然以穆靖之的才學經歷做再大的官，何貞也不覺得過於奇怪，不過這樣的升官速度，還是很難不讓她往「朝中有人好辦事」上想。

最後一封信來自穆永寧。這也是最厚的一封，洋洋灑灑寫了一大堆，翻來覆去都是他如何想念何貞，時時刻刻盼著把人娶進門，並表達了這個願望暫時不能實現的萬分遺憾。直到最後一頁才說道，雖然他和明輝現在不在一處了，但是他們之間自有默契，分在兩地互為犄角、守望相助，防禦起來倒比從前更加嚴密，至少他們負責的區域相比之前更加穩固。「過幾年妳嫁過來，有我們倆在，妳也盡可以安全地待在我身邊。」他最後總結道。

四月底，好消息傳來，明義居然高中狀元，成了本朝最年少的進士和狀元，並創造了三元及第的奇蹟。雖不能說是絕無僅有，可在前後千年來也是鳳毛麟角，足以可寫進科舉史了。

她遠在千里之外，並不知道明義這個成績的取得，其實也有幾分運氣和人情關係在。會試的時候，明義拚盡全力，最後還是靠著一手漂亮的臺閣體才讓閱卷的大學士糾結許久之後點了他做會元。而金殿之上殿試的時候，皇帝見他年紀小，對他也有幾分格外關注。帝王的關注，只需要一、兩個眼神就夠了。

這個時候，侍立在皇帝身側的五皇子就悄悄回稟道：「父皇，您看那個少年，兒臣聽說他還是鄉試的解元跟本屆會試的會元呢，瞧著也不比琪兒大幾歲。」

「琪兒」是五皇子的長子，年方十歲，已經跟著先生讀書了，因為聰明好學，性格溫和，也是皇帝比較喜歡的皇孫之一。五皇子好文，雖說不能直接干涉科舉取士的大事，不過到了殿試的時候過來看看熱鬧是無妨的。至於這個會元的底細，他並不知道，只是聽說歲數很小。

皇帝倒也沒多問，只在最後需要他御筆欽點的時候把排在第四位的卷子拿到了最前面，其他三人順次後移了一位。可是瞧過了幾個人的長相，又把後面兩個人調換了一下。於是，最後結果就是原本的第一名成了榜眼，原本的第二名倒成了第四名，二甲傳臚，原本的第三名年輕英俊，成了探花郎，而一臉稚氣的明義則成了金科狀元。

參與最後閱卷的大學士見了結果，自然要先揣摩一番上意，最後只能得出一個結論——皇帝想要一個三元及第的科舉神話，算是他的文治之功。好在其實最後進入前幾名的文章水平並沒有什麼太大的差別，名次排列本來也有些運氣成分，那個少年又確實文采出眾，也沒什麼好爭議的。倒是此子如此年少，將來會如何，殊未可知。

至於五皇子回府之後不久，又有人趁著夜色深濃進入了四皇子府的後門，這其中有什麼玄妙之處，就更是沒人知道了。

作為狀元，明義不需要參加考試就可以直接進入翰林院入職，任從六品的修撰。官職雖然不高，起點卻好，畢竟翰林院是眾所周知的閣老和地方大員踏腳石。而衣錦還鄉、祭拜先人也是理所應當，所以明義的上任之日是三個月後的八月初，這些都跟穆靖之當年一樣。

何貞別的不管，收到了喜訊之後就忙著做準備，迎接她即將回家卻很快又要離家的弟弟。

金榜一出，明義並沒有在京中逗留很久，除了一些必要的社交活動以外，他跟穆江商量過，領了吏部的任命就準備回鄉。因為掛念著境況未明的穆靖之，又要傳送一些信過去，穆江這次就沒有跟明義一起回何家村，留下了一個護衛陪他搭上陳家的商船之後，自己帶著另一人快馬加鞭的回涼州去了。

因為明義走得早，又加上走運河順流而下，基本上是他高中的消息剛傳回家，人也差不多到了。這次就沒有留下護衛的必要了，他跟何貞見了面，不忙著說別的，先給了豐厚的謝禮，好生送了人離開，這才放鬆休息。

這下子因為身分的不同，上門來道賀的人也更多了。村裡的人來看狀元，鎮上的鄉老來拜會，就連新上任的縣太爺胡大人也親自登門送來了賀禮。對於這些，何貞在問過明義之後，一概以禮相待。至於禮品，貴重的就不收了，一般的就收下，再回一份差不多的，總之是不卑不亢，既不占人便宜，也不會讓人覺得不近人情。

有趣的是，鎮上那個口碑不好的鄉老也上門了，一進門就是大禮跪拜，連連道歉。何貞覺得好笑，畢竟現在強弱顛倒，完全不在同個層次的人懶得搭理，明義卻是又驚又怒，才知道當年姊姊忽然不在鎮上擺攤是受了欺負。冷著臉把人趕跑，明義就去找黃縣丞提了一個小建議：也是時候盤查一下各個村鎮的鄉老了，若有不法情事，還是要處理的，省得敗壞了青天大老爺的官聲。

這個差事有些吃力不討好，黃縣丞一聽就皺了眉，還是明義提醒他，這位胡大人可不是朱大人，搞建設搞民生這些似乎不太擅長，那新官上任三把火，總要燒個地方才是。

得了這個提點，黃縣丞想了想，又覺得這也是個好點子，能讓胡大人覺得他能幹有用。而且只要運作得當，得罪人的風險由胡大人背，自己並沒什麼太大損失，大不了只查齊河鎮，其他的鄉鎮意思意思就放過唄。

明義再回到家裡的時候，神色平和，還微微帶著點笑意，明顯就是跟黃縣丞相談甚歡的樣子。對於鄉老一家接下來的命運，何貞自然一無所知。她忙著接下來的事情，現在是五月了，明義七月時要啟程進京，這次必須帶著安家費才行，還得讓他買個書僮，協助照顧生活起居，也能跑腿辦點事什麼的。

第五十四章

這次祭祖，何貞格外上心，拜訪了三奶奶家兩次，力求把相關的禮數環節都做足了，甚至讓明義去找何老漢來商議細節，出席儀式。過年的時候已經跟何里正一起請了鄉親們吃酒席，這次卻也還要再請。縣衙裡的衙役來了好幾趟，說明義的成績足以記入地方誌，成為本縣名人，要在何家村立一座狀元牌坊。當然，一應費用都由官府來出，何家這邊，只要等牌坊落成的時候明義親手來剪個綵就是了。

何家有祠堂，一直都有維護，除了何二郎提了一句要再擴建之外，也沒誰提起這事。何里正不說，何貞就當不知道，反正她對這個東西其實不太熱中，有這個錢還不如幹點實在的事情。

於是牌坊落成的時候，明義便宣佈，因為天氣有些炎熱，就不請大家一起吃飯了，沒得累壞了做飯的嬸子大娘們。但是村裡每家都有兩斤肉一罈酒，回頭讓家裡的佃戶們幫忙，給大夥送到家去。另外捐十兩銀子給村塾，讓陳夫子給學生們買些紙筆，還有十兩銀子的常用藥材交給薛郎中保管，給大家免費取用。

這些銀子都不是何貞出的，因為明義已經有俸祿了，朝廷也給他們發了回鄉祭祖的費用，足夠他辦完這些事情。

在父母墳前，何貞笑著說：「爹、娘，弟弟們都成才了，一個當了從五品的副守備，一個是三元及第的狀元郎，現在是從六品的翰林院修撰，往後都是前途無量的。兩個小的也很好，你們可以放心了。」

事情辦得差不多，明義要啟程回京城去了。回鄉之前，明義就已經申請了翰林院的值宿公房，這樣回去就不用擔心買房子的事情了。

「大姊，那值宿的房舍雖然窄小一些，但畢竟是不用花銀子的。我想先這樣住著，反正一年之後按規制也是要搬走的，不會常住。」明義把何貞的錢匣子推回去。「京城房貴，無論是租或買，都是不小的開銷，還是等我在京城生活上一年，心裡有數了再買，也省得被牙行的中人給矇騙了。」

不等何貞張嘴，他又說：「那公房是朝廷給翰林們的，就是差又能差到哪裡去呢？大姊，妳真的不用操心，等我回去就買個書僮照顧我，這總可以了吧？」

何貞也沒有十分堅持，點頭同意。「行，你心裡有數就好。難不成，在你眼裡，我就是一個管頭管腳的管家婆嗎？」

明義還沒說話呢，明睿倒是探了個腦袋過來。「大姊很有自知之明啊。」

「你！」明義咳嗽一聲，揮揮手。「寫你的功課去。大姊，這事就這麼定了啊。」

「如今你也是做官的大人了，自然是你自己決定。銀子夠不夠用？」何貞沒覺得傷心什麼的。她還沒那麼矯情，弟弟在家的時間不多了，不能浪費在沒營養的嘴皮子官司上。

「夠了，妳之前給我的二百兩銀子，我還剩下一百兩沒用呢。」明義指了指桌上的錢匣子。「大姊，我曉得妳手裡其實也沒多少銀子了，今年我不急著用。明年我找了房子再捎信給妳。」

這才是真正的親人，該伸手的時候並不推來讓去的。何貞應了一聲，看兩個小的都回了屋裡做功課，才說：「京城裡頭關係複雜，什麼人都有，你一個小孩——」

明義倒了杯茶放在何貞面前。「大姊，妳也說了，我是個小孩，現在還是念書的歲數呢，別的能知道什麼？」

「你只要記住這話就好。」何貞知道，自己以後不能再教導弟弟了，不論是學識，還是對這個社會特別是官僚階級的理解，弟弟們都遠勝於自己這個外來戶。「只一條，別委屈了自己，也別強出頭。不明白的事情，寫信問問先生。還有，明年我就上京去，買個院子咱們安個家。」她還是談起自己擅長的東西比較輕鬆。「今年咱家油坊擴大了許多，銀子也攢得快，京城房子貴，咱們就買個小院子。要緊的是把兩個小的帶過去，讀書學規矩都要你看著些，明睿這孩子太刁鑽，我教不了。」

「這也是如今日子好過了，把他慣出來的。」明義非常淡定。「大哥跟我如他這麼大的時候都會做活了，大姊，妳對他太心軟啦。」

「可是我……」何貞想辯解，可是也不得不承認，明義說得對。之前她也不是沒意識到這個問題，所以加強了明睿的課業量，可是這個孩子聰明伶俐，效率高，完成了還有工夫瞎折騰，她也只有無可奈何了。

「大姊，我問妳，如今家裡頭，柴誰去撿？衣裳誰去洗？水誰去挑？」明義搖頭。「我還記得，當初大哥每天都起得很早，先去撿了柴打了水，才去學堂上學。下晌放了學，回來就去挑水。你們回來了，家裡有人照看，我才好出門去放羊。那些日子苦歸苦，可過一過對我們也不都是壞處。」

如今家裡日子是好過了，院中有井，不用費力挑水。衣裳是何貞洗，現在慧兒也會幫忙。柴火一般是何貞去撿，更多的時候是張強他們送過來，何貞給錢，有的時候對方收，有的時候也不要。明睿呢，除了家裡沒下人，過得簡直就是少爺的日子。

一直以來，何貞都很重視明義的意見，聽他的話，這次也不例外。她想了想，只覺得有些坐不住。「我真的錯了。總覺得他倆一生下來就沒見過爹娘，被咱們幾個孩子養大，很讓人心疼，就忍不住溺愛了些。果然是自家的孩子看不出毛病，我居然還總是覺得他們倆都很好呢。」

「慧兒很乖巧，不過有些不夠大方，得見見世面才好。」明義點頭，也不安慰何貞，而是繼續說出看法。「明睿頑劣，還是要下功夫教養的，不然現在看著好，要是長大了成了偷懶浮躁的性子，可就是害了他。明年你們進京，我會好好看著他的。」

明義沒有拿家裡的銀子，何貞就把該結的尾款結清，該招的人招起來，現在有著九套打油工具的油坊已經初步有了大工廠的感覺。儘管招工的時候以本村人為主，但是用到的雇工不少，最終還是招了兩個外村的年輕人過來做工。因為本村確實沒有那麼多踏實肯幹的人，到最後仍必須招用了幾個外村的人。

「最重要的啊，還是這幾個人跟咱們村有些關係，雖說不是咱們村的人，可咱們村也是他們的姥娘家，我看誰能說出個不是來！有本事別生閨女、別有外孫！」何四嬸家的豆腐乳作坊也不小了，她家也有雇用人，除了兩個是四叔那一支的兄弟和姪子之外，還有一個是四叔妹子的小叔子和四嬸的一個娘家姪子。村裡人也不是完全沒有議論的，畢竟還有幾家懶漢，被她跟何貞都給拒絕了。有人說他們不向著本村人，她乾脆索利地就把人給堵了回去。

何貞這次招的幾個外村人，都是家裡人多地少、日子比較困難的，而且母親都是何家村嫁出去的姑娘，多數都是何貞的姑姑輩，也有一個遠支的堂姊。因為這個關係，何貞在簡單調查並確認這幾個都是勤快本分的人之後就直接雇了。這事情在村子裡也很引人注意，不過多數人是喜聞樂見的，給後生們找了個好出路，何家村出嫁的姑娘們在婆家的地位也好了呢。除了幾家被油坊拒絕的懶漢和手腳不乾淨的人家，沒人不樂意。

中秋一過完就要秋收了，今年何貞家的地多，雖然都是佃戶們在幹活，她也格外用心盯著，還提前準備好了銀錢，以備鄉親們來賣花生時隨時都能付清。幸好今年何貞擴大了油坊，蓋起了寬敞的庫房，才剛剛容得下豐收的花生米。

油坊裡忙得熱火朝天，陳掌櫃的老臉樂開了花。收到了賣花生米的銀子，何里正家的一百兩欠款也還了過來，何貞很是過了幾天天天數錢的日子。手裡這五、六百兩銀子，要是想把南山剩下的一百來畝地買下來，倒也將將夠用了。可是來年她要進京，明義得在京城裡買宅子，若買了地恐怕就沒剩多少錢了。

還是明義從京城裡捎了信回來，特地囑咐她，想買地就放開手去買，京城的宅子不急。他想叫何貞他們明年年前進京，到那時明年的收成下來了，手裡也會寬鬆的。

何貞看著信就笑起來。幾個孩子裡，明義是最了解她的。油坊一時半刻不會有變化，她還真的很惦記她的山，就像一張拼圖遊戲，她已經完成了大半，總想把它整個拼好，不留漏洞。

想好了，她也不再糾結，去找何里正把剩下的地買完。

說閒話的時候聽說，何文在縣學裡通過了夫子試，已經開始教書了，也是由衷高興，又說了門親事，竟是何貞的老熟人劉夫子的女兒，正是雙喜臨門。

問到她自己的婚事，她也會忍不住想，如果過幾年要去邊城生活，日子會不會跟現在截然不同呢？

「將來我們成婚之後，日子一定會跟我們在何家村的時候完全不一樣。」在最新一封信裡，穆永寧這麼說。「不過，現在肅州這邊的日子不大好過，我倒是很慶幸妳還要過幾年才能嫁過來了。我知道妳有本事，可是我也不能靠媳婦養活不是？」

如果是本土的文靜小姑娘，看了這樣的言語肯定會臉紅上好一陣子，可是何貞就不會了，看過後一笑置之，還能在回信裡寫上一句。「知道誰養活著你就好。」

陳三爺那裡透過鎮上的陳記貨棧送了一封信和一張銀票過來——陳三爺那邊的分紅都到了。北地的花生油作坊終於也開始出油了，今年是第一年，利潤不多，分到何貞這裡的也只有二十兩銀子。其實也完全不必這麼大費周章的，可是陳三爺說得清楚，人情是人情，生意是生意，該是她的，一兩銀子也要按時給她。

因為自己家的乳製品生意一直沒有做起來，何貞有些不甘心，便在回信裡把羊奶的生意簡單敘述了一下，牛軋糖和炸鮮奶的方子也一起附上。北地牛羊多，說不定這門生意就能做得起來了。

今年家裡沒什麼要忙的事情了，何貞就把過年的事情交代一番，帶著兩個小的趕在臘月封航之前，搭了陳家的商船北上，去跟明義一起過年。

明義在翰林院，日常的工作主要是文字性的，何貞看來就是能夠按時上下班的機關公務員。她來之前已經給明義帶了信，也特別說了，讓他不要請假來接人，他們自己能趕到地方。明義是知道姊姊的能力的，又加上有陳家商隊，也沒什麼不放心的，就照辦了，沒有耽誤自己的差事，不過打發了小廝長樂在值宿公房外頭等著。

何貞不認識長樂，不過長樂早就被主子教導過多次了，一看到有馬車靠近，就湊過去問，自然很順利地接到了人。

所以何貞一下車，就見到一個清瘦但是很精神的少年，正對著自己作揖，口裡叫著「大姑娘」。等何貞回頭把兩個孩子拉下來，這少年便接著叫「三少爺」、「二姑娘」，十分恭敬有禮。

行過了禮，長樂便掏出銀子給車夫，並接過對方手裡的行李，一邊在前頭引路，一邊自我介紹。「小的名叫長樂，跟著伺候二少爺也有幾個月了。二少爺一早就吩咐下來，讓等著大姑娘一行。咱們這裡住得狹窄些，幾位主子先進屋稍事休息，客棧小的也找好了，就在前面的二道斜街，十分近便。」

進了明義的宿舍，何貞也不得不感慨，果然京城地貴，在哪個時代都一樣啊。他的房子就是一個套間，中間有道屏風，明義住裡面，長樂住外面；另外一張書桌，一個吃飯的圓桌，牆角有個小爐子，總面積很小。房裡收拾得倒是乾淨整齊，也不潮濕陰冷，算是有點安慰。

「二少爺說衙門裡馬上就要封筆了，他回來帶著幾位主子在京城好好逛逛。」長樂請人坐下，便垂手半低著頭站在一旁。

何貞叫兩個小的坐下休息，隨意問了長樂幾句京城的風土人情，明義就回來了。

雖然早就知道姊姊和弟妹要來，明義還是很高興，進得門來，先給何貞行了禮，這才在何貞身邊坐下。兩個小孩子也都很懂事了，雖然在家裡沒那麼大的規矩，可是因為有長樂在，還是認認真真給明義行了禮，每人都被哥哥摸了摸頭頂才坐到旁邊去。

吩咐了長樂去買飯菜，明義說：「大姊，長樂是我八月裡找牙人買的，家世清白，也有規矩，妳放心吧。那家牙行是翰林院裡好幾個同僚都推薦的，也是京城裡的老牙行了，都是有信譽的。我這裡確實是狹窄了些，你們就先在客棧委屈委屈，明年你們來了，咱們搬出去住自己家。」

這次何貞沒有什麼其他的事情要辦，就是帶著弟弟來和明義團聚，對於住客棧的花費，她也沒有很計較，賺了錢就是用來花的。而兩個小的就更加開心了，京城可是天子腳下，新鮮的東西多不勝數，令他們大開眼界。

「這些銀子你先收著，我平常不方便給你帶錢，下回就要等我們過來之後了。」快樂的團聚時光總是過得飛快，一眨眼就到了正月十六，衙門裡明天就要開衙辦公，他們也要回家去了。何貞跟明義說：「這些日子吃的住的都是你出的，我也沒問你，也不知道你銀錢是不是湊手。這是三百兩。」

「大姊，原先會試的時候妳給我的銀子我剩了不少，就現在手裡還有呢。我如今也有俸祿，雖說一個月也就五、六兩銀子，可是也還有車馬、冰炭這些貼補，完全用不到。妳給我，我也就是存著。」明義沒拒絕。「這樣吧，等我尋到了適合的宅子，就先定下來，回頭等妳給我補上。」

「這就對了。」何貞笑笑。「明年，咱們就要在京城安家了。」

看著已經長成翩翩少年的明義，雖然又要離別，何貞卻沒多少傷感，因為這個秋天他們就要團聚了。她最後補充了一句。「如果可能，跟你大哥多通個信。如今你也是官場上的人了，跟你大哥要守望相助。」

呢。」

明義點頭。「放心吧，大姊，先生和穆大哥那裡我也會經常聯繫的。」

他跟何貞說完，又盯著明睿問：「我聽說你今年要考童生試，你可以嗎？」

「二哥，你當年能考上，如今我就能考上！」明睿擺擺小手。「我比你那時候歲數還大呢。」

「這話等你考上再說。」明義哼一聲。「眼高手低可沒什麼好處。」

何貞對四書五經的東西確實不擅長，所以弟弟們的功課她也是有心無力。聽明義說明睿底子有些不紮實，她除了督促明睿用心之外，也沒什麼好辦法。不過出了幾次遠門的好處還是有的，至少跟村裡同齡的孩子們一比，確實何慧和明睿看著都更大方一些，見得多聽得多，想得也比別人多。至於想得對不對、是不是周全，何貞並不強求，思考範圍不被限制才是最重要的。

回到家裡的時候已經是春風拂面了。今年她把山開齊了，又多了不少租地種的佃戶，她山腳下的那一片房子也賣出去了四套。南山那裡現在多了不少她不大熟悉的面孔，不過忙碌播種的景象還是讓她欣喜——從前只能打柴的荒山薄地，現在要「流油」了呢。

因為明義多次提醒，何貞對明睿兩個孩子的教育也就比從前多加了幾分嚴厲。特別是春耕結束後，她更多時候都待在家裡，帶著兩個孩子出去揀柴，下河洗衣服，也到地裡去看大家幹活。

「大姊，蹲著好累啊。」何慧把自己的小衣服洗完，站起來一邊揉腿，一邊跟何貞說。

明睿就更不解了，一臉「姊姊是笨蛋」的表情說：「這還用妳說？大姊，咱們家裡有井有板凳，打水燒了洗衣服不一樣的嗎，為什麼要出來洗？」

何貞搖頭，等兩個人緩過來，也不幫忙，讓他們倆端著自己的小盆子，跟在她身邊往家走，一邊走一邊說：「你們從記事起家裡就有井，可你們也見過別人家裡沒井的吧？都必須到前頭當街那口井那裡挑水用是不是？你們覺得從自己井裡提水上來用很方便，可那是我賺了銀子來打的井，你們賺過幾文錢？」

何慧低著頭，小臉紅撲撲的。

明睿若有所思。

「你們倆今年九歲了，就說你們是臘月裡生日吧，那也是八周歲了。我和你們大哥那麼大的時候，都是天天出去撿柴的。至於洗衣裳，你們二哥在你們這麼大的時候成天給你們洗，你們大哥更是寒冬臘月裡在這條河裡給你們洗尿布。如今三月裡了，你們還覺得不舒服，臘月的冰水呢？」何貞只是講述過去的生活，語氣未見多麼嚴厲，卻讓兩個孩子抬不起頭來。

說到當初那些艱難的時光，何貞的鼻子有些酸。「我怕叔叔和爺爺把慧兒賣了，也怕他們讓你哥哥們沒有書念，就說要自己養活你們。我天天在外頭跑，你們二哥真的是一把屎一把尿地把你們倆照看大。就為了你們倆，他沒進學堂讀過一天書，全靠自己在家用功。你們大哥呢，因為我不叫他退學，他就起大早去揀柴火、挑水，為的就是我能在家裡燒點熱水給你們洗衣裳，不用下河受凍，也少受些婦子們的擠對。」

何慧的眼淚掉下來，砸在面前的小盆裡。

明睿的腦袋也低垂下去。

「這些年我忙，也是忽略了你們兩個。」何貞打開門，讓兩個孩子進家。「我幫你們晾衣裳。慧兒乖巧，卻嬌氣了一些，明睿，你可就傲氣多了。你們二哥說過好幾次了，我總不忍心說重話，只是你們也該想想，是不是真的有你們自己以為的那麼懂事出息。」

第五十五章

這些話說得還是有些晚了。明睿的縣試成績就十分普通，他考完回來的時候信心滿滿，說很有把握，結果成績一出，過是過了，可是排名一點也不靠前，也就是個中等水平罷了。他大受打擊，把自己關在屋裡不出來。

「大姊，三哥是不是很難過？他都沒有吃飯。」何慧現在已經不跟明睿一個房間睡了，看著西屋緊閉的房門，她有些擔心。

何貞把嘴裡的飯嚥下去，卻沒放筷子，面不改色地說：「妳吃妳的飯。他啊，該好好想想了。打小人家誇他聰明，他就真覺得自己是文曲星下凡了。殊不知，人家是看在我跟妳哥他們的面子上才客氣客氣的，這都不知道，還自以為聰明呢。」

何慧擰著小眉頭，問：「大姊，妳說，別人是不是都不是真的喜歡我們啊？」

何貞摸摸她的小臉，道：「這個要靠妳自己用心去感受了。別人因為什麼喜歡妳？是因為妳長得可愛？還是因為妳懂事？或者因為有的長輩特別慈愛，對所有的孩子都很喜歡？」

「是不是也有人因為種著咱家的地，就不敢說不喜歡我？」何慧想了想，問道。

「我不知道是不是一定有這樣的情況，不過這是很可能的。」何貞說：「妳大哥二哥都做了官，村裡一般的人家都不敢得罪我們，還有很多人要從我這裡賺銀子，怕惹我不高興，自然要捧著你們。所以，這真的不代表你們就是最好最招人喜歡的孩子。但是如何分辨這些，是很難的，妳現在不懂也沒關係，我也不是很懂呢，只好多用心、多想。」

看到何慧眼眶都有些紅了，何貞放下筷子，把她摟過來，柔聲說：「慧兒，我這麼說，不是要讓妳傷心的。只是妳要記住，不管別人喜歡不喜歡妳，妳都要做個好孩子，要不卑不亢，不要自卑，處處覺得自己不好，也不要驕傲，總覺得自己很了不起。妳三哥啊，就是太驕傲了，這就錯了。還有，長輩們愛護妳，妳就要敬重他們，孝順他們。我知道，妳給劉嬤嬤和三奶奶都做了手帕，這就很好。」

「大姊，妳為什麼喜歡慧兒？妳會不會有一天也不喜歡慧兒了？」何慧靠著何貞，仰頭問她。

何貞摸摸她的臉，笑道：「我第一次見到妳的時候，其實那一瞬間也沒有喜歡妳。那時候，咱們的爹娘剛剛去世，我心裡特別難過，顧不得去想妳有多可愛，明睿也是。是你們二哥，小心護著你們。他真的是從你們一出生就在疼愛你們了。後來我就想，一定要讓你們好好地長大，得讓爹娘放心啊。可是日日夜夜跟你們倆在一起，看著你們哭了笑、笑了睡，照顧你們吃喝拉撒，那可比『喜歡』複雜多了。」

何慧有些似懂非懂的，眨了眨水汪汪的大眼睛，安靜聽著。

「你們幾個都是我一手帶大的，那可不是一般的喜歡了，你們是姊姊在這個世界上最重要的人，永遠都是。」何貞捏捏小丫頭的鼻子。「妳長大了就明白了。」

何慧確實並不完全明白，不過她知道「重要」是什麼意思，有些低落的情緒也緩和過來。她想了想，又說：「大姊，現在最重要就行了。以後大姊嫁給了穆大哥，還會有小寶寶呢，他們也很重要的。」

「這是聽誰說的？」何貞忍俊不禁。村裡的嬸子大娘們可不會跟高門大戶的夫人太太們那樣避諱這避諱那，這還不一定是誰專門說來逗何慧的。「他們說得不對。即使姊姊以後有了寶寶，可是姊姊永遠都只有一個妹妹啊，還有妳的哥哥們，都只有一個寶貝妹妹，對不對？誰也不能代替慧兒的，是不是？」

小姑娘很容易理解這句話，點頭笑起來。

「慧兒好好吃飯，吃了飯還要練字。」安撫好了何慧，何貞站起來，去敲明睿的門。

「三少爺，聽得差不多了吧？」

門果然開了，明睿垂頭喪氣地站在門口。

何貞哭笑不得地瞧著他那副頹喪的樣子。「現在知道自己也就是那麼回事了吧？行了，先吃飯，吃完好好看書，不還要接著府試院試嗎？」

明睿耷拉著腦袋走到吃飯桌子旁邊，剛拿起筷子，又放下，問：「大姊，我是不是妳最沒出息的弟弟？」

嘿，這孩子還鑽起了牛角尖了。何貞乾脆揪揪他的耳朵，故意板著臉問：「怎麼？我剛才說的話你吃心了是不是？我就一個妹妹，所以永遠都疼慧兒；可我有三個弟弟，肯定挑有出息的疼，沒出息的就會被嫌棄，是不是？在你心裡，你大姊就這麼現實，是不是？」

其實這話一出口，明睿就知道要完。他不是何慧，讀了好幾年書，都考童生試了，那些道理都懂，他說的話，肯定會讓大姊傷心的。

「行了，你這次也算不上什麼太大的打擊，好歹不也是過了嗎？別再擺出那麼一副蔫頭耷腦的樣子了。」何貞拍了拍他的後背。「知道你不是成心的，我不跟你計較。」

「大姊，我錯了。」明睿低著頭，盯著面前的米粥，小聲認錯。

「真的知道錯哪兒了？」何貞盯著他的頭頂。「抬起頭來，自己說。」

明睿不敢不聽，老老實實抬起頭，說：「讀書不勤奮，一知半解就沾沾自喜，賣弄小聰明，是第一錯。沒有自知之明，盲目自大自滿，是第二錯。對待考試態度不嚴肅認真，是第三錯。成績出來了不思反省，還給姊姊妹妹擺臉色，是第四錯。大姊，還有嗎？」

何貞認真聽著他說話，見他態度認真誠懇，也放柔了聲音回答。「行了，你知道這些就好。你是個聰明的孩子，一點就透，可是世界上並不是只有你一個聰明人的。遠的不說，你覺得比你二哥如何？穆先生當初願意收他為徒，就是因為他天分極好，可他也是起早貪黑地讀書練字寫文章的。」

現在明睿不覺得大姊是故意打擊他了，事實已經告訴他真正的答案。他點頭道：「是，大姊。我知道了，我比二哥差得遠了。」

「你也不用一下子又自卑起來。」何貞搖頭。「你的資質天分都是很好的，說你聰明也不是客氣話，確實聰明，但是若不努力，你再聰明也沒有用。你們幾個啊，你大哥算是最不聰明的，但是他下了功夫，秀才也是一次就考上了。這個道理書上說得更多，你自當明白才是。驕傲並不是壞事。人活在世界上，是要有幾分驕傲的。」何貞繼續說：「這種驕傲，是要讓你有你自己的堅持，要有無憂無懼一往直前的勇氣，而不是簡單的目下無塵、自以為是。」

明睿和何慧不一樣，雖然是一胎雙生，卻要面對不同的問題。何貞想了想，就把壓在心底的話說了出來。「你打小就沒吃過哥哥們吃過的苦，而以後，隨著你兩個哥哥出仕，你的路可能會比他們好走，但也可能面對比他們更複雜艱難的環境，所以我希望你能真的懂事起來。」

這幾年，地越買越多，油坊越開越大，孩子們吃的穿的都越來越好，可是，何貞反思過後，就覺得背後都是冷汗。她在兩個小的的教育上真的疏忽了太多，全都是明義在教育，而她有意無意地溺愛著兩個孩子。幸好明義離家的時間不長，她還能有時間扳回來。

就算敲了重鎚，功課可也不是一日做的，並不十分意外的，明睿的童生試止步於府試，連童生都沒考中。九歲的孩子，考不上很正常，可是在何貞這個家裡，那就是墊底的水平。

因為這些天，明睿已經沈下心來了，所以成績出來，對這個結果也是接受良好，很快就談笑如常了。「我沒過也好，不然你們都上京去了，我還得等著開春去考院試，就要一個人留在家裡了。」

何貞便讓他和妹妹抓緊時間收拾自己的東西，又給明義和明輝都去了信，一個是把明睿的考試結果告訴他們，另一個就是要做好進京的準備。

八月裡，明義就從翰林院的值宿公房搬出來了，畢竟按照規定就只能住一年。他手上有何貞過年的時候留下來的銀子，就託付相熟的牙人找起房子來。

何貞因為要多帶些銀子進京，又加上明睿考試，所以最後出發的時候已經進入十月了，秋收也過了最忙的時候。這次她一走，一年半載不會回來了，來給她送行的人也不少。四叔五叔這些處得近的，都是戀戀不捨，此外也有不得不面對的家人。何氏跟丈夫帶著兩個兒子回娘家，也是為了跟何貞他們道個別。這次明義不在家，何貞就帶著雙胞胎，踏進了許久沒有踏足的何家老院子。

何貞不往老院子來，但並不是說大家都沒見面，畢竟都在一個村子裡，也還是親緣上的一家人。可這個院子，真是久違了。

不知道是不是錯覺，她覺得院子似乎變小了，當然，也可能是院子裡柴火雜物堆得亂七八糟的緣故。房屋也顯得比幾年前舊了些，尤其是灶房，牆面被燻得黝黑一片，格外顯得破舊。當年覺得還算是寬敞明亮的房子如今看上去也是低矮昏暗。

認真地端詳這個院子裡的人時，何貞又發現，似乎除了何氏變化不大之外，長一輩的都老了很多。

「小貞來了啊，快上屋裡坐。來，慧兒來，坐姑姑這邊。」何氏聽見門聲，趕緊迎出來，一看是何貞，頓時喜出望外，熱情招呼他們。「我們也是剛進門沒多會兒，正說要去妳那邊看看呢。」

何貞叫了人，又說：「畢竟是要走了，來說一聲。」

何氏嘆口氣，知道自己的老父和兄弟們做得太過，如今這關係也是沒法彌補了，只好道：「也行，跟妳爺爺奶奶說兩句話吧，往後再見面可就難了。」

對何老漢，何貞還知道怎麼面對，可是對於奶奶王氏，她真的覺得很難理解。應該說，這個院子裡面，最奇葩的就是這位老太太了。其他人的想法，她多少總是能夠明白，討厭也好、鄙視也罷，言行的動機和結果都還能講出他們每個人自己的邏輯。可是這位祖母，多年來一直都那麼讓人費解，似乎除了糊塗愚昧，還有著特別的冷血和冷漠，從不見她對晚輩有什麼實際的關心。然而她時常為了兒孫哭哭啼啼的，又好像很心疼孩子們，真是很矛盾。

王氏在堂屋榻上坐著，腿上蓋著一床黑乎乎的被子，何老漢坐在旁邊抽旱菸。何貞他們走過來的時候，他正拿著菸袋桿子在旁邊的小桌子上磕著。兩個老人已經全部白了頭髮，看上去很有些風燭殘年的樣子。

何慧來老宅也少，小的時候何貞怕他們打何慧的主意，總是不讓她來，來了也是躲在哥哥背後；大了之後因為覺得這些人不喜歡自己，她也不會往這邊走，每年也就是逢年過節的時候來一、兩次，現在生疏得很。她似乎有些畏懼兩個老人的樣子，小手緊緊抓著何貞的袖子。

何貞拉著她的小手，另一手搭在明睿的肩膀上，說：「爺爺、奶奶，我們往後就去京城了，跟明義一起。」

王氏忽然就嗚嗚哭起來，一邊哭一邊斷斷續續地說：「走、走了……見、見不著了……」

何貞垂下眼皮。

「行了，走就走吧。」何老漢吸了一口菸，聲音有些沙啞。「也該走了。」

現在的何二郎夫妻早就不敢說何貞幾個的閒話了，最多就是在他們面前刷刷存在感、搞搞事情而已，比如堅持請客慶祝啦、祭祖大肆操辦啦之類，被何貞拒絕了，也只好作罷。而何三郎夫妻就更是不敢在他們面前出現了。從前他們還橫眉豎目的，可是自從明義中了舉，夫婦倆就像是完全不認識何貞他們一樣，等明義中了進士做了官，兩人就不見了。

這個何貞也理解，兩邊就算不是結了大仇，也稱得上過節很大。她不會當過去的事沒發生過，明義更不是個好惹的，何三郎遲遲考不中秀才，心裡還嫉妒得很，於是更不願意見到何貞幾個了。

其實這樣很好，當初何貞教育弟弟們時候說的話，現在就變成了現實。他們幾個站在了這些人到不了的高度，什麼都不需要做，就讓世界安靜了、清靜了。

真正不尷不尬的是何老漢。當了好幾年的老太爺，一邊享受著村裡人的奉承，一邊清楚知道自己跟給他長了面子的孫子們徹底離了心，他的感受可不愉快。

何貞的油坊眼看著開大了，可是裡頭別說管事了，就是幹活的也沒有她的叔叔、兄弟們。考科舉的事他沒法子，那是各人的頭腦，可這開作坊幹活的事，何貞的主意也正得不行，根本就不把他這個家長放在眼裡。更何況，何貞有五百多畝地，是方圓百里最大的地主，他這個爺爺呢，還是守著那五、六畝地的窮莊稼漢，家裡的日子雖說餓不著，可也沒寬裕起來。

連堂叔、隔了好幾支的堂哥，甚至是不姓何的外姓人和外地人都能幫襯，偏偏看不見自己的親爺爺，何貞就是不孝順！何老漢只覺得自己當初的想法一點都沒錯，可也確實知道，他不能在外頭表現出來，畢竟如果明義他們的名聲不好了，對自己更沒好處。最要命的是，當初做事情急躁了一些，現在村裡那些人又都跟著何貞賺銀子，就是他真的說了何貞不好，也沒人應，反倒要被人說他不慈愛。

這個滋味，憋屈啊！

「姑姑，等會兒上我們那邊坐坐，明義有幾本舊書放在家裡的，您拿回去給表弟他們。」何貞看著何老漢的樣子，也沒覺得有什麼成就感，扭了臉跟何氏說話。

何氏神色有些複雜，她丈夫許三郎卻高興得很。「那就多謝你們了。妳表弟們可真是沾光不少。」何氏的長子許文已經考上了童生，小兒子許武也在學堂裡念書，原來明義在家的時候，逢年過節見了面還會輔導一二，用過的科舉的書籍、字帖等也會揀一些給他們。

許家的老太太一開始對兒媳婦不促成孫子跟何慧的婚事很是不滿，不過後來也知道自家沒希望，瞧著孫子讀書上進，也歇了一開始的想頭。這兩年家裡沒什麼矛盾，許三郎挺知足的。這份親戚關係一直不斷，就已經很好了，不能太貪心。

畢竟是話不投機，凳子還沒坐熱，何貞就告辭了。一起回到自家院子，何貞讓何氏坐了，找出明義留下不用的書來，又回自己房裡，取了兩個小銀錠子，一併交到何氏手裡。「姑姑，那邊我也……反正也就是這個樣子，這是十兩銀子，您看著辦，是您幫忙收著也好，是過後私底下給我爺爺也好，算我們孝順爺爺奶奶了。」

何氏也是無可奈何，嘆口氣收了下來。

第五十六章

提前送了何文成親的五兩銀子賀喜錢，該交代的事情也就算是全都交代好了。何貞歸置好家裡，帶著弟弟妹妹準備出發。大門落鎖，何貞看著兩個孩子上了租來的馬車，自己又回頭看了一眼，這才垂著頭上車。

出村子的路走過多次，何慧也不太好奇，反倒是小心地看著何貞的臉色，問：「大姊，妳不高興嗎？」

何貞搖頭，抿出個笑來。「沒有不高興啊。」

「是嗎？」小姑娘對情緒的感知很敏銳。「我就是覺得大姊好像要哭了。」

「沒有，大姊沒哭。咱們要去跟二哥在一起了，慧兒高不高興？」何貞摟著她，讓她靠著自己，坐得舒服一點，自己也閉上了眼睛。

「高興。」慧兒很乖巧地依著她。

「嗯，大姊也高興。」何貞輕聲說著，卻用力吸了口氣，壓住鼻間的酸澀。

兩個小孩太小了，打從記事起就在這座宅院裡，不能理解她對這座院子的感情。從借銀子買地開始，這個家是她一手一腳建起來的，明輝跟她來這裡開荒割草的情景還歷歷在目呢。不誇張地說，這座圍牆裡的每一磚每一瓦都是她的心血。這座院子，承載了她的艱辛和幸福，也留下了兄弟姊妹相依為命的清貧卻溫馨的歲月——那些再也不會有的，所有人都在一起的時光。

「大姊，妳不要擔心，五嬸他們會照顧好咱們的房子的。」明睿忽然說：「咱們到了京城也會有好房子住的。」

剛覺得這孩子這些天懂事了些呢，這就又開始財大氣粗了。何貞今天情緒有些低落，就隨意敷衍了一句。「你還是先想想見了你二哥怎麼交代吧。」

也幸好有這兩個孩子打岔，很快何貞就放下了那些傷感的情緒，打起精神來帶著兩個孩子上船。十月底的天氣已經很冷了，河邊更是冷風瑟瑟。何貞看兩個孩子裹得也算是嚴實，也不多廢話，護著他們上了商船，讓兩個人在船艙裡好好待著，才關了門出來跟陳掌櫃作別。

回到艙房裡的時候，兩個孩子正趴在窗子上往外看。

「看什麼呢？快進來，小心等會兒開了船你們再暈。」何貞關好艙門。也不是第一次坐船遠行了，陳家的船堅固快捷，她又給足了銀子，自然住的也是最舒服的艙房之一，可這並不能保證不會暈船。

何慧退回來，問：「大姊，這次我們看到了，碼頭上有好多人在擺攤子，原來妳也是那樣擺攤的嗎？」

之前他們來的時候沒留意過，今天時間充足，就看見了。兩個小孩都想知道從前大姊是怎麼做買賣的，就趴在艙房的小窗戶那裡看。

「哦，你們在看這個啊。」何貞搖頭。「看過就行了，快過來吧，窗那裡冷呢。」

「大姊，妳那時候冷不冷？在碼頭上會不會害怕？」何慧問。

「當然冷啊，冬天很冷，夏天很熱。」何貞實話實說。「我那時候也就比你們現在大一點點，怎麼會不害怕呢？可是一想到你們幾個，就不怕了。」

前一陣子的「吃苦教育」還是有效果的，兩個孩子出了門來，就跟上次只顧著看景玩耍完全不一樣了，想得多了許多，也知道體諒別人辛苦了。

在何貞快要暈船支撐不住的時候，船總算按照約定的時間在通州靠岸了。她咬牙拿好了行李，讓兩個孩子手拉手跟著自己下船。明睿倒是眼尖，一抬眼就揮起胳膊。「長樂、長樂！這裡！」

他這一喊，何貞也瞧見了，長樂正站在碼頭上，也踮著腳朝他們揮手呢。

就知道明義凡事考慮周到，一定都安排妥當了。何貞身體不舒服，看到長樂，著實鬆了口氣。

等上了長樂雇來的馬車，何貞才隔著車簾子問坐在車轅上的長樂。「你家少爺現在如何？差事忙不忙？如今住在哪裡？」

「回大姑娘，二少爺一切安好。差事尚好，比上年要忙碌些，不過每日晚間也能回來吃飯。如今少爺在槐花胡同賃了個小院子暫住，新屋也看得差不多了，就等大姑娘來掌眼拍板。」長樂在外面不急不慌地回答。

何貞笑笑。「是等我來出銀子吧。下人買了嗎？」雖然她一直也沒有買下人什麼的，但是進了京城就得按京城的規矩來，她也沒有特別排斥。

長樂就回道：「二少爺十天前買了一家子人，是遼東來的災民。男人叫胡大壯，女人我們就叫胡嬸，都是剛三十歲；有個男孩十歲了，二少爺說讓他以後跟著三少爺，就等著三少爺給賞個名字。胡大壯守著門戶，胡嬸洗衣做飯，這些天看著也是老實能幹的，因為就二少爺一個主子，也沒再急著添人。二少爺說都等大姑娘來拿主意。」

對家裡的情況大概有數了，何貞也沒多問，閉上眼睛養精神。

之前何貞來過京城，對於皇城外城的城市布局有大概的了解，這樣看來，槐花胡同離翰林院並不算太遠，不過這不重要，畢竟他們很快就要買宅子搬出去了。

大半年沒見，明義又長高了不少，光看個頭也像個大人了，可是穿著翰林院的官袍，儘管大小合身，可還是小孩子穿了大人衣服的感覺。何貞瞧著他走進屋來，又是好笑，又是欣慰。

還不等她說話，明睿倏地一下站起來，比見了先生還老實。

明義斜了他一眼，哼了一聲沒理他，轉身恭恭敬敬給何貞躬身行禮。「大姊，辛苦了。」

畢竟不是從小就講著規矩長大的公侯之家，看見明義這樣一板一眼地行禮，何貞覺得很不習慣，感覺生疏了很多。可是看著站在明義身後的長樂，她也明白明義的意思，這是在下人面前宣告她這個大姊的分量。

何貞坐著沒動，等明義直起身來，才說：「快過來坐。慧兒，來，不是想妳二哥了嗎？」

何慧規規矩矩地行了女孩子的禮，然後走近明義。「二哥，你上衙門是不是很累？」對於這個自己一手抱大的妹妹，明義一向非常愛護疼惜。他拉著妹妹的小手，摸摸她的包包頭，笑著說：「不累的。妳坐船累不累？」

何慧搖頭。「不累。大姊累，她都不舒服了。」

明義立刻扭頭去看何貞。「大姊，妳怎麼了？怎麼不早說？」這一急，剛才刻意端出來的架勢就沒了。

何貞搖頭笑。「沒事，可能是有點暈船，現在已經好多了。等晚上吃過飯，我早些睡，明天就好了。」

「長樂，你去叫胡嬸他們過來一下，見見家裡的主子。」明義回頭吩咐了一句。

等長樂應聲出去了，何貞才笑著看明義。「你如今可真有些官老爺的樣子了。」

明義在姊姊面前卻還是那個有幾分靦腆的孩子，有些不好意思地半低了頭。「大姊，妳就別取笑我了，都是裝的。」

「挺好的，在什麼環境裡就要做什麼事。」何貞讚許。

「那是哪家的少爺，怎麼站著不出聲？」明義這才轉頭看明睿，語氣也冷下來。明睿已經老老實實地站了好一會兒了，現在哥哥問了，他小聲回答。「二哥，我知道錯了，沒臉見你。」

明義哼了一聲。「沒臉？我看你臉大得很，考個秀才不是探囊取物嗎？」

「二哥，我錯了。」明睿耷拉著腦袋。

何貞端著茶喝了一口，並不求情，反倒問起之前商量過的事。「給他上學的書院選好了嗎？」

明義順著臺階下來。「選好了。在夫子胡同，離我剛看好的院子也不遠，等妳休息好了，我帶妳去看看。」

「你二哥公事那麼忙，還給你找書院，你知道該怎麼做吧？」何貞回頭問明睿。

明睿拱手給明義行了一禮。「多謝二哥。我往後一定踏實用功，不敢再浮躁驕傲了。」

「知道就好。」明義點頭。「行了，也別這副樣子，以後我會天天查問你的功課，自己自覺些。」

姊弟幾個說著話，長樂也領著人進來了。胡家一家三口進門也不敢抬頭，先跪了下來，口中叫著「二少爺」、「三少爺」、「大姑娘」、「二姑娘」。

雖然對於有下人這個事實能夠很好地接受，可是何貞還是不太習慣別人跪在自己面前，拿後腦勺和後背跟自己交流。看明義完全不開口、一副聽自己話的樣子，就說：「都起來吧。」

「我們剛從老家過來，想來你們也聽說了，我們也是莊戶人家出身，也做不來折騰人的那一套，往後還望你們各司其職，莫要丟了二少爺的體面。」何貞想了想，非常粗淺地敲打了一句。

胡叔和胡嬸的差事不變，孩子由明睿改了名字叫長笑，跟在他身邊當個書僮。

胡嬸的手藝還不錯，因為她是遼東人，燒的也是東北菜，反正何貞挺喜歡吃的。姊弟四個圍坐著吃飯，也不講究什麼食不言的，一邊吃一邊說話。

「遼東人怎麼到了京城來為奴呢？」何貞問。

說到這個，明義也嘆氣。

「大姊，咱們那邊今年還沒下霜吧？這遼東今年據說特別冷，九月裡就下了大雪，收成都沒了不說，還砸塌了不少房子，就有好些人進了關裡。這胡家還有個老太太，就在逃難的路上去世了，長笑又生了病，於是胡大叔夫妻就賣身葬母，也給孩子治病，才去了人牙子那裡的。」

「這樣也好。」何貞想了想，很同意。「雖說不像高門大戶的下人那麼有規矩，但是咱們的出身擺在這裡，規矩什麼的疏忽些也正常。京城裡人事複雜，若是買了什麼人家轉賣出來的人，萬一品行不端或者身上有什麼是非，反倒是給你添麻煩。」

明義點頭。「我也是這麼想的。」

「明睿，琢磨出什麼了嗎？」何貞回頭問。

「這長笑，往後就要一直跟著我了？」明睿問：「就像長安大哥跟著穆大哥、長樂跟著二哥一樣嗎？」

「對。」何貞提點他。「你要讓他對你忠心，一心為你好，這裡頭的學問可大了，你可想過？」

明睿搖頭，又點頭。「原來沒想過，我會好好想的。」

「大姊，我看好了一處四進的院子。雖說四進，但是比較緊湊，面積並不十分大，在水井胡同，離這邊兩條巷道。明天妳休息好了，下晌我下了衙帶妳去看。」明義說：「要是定下來，以後就叫明睿跟我住在外院，我盯著他讀書。」

路上確實有些累，見了明義，何貞也覺得像有了主心骨，精神一鬆懈下來，晚上睡得就沈了，等她一覺醒來，明義早就去衙門了。

出了房間的時候，何貞看見胡嬸正在跟何慧說話，明睿坐在堂屋裡看書，長笑站在一邊，看上去都有模有樣的。

聽見何貞的動靜，胡嬸立刻轉身行禮。「大姑娘起了？奴婢這就伺候您洗漱。」

何貞擺手。「不用了，打水來就是。什麼時辰了？」

「辰時末了。」胡嬸端了水來，也沒離開，就恭敬站在一邊。「爐子上給您熱著早飯呢，二姑娘和三少爺都吃過了。二少爺臨走的時候囑咐了，讓奴婢不要打攪您休息。」

確實起晚了。何貞動作迅速，抓緊時間吃了飯，才問：「二少爺平常幾時散值？」

胡嬸回答。「二少爺一般申時中或者申時末散值，他不坐車轎，走回來要兩刻鐘多一些。」

「行。今天的菜買了嗎？下午我來炒兩個菜。咱們早些開飯。」何貞囑咐了一句，就回房去理帳了。昨晚明義跟她說了，水井胡同的房子因為離內城近，要價一千五百兩銀子，確實十分貴了。可是都城的房價貴是古今不變的，她除了嘆氣也只能接受，只盼著房子的狀況好，明義上衙門上班方便。

都城自然物流暢通，食品供應的品種也多，至少何貞就見到廚房裡有新鮮的黃魚。她切了豆腐跟帶著肥膘的豬肉一起燉了黃魚，又煎了蘿蔔絲餅，這才叫胡嬸再炒個青菜，一起端上桌。時間掐得不錯，飯菜上桌的時候，明義也回來了。

「大姊做的菜就是香。」明義胃口很好，吃了一大碗飯，看著兩個小孩扒飯的樣子，嘆氣。「原來是穆大哥惦記著，現在我也惦記得很。」

在老家的時候，米比麵貴，家裡雖然也有大米，卻並不常吃。到了京城，一般人家似乎都是以大米飯為主食的，何貞倒是無所謂，兩個小孩卻很喜歡，端著米飯扒拉得很香。

猛然提起穆永寧，何貞有些不大自在，扭了臉轉移話題。「天都快黑了，還能去看房子嗎？要不等你休沐的時候咱們再去？」

「不急，戌時才宵禁呢。京城裡不像咱們鄉下，平日裡晚上也有許多店鋪營業的，跟上次你們來的時候一樣，並不是只有過年才如此。」明義說：「我跟牙人說好的，咱們吃了飯過去就是，也近便。」

冬天天冷，又天黑得早，兩個小孩就被留在家裡由胡嬸照看，姊弟倆帶著長樂出了門。

牙人很守時，就站在牙行門口等著，見到明義連忙躬身施禮，還準備好了馬車，安排得十分周全。

明義已經來看過兩次，都是白天來的。四進的院子，倒座、後罩房、前院、後院都修得很齊整，只是房屋都不十分寬大，院子也比較小，他覺得夠住了，並沒挑剔這一點。何貞看了看，如今天黑了，打著燈籠瞧過，並不覺得陰森，房子狀況看著也還好，最關鍵的是位置好，算得上是外城當中最靠近內城的一條胡同了，明義的通勤就不那麼痛苦。

「這房子我瞧著倒好，只是怎麼一直都沒有賣出去呢？」何貞問。

牙人連忙拱手道：「不瞞何姑娘，這房子真的是好的，這地段也好，周圍住的也都是朝廷的六、七品官，雖說不是高門大戶，可京兆府裡也挺照顧，這一帶平時是安全得很。賣不出去，是因為前一家房主是戶部的一個主事，壞了事了，下了大牢，來這一片買宅子的都是在朝為官的，多少有些忌諱，覺得有些晦氣。他家裡人呢，又等著拿銀子上下疏通，這價格就一降再降了。」

也不是什麼凶宅，何貞不覺得是個大問題。回頭看明義，果然他也不甚在意。姊弟間多年的默契讓明義拍板做了決定。「就這樣吧，等會兒回到牙行我就給你訂金，明日我告個假來辦房契文書，如何？」

牙人大喜，連連點頭。

最終的成交價格是一千四百兩，雖說花光了大部分家底，可是京城裡也多了一個「何府」。

第五十七章

之前的人家搬得急，大部分家具都留下了，何貞他們看過，需要格外添置的東西不多，所以徹底打掃之後，很快就搬了進來。何貞帶著何慧住在後院，明義帶著明睿住在前院，長樂長笑兩個跟著主子住前院耳房，胡氏夫妻住後罩房。雖然院子不大，可是畢竟家裡人口少，還是空了很多房子。

「這樣已經很好了，剛剛打掃過，接著很快就要過年了，也不用再費心清理。」吃了飯，何貞捧著杯熱茶跟明義說話。「你手裡的銀子夠用嗎？前些日子買宅子，你那裡也沒錢了吧。」

「嗯，是沒了。妳之前給我的三百兩沒了，不過十兩八兩的散碎銀子還是有的。」明義搖頭。「大姊，我這裡不用管，我官職低，同僚之間的應酬花不了多少銀子，俸祿足夠了。反正我歲數小，好多地方也是不去的。」

何貞讚許。「你有分寸就好。你年紀還小，不要去那些不好的地方，想來硬拉著你去的人也不是什麼品行端正的，原本也不該走得太近。而且京城裡關係複雜，寧可稍微冷淡著些，也比捲進是非裡強。」

「大姊，說到這個，我正好有些事情要說給妳聽。」明義揮揮手，讓長樂下去。「現在京城裡幾位皇子殿下明爭暗鬥得厲害，就連我們翰林院裡的幾位大人都牽扯進去了，每天也是勾心鬥角的。我反倒是慶幸，我考中得早，現在歲數小，誰也沒太把我看在眼裡，如此我還安穩許多。」

因為兩個小孩都各自回房去洗澡了，何貞說話也就大膽了些。「有哪些需要我們格外注意的，比如哪些人需要躲著走，哪些人千萬不能得罪什麼，你可得告訴我，千萬別給你惹了麻煩。」

明義搖頭。「要說起來，自然是十分複雜的。不過大姊妳別擔心，我不過是小小的一個翰林院修撰，還入不了大人物們的眼，不妨事的。大姊，妳素來極小心，不會有事的，莫說是正常過日子了，就是妳跟陳家來往，甚至在京城做些小生意，都是無妨的。」

「不光是這個。」何貞放下茶杯，右手撫過左手手腕。「你知道，我不光是你的姊姊，還是、還是穆家的準兒媳。」

明義垂眸。「穆家在朝中有人庇護呢，大姊，以後妳就知道了。如今我也不十分清楚，但我相信先生的本事。」

「既然你這麼說，那就好。對了，如今咱們有了正式的家宅，你記得給先生和你大哥他們都寫封信過去，之後就往這裡來信了。」何貞十分掛念那些遠方的親人。「今年格外冷，只怕你大哥他們那裡更受罪了。遼東受了這麼大的雪災，若是北戎那邊也這樣，恐怕還要南下劫掠。」

這是沒辦法的事。

明義只好寬慰她。「沒有聽說兵部有什麼邊關的急報，想必還是常規的戍守，就算有衝突，規模也不是很大，以大哥和穆大哥的本事，應當都是平安無事的。」

實際的情況自然並沒有這麼樂觀。倒不是敵軍大軍壓境，而是朝廷裡頭暗流洶湧，各方的勢力蠢蠢欲動，但凡是能插一手的事情裡都有幾方人馬角力的痕跡。比如這個宅子之前的主人，那個戶部的主事，表面上是因為貪污獲罪，實際上卻是捲進了西北軍的軍資糧餉的爛帳裡。明義畢竟官職低，又不在同一個衙門，知道得不多，卻也足夠讓他窺到一些。

他當然不能提起，本就是不太了解的事，說來也是徒增憂慮。而且，他看得清楚，大姊對穆大哥的情誼並不像表現出來的雲淡風輕，知道了這麼一星半點，必然會日夜擔憂。

何貞不懂這些，明義說了，她也沒有懷疑。「也是，他倆現在也是守備了，總不至於還要衝到最前頭。」

然而他們不知道的是，穆永寧還真是衝到了最前頭——不是打仗的最前頭，而是跟上官理論的最前頭。

肅州參將府裡，穆永寧跟幾個同他一樣一身鎧甲的將領正在據理力爭。

「參將大人，將士們在外頭拚命呢！咱們總不能讓大家戰場上沒死，回來城裡凍死了吧？」穆永寧抱拳。「今年氣候異常，如此嚴寒，不說加裝備吧，怎麼連軍士們的棉衣都比去年還薄呢？」

「是啊！那都是些什麼東西？」另一個有鬍子的將領忿忿附和。

被團團圍著的參將大人一拍桌子，沈聲訓斥。「怎麼著，想犯上啊你們？長能耐了？這事你們當我不知道？老子的親兵也挨著凍呢！」

「大人！」穆永寧擰著眉毛。「此事您不能不作為啊！咱們這裡天天跟北戎人打仗，旁邊還有西羌人，容不得一點閃失！您得給我們做主！」

「做主？你們當老子是神仙啊？戶部送來的就是這個，老子也變不出來好的啊！」參將大人大概也是一肚子火氣，又拍了一下桌子。「這幫披著人皮不辦人事的王八蛋！」

「別說話！」看著穆永寧還想說什麼，參將大人很快接著道：「你們啊，自己先想想怎麼著吧，別怨老子不幫你們，總兵大人都氣得跳腳了，昨天在軍營裡罵了一天，可是沒用啊！」

圍著的幾個將領面面相覷。

「老子不是好人，可是也還有點良心，你們當老子沒說話嗎？總兵大人說話都不管用！遞摺子？你們也能遞，都去試試啊！看看能不能遞到聖上面前！」參將壓低了些聲音，恨鐵不成鋼地指著自己的手下。「你們也用用腦子！指揮使大人不說話，你們咋呼有個屁用！京城裡的那幫子讀書人，誰把你們大頭兵放在眼裡？」

這段經歷出現在穆永寧寫給何貞的信裡的時候就變成了另外的樣子。「參將老頭被我們氣得跳腳，可是還是拿我們沒辦法，比我爹好對付多了。」

幾年前初相識的時候，何貞可是完全沒有想到她也會有戀愛的一天。然而現在，雖說山高水長，可是作為定下了婚事的未婚夫妻，魚雁往來之間，感情也在日益深厚。從前她覺得所謂「一種相思，兩處閒愁」之類的情懷多少有些矯情肉麻，可是現在呢，她對著盛放信件的小匣子出神許久，手上捏著看過了無數次的信，不得不承認，她很想念穆永寧。

靜下來回首往事的時候，何貞知道，是穆永寧先喜歡上自己的。那少年笨拙卻真誠地捧出了一片真心，卻許久都得不到回應，也真是難為他堅持到底了。自己呢，說不清是從什麼時候動了心的，然而這感情來得卻太過於理所當然，彷彿他一開始就在她的世界裡，而他也是那個唯一應該出現在那裡的人。反正何貞從來沒想過另外的可能。

搬了新家，明義跟何貞提起要給她和何慧添丫頭的事情，何貞也應了。等他再說起何貞完婚的事，就被拒絕了。

「這件事你不要管，我跟穆大哥說好了的，他會等我。你們都還小，日子還長。除非是連累了你的名聲，不然我不會走的。」何貞說。

明義嘆氣，沒有再說什麼。

第二天天氣晴好，雖說有些寒冷，卻也並不陰沈，何貞換了出門的厚衣裳，準備去牙行看看買丫頭。胡嬸急匆匆地從前院跑過來。「大姑娘，外頭來了客人，說是左督御史家的內眷。我家那口子問，是不是您得出去迎一迎？」

左督御史是個什麼樣的官，何貞也沒有什麼概念，但是光聽著這個名字就覺得很厲害的樣子，大概是怠慢不得的。畢竟不論來者為何，人都已經上門了，也沒有拒之門外的道理。好在本來就打算出門，何貞身上的衣服也不用換，回頭讓何慧回房等著，她就提起裙子，跟胡嬸一起去了前院門外。

胡大壯正站在門口，垂著手有些不知所措，看見何貞過來，便低頭拱了拱手。

何貞看了看，門口停了一輛馬車，看上去還算是低調，但是車夫和站在車邊的丫鬟卻是垂手斂目，十分恭謹規矩的樣子，主人家想必也不是自家能比的。她站在門外，稍微提高了一點聲音說：「不知貴客駕臨，有失遠迎，還請貴客海涵。」

車簾掀動，一個年輕的丫鬟打扮的姑娘跳下車，又回頭扶出了一個僕婦模樣的中年婦女，接著一對母女依次從車裡出來，不急不慢地走到何貞跟前。

何貞注意看著，這兩人顯然是今天來訪的正主。年紀較長的那位看上去四十多歲，穿著棗紅色褙子，棕色馬面裙，頭髮挽成高髻，髮間只簪了一支金步搖，並不奢華；面色白皙，五官端莊，臉上有些皺紋，卻並不顯得嚴厲，而是微帶笑容。落後一步扶著她的是一個二十多歲的年輕少婦，個頭不高，身段玲瓏，面容嬌豔，梳著時下十分流行的墮馬髻，髮飾用得也不多，卻恰到好處。她眉眼含笑，十分親切的樣子。

她在打量對方，對方也在端詳她。

兩人走得近了，何貞就屈膝行禮。「民女何氏見過夫人。」她做了好多年生意，對人的善意惡意還是很敏感的，眼前的不速之客並沒有惡意。

那位中年婦女就開口道：「這裡是何狀元的府邸吧？冒昧上門，是我們失禮了。」

「家中規矩粗鄙，還望夫人包涵，請進來吧。」何貞伸手引路。

那位夫人就跟著進門，邊走邊說：「妳就是何狀元的姊姊吧？是個好姑娘。妳肯定是一頭霧水呢！別緊張，我是督察院左督御史夏家的大夫人，妳不認得我，我家小姑子是妳的準婆婆、寧哥兒的母親，這樣說，妳可知道了？」

穆太太娘家姓夏，父親是京城裡的御史，這個何貞是知道的，這麼一聽就對上了。不過這層親戚關係略微拐了個彎，她低頭想了一下才捋明白。

她的這個反應在夏大夫人看來，就是害羞了，畢竟她算是夫家的人。她笑笑，拍拍何貞的手。「丫頭，妳不用緊張，妳婆……呃，我家小姑來信說了你們的事情，託我來看看你們，就是普通的親戚走動，千萬別當我們是什麼貴客。哦，這個是妳大表嫂，娘家姓張。」

「張姊姊好。」何貞也不好直接叫表嫂，就含糊著問了句好，心裡卻覺得有幾分尷尬。這個親戚關係也太牽強了一些，畢竟她跟穆永寧還沒結婚呢。

「母親，我看何家妹妹像是要出門的樣子呢，咱們今日還真的來得太突然了。」張氏跟婆婆說了一句，又對何貞說：「是這樣的，我們早就想來了，可是從前只有何狀元一個人在京城裡，我們上門拜訪也不大方便；若是讓何狀元到我們府上去見老太爺，又怕引人非議。這不打聽著妳來了，還新買了宅子，我們就馬上趕來了。好妹妹，可莫要怪我們失禮才是。」

何貞連忙說：「哪裡的話，快進屋來坐，外頭冷呢。」這位表嫂長得漂亮，說起話來嘴皮子也挺麻利，感覺上有點像王熙鳳的風格，不過她跟婆婆的關係倒很融洽。

胡嬸沏了茶端上來，何貞招呼她們坐下喝茶，回頭叫胡嬸把何慧叫過來。

「大夫人、張姊姊，我家剛從鄉下來，茶水粗陋，還請您兩位包涵。」何貞笑著說。

夏大夫人從身後僕婦的手裡接過一個細長的小盒子，放在何貞面前。「我早就聽過妳的名了，今天才見到真人，比我想得還要秀氣漂亮，我心裡喜歡得很。這是給妳的見面禮，別推辭。」

何貞站起來，行禮謝過了，剛坐下，何慧就來了。她的禮儀學得不錯，雖然有一點緊張，還是規規矩矩地行禮問好。

夏大夫人和張氏看著她就都笑起來，特別是張氏，簡直眼裡都要放光了。夏大夫人招手叫何慧過去，從荷包裡拿出一塊小巧的白玉禁步。「是個乖巧的孩子，這個給妳拿著玩。」

何慧不敢收，回頭看何貞，見她點頭才收下來，恭恭敬敬道了謝之後，小心的放在腰間的小荷包裡。

張氏一副「終於輪到我了」的樣子，拉著何慧的小手，拿了自己帶來的點心讓她吃。

夏大夫人看何貞有些困惑，就拍拍兒媳的肩膀。「妳收斂些，別嚇著孩子。」然後才轉臉對何貞說：「我這個兒媳啊，連著生了兩個兒子，就稀罕姑娘，看著誰家漂亮可愛的女娃娃就挪不動步，妳別笑她。」

何貞笑著搖頭，看何慧也是高高興興的，就沒太在意。「多子多福，張姊姊和大夫人都是好福氣。」

「是啊，都是這麼說。我們府上至今三代了，就寧哥兒他娘一個姑娘，最是心疼她，可是當年那事情一出，竟是無力相幫，真正是懊惱至極。」夏大夫人說：「我聽說這些事妳也是知道的。」

何貞點頭。「有許多細節不曉得，大致是知道的，所以現在也十分小心，生怕行差踏錯。」

「妳的事我也聽說了不少。寧哥兒他娘很喜歡妳，寫信來每次都說許多妳家的事。今天一見，我就知道妳是個妥當的。」夏大夫人看著何貞。「方才我這兒媳也說了，這京城裡頭有些事多有不便，以後咱們娘們之間常來常往卻是無妨的，妳也不要見外。住在這裡可有什麼難處嗎？」

張氏抬頭說：「母親，水井胡同這裡還算是不錯的。只是我看著，伺候的人還是少了些。」

夏大夫人看何貞。

何貞就點頭。「是呢。因為剛買了宅子，還沒來得及補上人，正要出門去看呢。」

「找的是哪家牙行？」夏大夫人問。

「是孫家牙行。他家娘子是牙婆。」何貞回答。

「他家還好，是有規矩的。妳是個有章程的，我原擔心妳年輕沒經驗，現在看竟是處處妥帖，難怪寧哥兒他娘喜歡妳喜歡得什麼似的。」夏大夫人讚許道。

被人這麼熱情地誇讚，何貞有些臉紅，微垂了眼眸。「那是穆嬸寬厚，不嫌棄我沒規矩，還肯教導我。」

「這是妳們娘們的緣法，是好事。」夏大夫人點頭。

「夫人，我就厚著臉皮順桿子爬一回。」何貞糾結了一下，問：「伺候的人好找，可是我想給我妹妹找個先生，卻是找不到門路。您也知道我家的情況，畢竟女孩子沒有個長輩教導，還是不妥當。」

夏大夫人絲毫沒有不悅，反而好像很高興聽到何貞提出這樣的要求，當即應下。「妳若信得過，我給妳尋一位教養嬤嬤，不過妳要出得起供奉。」

「這是自然。其實最好是能一直跟著我妹妹，將來叫我妹妹給養老送終也是使得的。」何貞清楚，何慧是軟萌可愛，可是也確實性格有些軟，如果能有個長輩一直陪伴著，她也放心一些。

「行，過些日子我給妳消息。」夏大夫人看看何貞。「到時候妳帶著弟弟妹妹到家裡來做客，讓何修撰送妳過府。」

何貞知道，最後一句話才是重點，自然立刻應下。

婆媳兩人又坐了一會兒，說了幾句閒話就告辭了。她們來得突然，何貞來不及準備什麼禮物，就叫胡嬸取了兩罈花生油並兩條她前幾日剛做的燻肉交給夏家的丫鬟。「夫人別嫌棄，都是自家產的。」

張氏就笑起來。「可偏了妹妹的好東西了。這花生油聽說是你們那邊產了運進京的，幾家王府裡都用的呢。」

夏大夫人拍了她一下。「妳個眼皮子淺的。」

何貞愣了愣，笑道：「張姊姊若喜歡，我下回多多給妳帶來，自家作坊裡產的。」

張氏瞪圓了眼睛，上了馬車還說：「何家小妹子這樣厲害！」

送走了夏大夫人婆媳，何貞叫胡嬸收拾家裡，看著何慧在房裡寫大字，自己還是按照原計劃出門去買人。

孫牙婆確實是很講規矩的樣子，帶到何貞面前的丫鬟婆子也都衣著整齊，來歷清白。何貞想了想，挑了兩個十三、四歲的女孩子，又挑了一個做粗活的婆子，三個人一共花了二十兩銀子。捏著三張賣身契，何貞還是忍不住心情複雜了一下。

做粗活的婆子姓劉，兩個丫鬟何貞讓何慧挑一個，自己便要了剩下的那一個。何慧給丫鬟起名叫小雪，何貞順著妹妹，就叫自己的丫鬟小月。

回來跟明義說過之後，一家人坐在一起，讓家裡所有的下人聚到堂屋，互相認識過，何貞也重新分了工。胡大壯做門房，也負責前院的打掃，劉婆子負責後院的打掃和洗衣裳等雜活，兩個丫鬟負責姑娘的生活起居，胡嬸負責廚房，長樂長笑的活計不變。明義的俸祿自己留著，雙胞胎每月的零用錢由何貞給，家裡的開銷也到何貞這裡來領。畢竟現在人口少，沒必要設帳房什麼的，責任落實到位就可以了。

「往後大家各司其職，前院的事情來問我，後院的事情都聽大姑娘的。」明義等何貞說完了，才表態。「月錢不會少了大家的，但是犯了錯的，該扣月錢還是發賣、送衙門，可不要怪我和大姑娘不講情面。」

何貞大概估計了一下，所有人的吃喝穿用，加上她和何慧的首飾脂粉、明睿書院的束修，在沒有人情來往的情況下，一個月的開支就要三、四十兩銀子。對了，還有何慧的先生供奉，到處都需要錢。照這個演算法，家裡的作坊鋪子田地雖然能支撐，卻也攢不下多少銀子，這讓何貞很不安。

在京城想辦法賺銀子，已經迫在眉睫了。

第五十八章

已經是十一月了，家事理得通順，左鄰右舍也已經拜訪過，按她的經驗，正是找鋪子簽下明年租賃合同的好時間，於是何貞就帶著小月上街去了。

京城跟他們那裡的小縣城不一樣，內城、外城界限分明，每一個區域的功能劃分也非常清楚，何貞重點要考察的也是城南，平民聚居的地方。天子腳下，就是平民百姓也比別的地方富庶，且有很多小官吏的家眷也喜歡在城南消費，畢竟城東全是高檔的鋪子，只有達官貴人們才消費得起。

走在城南的街市間，何貞有些慶幸，幸好本朝對女性的束縛沒有那麼變態，像她這樣的小官家眷出門也沒必要覆個面紗什麼的，帶著個丫鬟在街市上走動並不引人注目。這邊商鋪密集，足足有好幾條街巷，形成了一大片繁華的中低檔消費區。何貞對自己的本事心中有數，還得靠稀奇些的小吃來賺銀子，且也賺不到什麼大錢。

「大姑娘，您要是覺得悶，不如就在家養些小貓小狗的，何必要想著出來做生意呢？」小月跟在她身後，有些不解地問。

何貞打量著一側的小食肆，搖頭道：「可不敢養那些了。我們在老家的時候養過一條狗，極通人性的，這次上京帶不過來，只好送給了堂叔家。別說二姑娘難過得直哭，就是我也傷心了好久呢。」小恩早就長成一條大狗，已經跟五叔家熟悉了，雖說牠沒特別排斥，可是這次送走，牠也有靈性，像是知道這次是久別似的，格外愛膩著他們，惹得幾個人都傷感落淚。

「姑娘和二姑娘都是心善的，也是心軟。」小月嘆息了一句。「畜牲也通人性，知道誰心好誰惡毒呢。」

何貞終於扭頭看她。「過去的事就別再想它了，日後的日子還要好好過。」小月是被後娘給賣掉當童養媳的，結果她的丈夫看上了別人，沒等跟她正式圓房就把她發賣了，換錢去娶那個新看上的姑娘。吃苦做活卻不被善待，還被賣了兩回，小月就有些消極。何貞看她勤快本分，也沒太計較她這個心態上的問題，反正跟在自己身邊，自己也不會被影響。

「是，姑娘。」小月低頭應了。

京城裡有陳家的多處商鋪，光貨棧就有好幾處，何貞了解過，感覺有點連鎖經營的雛形，而且陳家這位大少爺非常了不起，同在一座京城裡，幾家鋪子還做到了差別化經營。在城東的就是精品店，在城南的就是平價超市，東西不一樣，價格也差得遠。她去城南的店鋪逛了一圈，也看到了自家花生油的影子，不過貨量並不大，價格也高。想來重點市場也不在這裡。

出於禮節，她到了京城，是應該聯繫一下陳家的。不過她的生意太小，作為合作夥伴吧，其實不大夠格跟陳大少爺直接對話，但是呢，她又是官員家眷，陳家再怎麼說也只是商人，也沒有她上門拜訪陳家的道理。問過明義之後，何貞也沒拿明義的名帖，而是直接找了鋪子掌櫃的，報上來歷，只讓人給陳少爺帶聲好，然後說自己準備在附近開小吃店，到時候來請掌櫃的過去坐坐。

掌櫃的自然是滿口應承，又說了一大堆恭喜發財的吉利話。

轉悠完一整圈，何貞心裡有數了，找了孫牙婆推薦的倪經紀打聽店鋪。一番考察和討價還價之後，四百五十兩買了一家位於兩條街交角的鋪子。這裡客流大，開飯館可以在很短的時間內引來大量客人。這家店鋪原是茶莊，經營尚可，只是主人家裡出了敗家子，攤上了官司，只好賣了店鋪賠銀子回老家去。何貞覺得對自己沒什麼影響，並不放在心上。

倪經紀做成了一大單生意，十分高興，想到別人的託付，便試探著開口。「何姑娘，小老兒看您也是爽快人，有件事吧，替人問一聲。不知您這店裡是自家有下人來做活呢，還是打算再僱人？」

「倪經紀還負責介紹夥計？」何貞饒有興致地問。她確實需要雇傭些夥計，既然這小老頭開口了，聽聽也無妨。

倪經紀笑笑。「哪裡啊，是這茶莊原來的掌櫃和夥計。也是怪倒楣的，主家少爺犯了錯，他們卻都丟了飯碗了。這不眼瞅著過年了，日子都難過著。所以也託我問問，新主家要不要僱人，要是能行的話，這不就想接著幹麼！」

何貞點頭。「行，我原也是要雇夥計的，明天，不，後天吧，煩勞您老人家給遞個消息，我這裡要開小吃鋪子，若是願意做跑堂或者廚下打雜的，就後天上午到鋪子裡來，咱們見了再商議。」

倪經紀很驚喜。他原本也只是試著問問，沒想到何貞還真的答應了，就又說了不少好話，這才笑咪咪地送了何貞離開。

對於何貞做買賣開鋪子的事情，明義從來都不干涉的。他從小到大已看了不少，也知道一些其中的道道，反正大姊能夠應付得來。等何貞跟他說買了鋪子，他連價錢都沒問，只說：「去衙門的事大姊妳就別自己去了，明天叫長樂跟小月去一趟就是。」

何貞其實也是這麼想的。吩咐了長樂幾句，等他下去了，何貞才跟明義說：「我看長樂挺機靈的，做事情也有分寸，你怎麼打算的？往後家裡的人恐怕會越來越多，不如慢慢鍛鍊起來，以後你成家了，就叫他當管家吧，總不能事事都要你親自過問。」

「我知道。也還要再看看他，反正我還小呢，也不急，大姊，妳不是還幫我看幾年嗎？」明義笑笑。

何貞點頭。「是，你放心。對了，頭晌夏家來人了呢。」

「夏家？」明義卻比何貞清楚得多。「督察院左督御史夏家？來的是誰？」

「原來你知道這家。來的是夏大夫人，和她家的大少奶奶，用的是替穆嬸來看看我的名頭。」何貞在自己最親的弟弟面前也沒害羞什麼的，一臉嚴肅地說正經事。「給了我跟慧兒見面禮，閒話了幾句家常，隱約提了一句當年穆家的事情，因為我知道得也不多，也沒深入說。我看她對我不算不耐煩，就厚著臉皮讓她幫忙給慧兒找個先生，她應了，還很高興的樣子，然後說有了信叫咱們一家子都去他們府上，特別提了讓你去。」

明義點頭。「行，什麼時候他們遞了消息咱們就去。」

「夏大夫人還說以後要跟我常來常往，我看是打著女眷親戚來往的旗號，未必沒有要跟你接觸的意思。可是她們確實是穆大哥的舅家，我也不能推辭。」何貞說：「尤其是我覺得她們都很好相處的樣子，也願意跟她們來往。」

明義就伸手握了握何貞的胳膊，笑道：「大姊，妳也太小心了。夏家跟咱們原本也是一體的，只要妳和她們相處得來，儘管來往就是了。妳這麼擔心，我也不瞞妳了，如今這情勢，我勢必也是要站隊的，無妨。」

「已經到了這個地步了嗎？難道皇上已經很老了？」何貞心下一驚。摻入到奪嫡立儲這樣的大事裡頭，就他們家這個背景，那絕對是當炮灰的料啊。

「皇上自然春秋正盛，不過皇子們也都年富力強，頗有勢力。」明義道：「現在大皇子、二皇子和三皇子各自都有自己的勢力，各人掌管著六部的一部，也算得上勢均力敵了。至於四皇子，雖說也有禮部，可是相對來說，實權就差了些。五皇子倒是明白擺出了不摻和的態度，管著國子監跟鴻臚寺，每天跟人讀書作詩，在讀書人裡挺有聲望的，不過毫無實權。」

聽著明義的話，何貞就知道他的意思了。「但是你更看好四皇子？」不然不會多說那麼一句。

「不是我更看好四皇子，而是我們沒有選擇。」明義盯著何貞的眼睛。「大姊，多年前害死鎮國公的那樁冤案，前頭三位皇子都伸手了。」

「你怎麼知道？」何貞一下子站起來。她就知道，鎮國公莫名其妙地含冤而死，不是一般的權貴能夠構陷的，原來是皇子們幹的。可是，這種事情應該不是明義這樣低階文官能打聽到的。

明義扶著她的肩膀讓她坐下。「大姊，別那麼緊張。是先生告訴我的，當年的事情多有隱情，他當時在京裡都無力伸冤，只能交出了家產，扶靈回鄉。現在時過境遷了，就是有所謀劃，我們也會小心謹慎的。」

「你們？你一個小小的翰林，能做什麼？」何貞問。

「做不了什麼，也不是現在要做。」明義說：「先生和我都能正常科舉、做官，穆大哥也一樣立功升遷，可見朝廷、或者說陛下未必想要把穆家趕盡殺絕。但當年的案子能不能翻案，卻還要籌謀試探。畢竟，那件事情就算不是陛下的授意，事後也一定有他的推波助瀾，所以應該還是很難的。先生應該是跟四皇子殿下已經有了接觸，至於我，聽說了一些傳言。我能拿到這個狀元，怕是有五皇子殿下的人情在裡面呢。」

「你不是說五……你的意思是，他其實……」何貞畢竟看過不少電視劇，這麼一琢磨就有點明白了。

明義搖頭。「我沒有證據，也沒有人跟我有過聯繫，這只是猜想。但是，大姊，妳是穆家下一代的長媳，我又是穆先生的學生，咱們的立場從一開始就是確定的。那三位不會信任我，而這種對忠臣良將背後動刀子的人，也不是我想要效忠的明主。夏家在京中以家風清正、為官不偏不倚出名，夏大人和他的兩個兒子都是堅定的中立之人，皇子中也只跟五皇子殿下略有來往。」又補充道：「不管怎麼說，我年紀小，官職又低，暫時是沒事的。妳就開妳的鋪子，得閒了走個親戚，或者給穆大哥做些針線什麼的，都隨妳意就行，不必擔驚受怕。」

雖說得了明義的解釋和寬慰，何貞心裡還是存了事情，回了房間也睡不著，便點了燈寫信。她跟著明義念過一些書，字當然是都認得，不過吟詩作賦、駢文散文的就都不通了，所幸練了一筆不錯的小楷，得過穆永寧許多次誇讚。

「今天你的大舅母和大表嫂來家裡了，這還是搬進水井胡同之後第一次家裡來客人呢。我看好了一個鋪子，臘月裡就能開張了，我打算開食鋪，就打邊爐好了，我記得你也愛吃的……」何貞原本是有很多很嚴肅沈重的話要問穆永寧的，可是提筆卻全是生活裡的瑣事。等她意識到自己寫了大篇流水帳的時候，看著整齊漂亮的字，她又很自戀地捨不得撕，糾結了好一會兒，乾脆就這麼繼續水下去。

「京城裡花生油賣得特別貴，可見這生意十分做得。過些日子我就能收到陳姨的分紅了，京城裡頭確實繁華，可是花銷也大，我又開始緊張了，這鋪子可一定要賺錢才好。

「今年的冬天格外冷，京城裡不興燒炕，只好日夜不停地燒炭盆。你那裡一定更冷的吧，之前我託陳姨給你尋的大毛衣裳你收到了嗎？不要逞強不穿……」

等穆永寧收到信的時候已經是年關了。今年明輝沒跟他在一起，他只能跟自己手下的兵士們一起吃吃喝喝，到了子夜時分，他巡視了城防之後，回到自己房裡，才拿出一直捂在胸口的信箋。

和從前的言簡意賅或者明義代筆不同，這封信是何貞親筆所寫，敘敘叨叨地寫了四張紙。穆永寧一打開，看著秀氣的字體，臉上就掛了笑，慢慢看下去，越看越開心，翻到了第四頁，再重新看第一頁，如此往復。

他的一個親兵，名叫丁木的，端著一盤熱氣騰騰的餃子進來。「大人，伙房送來的過年餃子……大人？」

穆永寧還在一臉幸福地盯著信看，完全沒聽見他說了什麼。

另一個叫劉川的就往前一步，拽拽丁木的胳膊，扭頭示意他出來。

「不是，你幹麼啊，得叫大人趁熱吃啊。」丁木不滿的瞪他。

劉川捶他一拳。「笨死你了！大人這會兒哪還顧得上餃子啊？你沒看見啊，夫人來信啦！」

「什麼夫人？大人不是沒成親嗎？」丁木歲數比劉川還大些，被他一捶，罵了他一句。「混小子瞎扯什麼呢？」

「我會不知道他們沒成親嗎？可是你也不瞧瞧，大人那股黏糊勁，你上趕著去提醒他夫人沒進門呢，你看大人削你不？」劉川白他一眼。

收起了小月遞過來的店鋪書契，何貞開始盤算著裝修開張的事宜了。

小月垂手站在她身邊，繼續彙報工作。「大姑娘，奴婢算是明白您為什麼特地要給那個倪經紀八兩銀子的紅包了。那小老頭不光前前後後的幫忙，還特別熱情地說，只要您需要，他還可以幫忙介紹木工瓦匠、跑堂夥計，就連開張的時候請雜耍班子舞獅隊他也可以！」

何貞笑笑。「所以說啊，不能忽視了這些經紀的力量。別看他們不是大老闆，可是地頭熟人脈廣，咱們初來乍到的，有他們幫忙，能省不少麻煩呢。妳以後再見了他，可要客客氣氣的，知道嗎？」

小月連聲應了。

打邊爐就是吃火鍋，這是何貞琢磨許久之後才確定的。再出去擺攤賣雞蛋灌餅的話，對明義就真的不大好了，畢竟他現在不再是要靠家人供養的普通學子，而是朝廷官員了，讓自己未出閣的姊姊拋頭露面地擺攤子，那可是品行問題。可是正經開飯店做生意，首先得有手藝好的廚子，這卻是不好找的，而火鍋嘛，她只要找人切肉配菜就可以了，鍋底和醬料她可以自己動手熬製。

誠然，真正好的火鍋店也都是有手藝高絕的大廚坐鎮的，可是她現在條件不允許，只好先占住個先機。她把城南轉了個遍，並沒有看見類似的店鋪。從前她在家張羅著涮肉吃的時候，穆永寧也是一臉新奇的樣子，想必此時這裡還沒有這樣的吃法，只這一條，就夠她搶占市場的。明明她記得歷史上，宋代的時候火鍋就很普遍了，這個燕朝卻偏偏沒有，大概是穿越給她開的後門吧。

想著第二天要去見倪經紀介紹的夥計，何貞從匣子裡拿出幾張銀票，帶上小月去了城南陳家的鋪子。

胖胖的安掌櫃一見到何貞就迎了上來，態度比之前熱絡許多。「何姑娘來了？快快請進。不知您的鋪子是否看好了？可有需要在下幫忙的嗎？」

何貞含笑見禮。「安掌櫃，我已經買下了鋪子，就在前邊那條街的路口，原來是單記茶莊。今天是有事要請您幫忙的。」

「恭喜恭喜，那位置極好，客流旺盛，何姑娘發財。」安掌櫃很會說話，先把吉利話送上，這才問：「不知何姑娘有何吩咐啊？」

「吩咐不敢當，我想跟您訂些豆腐乳、麻油、麻醬，還有各色調味料，不知道您能不能給我價格優惠些？」何貞問。

安掌櫃做好了為難的表情，等聽了何貞的要求，立刻鬆了口氣，還十分高興。「原來何姑娘是照顧我家生意啊，妙極妙極。價格自然是好商量的，姑娘需要什麼，儘管提便是。價格方面，咱們大少爺吩咐過了，何姑娘要的，一定給最低價，保證您滿意。何姑娘的訂單，我們也一併對外保密。」

陳家果然牛，隨便一個店鋪的掌櫃都精明妥帖，居然一下子就想到這些東西可能會跟何貞飯館的方子有關，連為客戶保密都想到了。何貞心裡是真的服氣，就算她從前商科畢業又怎麼樣，古代商人的智慧也是了不起的！

「如此甚好，我回去列個單子，還請您盡快準備，我想著年前開張，趁著過年這陣子京城熱鬧，也好回回本。」何貞點頭，又不大確定地問：「我還有個問題問您，貴家生意遍布大燕朝，可會採購些外邦來的稀罕吃食、調味料？」

安掌櫃沈吟一下，老實道：「在下這裡並不曾有。泉州廣州那邊的分號許會有些海上來的東西，若姑娘喜歡，在下會修書給那邊的掌櫃，幫忙留意。」

「那就多勞您費心了，並不是著急的事情，有最好，沒有也沒甚關係。」何貞告辭。「稍後我叫我這丫頭把單子送來給您，訂金您需要多少？」

安掌櫃擺手。「只是些調味料之類，不需要啦，何姑娘儘管吩咐便是。對了，若說異域香料調味料，姑娘不妨問問我們三爺，他們那邊有不少西域客商，說不定會有。」

這倒是個方向。何貞點頭道了謝，這才去了城南邊上的菜場，詳細問過鮮肉和蔬菜的價格，也打聽了幾家上門送菜的規矩，倒是跟之前胡嬸和她說的差不多。她也沒預訂什麼，帶著小月就離開了。

第五十九章

看看時間，何貞就直接去了書院，等著明睿放學，接他回家。沒等多一會兒，小孩就揹著小書袋回來了，背後跟著長笑。其實何貞並不太喜歡這種帶著下人上學的樣子，可是大家都這樣，她也少不得讓弟弟入鄉隨俗。

長笑見了何貞，恭恭敬敬行了禮，對小月都老老實實地叫了「姊姊」。何貞看他挺規矩的，心裡也放心，同時更加欣賞長樂，能把長笑教得很有幾分章法，可見能力不錯，將來應該是能幫明義管好家的。

明睿跟同窗揮手作別之後，才踢踢踏踏地跑到何貞跟前，仰著小臉問：「大姊，妳怎麼來了？」

「我出來忙生意的事，順便來接你。」何貞拉著他的小手，一邊走一邊聊天。「學堂裡學得好嗎？功課多不多？」

「功課還行。」明睿說：「不過先生要求得多，不好寫。」

「要求多是好事情，你多想多練，才能學得紮實。」何貞於科舉文章這一道差不多是一竅不通，就有些心虛地泛泛而談。

明睿倒是老實點頭。「我知道了，大姊，先生的學問比陳夫子好多了，我聽著很佩服的。」

這個孩子，骨子裡還是有些傲氣的。京城裡的先生水準高，鎮住他了，他就老實了。何貞氣也不是、笑也不是，乾脆就不管了，功課反正有他的狀元哥哥去操心。

回到家裡，何貞先看過了何慧寫的大字，又檢查了她做的小荷包，覺得都還不錯，便讚許地摸摸她的腦袋。「都很好，等妳二哥下了衙，拿去給他看吧，他一定很高興。」

何慧卻搖搖頭。「我給二哥做過荷包了，他正戴著呢，這個是我給大哥做的。」

何貞默了默，低頭道：「好，妳做得很好，拿回房去收好，咱們回頭託人給他送過去。」

又快到年關了，下一次要到什麼時候才能見到明輝呢？她這裡還有他的一百兩銀子呢，這也不夠娶媳婦用的啊。

為了盡快解決能用錢解決的問題，何貞鋪開筆墨，仔細想了想火鍋需要的東西，開始列清單。這個時代好多東西都沒有，吃火鍋也少了幾分味道——沒有辣椒的火鍋簡直是少了靈魂！

沒有辣椒，沒有番茄，又因為牛是重要的農具，官府明令禁止宰殺，食材選擇上就少了很多。何貞慶幸這裡是京城，算得上水陸匯聚，食材供應比齊河鎮不知道豐富多少，不然店還不知道能不能開得起來呢。她列了三張單子，一張給安掌櫃，買調味料和乾貨，一張拿去器皿作坊，打製不同的火鍋鍋子，最後一張是生鮮原材料的列表，留著開張前去採購的。

等明義回來，何貞想起了一件重要的事情，特地去書房找他。「今天可是正經有事要求你。」

明義一臉驚訝。「大姊，何來一個『求』字啊？」

何貞笑著說：「我的小飯館缺塊匾呢，求何狀元的一幅墨寶唄。」

明義鬆口氣，難得的露出幾分忸怩。「哪裡就叫墨寶了？叫什麼名號，我來寫就是了，大姊怎麼取笑起我來了。」

「沒想好叫什麼呢。」何貞搖頭。「卻不是取笑你，我都聽說了，你們翰林院的人多數都是才子，不少人都給人家題字寫匾，賺潤筆銀子呢。我就一個小小打邊爐的小鋪子，叫你寫塊匾，也沒銀子給你，可不得求你？」說著，她自己也忍不住笑起來。

明義想了一會兒，起身取了紙來，換了支稍微粗些的筆，揮筆落下三個大字「暖鍋居」。

何貞站在他身邊看著，非常喜歡。「真是恰當，也上口好記，就是它了！你這字真是越發好看了。」

再見到倪經紀的時候，小老頭比上次見面的時候更加殷勤，大老遠就拱手作揖。「原來姑娘是修撰大人府上的大小姐，小老兒有眼不識泰山，失禮啦！」

「您可不要這樣客氣，我還要勞您幫襯呢。」何貞擺手。「咱們還是去鋪子裡談吧，正好也見見您介紹來的夥計。」

倪經紀自然是無有不從。

何貞找他幫忙的幾件事都是跟鋪子有關係的。一個是介紹夥計，這個之前說過了，今天面試。另一個是介紹可靠的泥瓦匠人和木匠，來改建廚房並打製桌椅板凳；再一件事就是了解一下衙門對商鋪的管理方式和稅賦事宜。後面兩件事一邊走著就說清楚了，何貞叫小月好好記著，一會兒跟自己一起去辦。

略微有些意外的是，他們這邊面試夥計的時候，原來茶莊的二掌櫃也來了。倪經紀介紹的時候，話裡話外的意思就是這位林掌櫃人品不錯，業務能力也過硬，就是跟之前那位敗壞家業的富二代少爺不合，才暫時卸職了。何貞聽這人說話很穩妥實在，也沒排斥。

雙方互相了解了一下，暫時滿意，談妥了工作內容和報酬，人員就算是到位了。

何貞在老家雇了不少人，不過基本上都是靠熟人介紹，互相擔保，還真沒這麼招聘過，這會兒就有點後悔了，要是等明義休沐的時候叫他一起來幫著掌掌眼就好了。可是她也不能事事都靠著明義——雖然他比自己這個姊姊精明有城府。世界五百強招聘的時候也有用人風險，要不怎麼有專門的人力資源招聘的課題呢，算了，賭一把！

「既然幾位都有心，那麼咱們就試著開始做起來。眼下還有些家什物事要打製，各位就十日後來上工，正好是臘月初一，如果一切順利的話，臘月初二咱們就開張了。」何貞說完，又對林掌櫃說：「林掌櫃辛苦些，五日後就來吧。」

林掌櫃拱手應了。

等到配了店裡的鑰匙，聯繫了人來做廚房改造、打造桌椅板凳之後，何貞才拿著自己專門畫好的圖紙，去了工匠鋪子，訂製不同的鍋具。一般的平底涮鍋和鴛鴦鍋都簡單，只有涮肉的銅鍋比較新鮮，還是何貞對著圖紙又比劃解說了一通，工匠才明白過來。她要得急，工匠鋪子的掌櫃便提出要加價，最終加了一成的價格，八天後可以送貨上門。

她這裡談妥，付了一半銀子，小月也找了過來。「姑娘，安掌櫃說了，五天之後給咱們送到店裡，總共大概是五、六兩銀子的樣子。」

該辦的事都辦妥了，何貞帶著小月回家。走在路上，小月糾結了好一會兒，還是問：「姑娘，往後鋪子開起來了，您還是要天天去嗎？」

「這是自然呀，得做生意呢。咱這個生意啊，不用大廚炒菜，可是鍋底和醬料可都有秘方哦，這必須我自己來。」何貞一本正經地胡謅，她當然沒有什麼秘方，只不過占著個「新」字，暫時還不想被人學去罷了。火鍋這個東西太容易模仿了，估計早晚會有別人來做，她只能靠不斷的推陳出新和暫時還沒被學去的調味來占住市場了。

小月皺眉。「可是，大姑娘，這樣會不會對名聲不好？畢竟您跟奴婢們不一樣。」

何貞拍拍她的胳膊。「妳來家裡也有一陣時日了，妳看咱家日子如何？」

小月說：「自然是好的。奴婢如今吃得飽穿得暖，日子極好。」

「那我跟少爺們呢？可有十分奢華？」何貞又問。

小月搖頭。「姑娘少爺們都十分簡樸，飯菜也是家常的，平常也不見穿金戴玉。」

「那是因為咱們用不起。」何貞笑著說：「窮翰林窮翰林，二少爺一個月的俸祿也不過五、六兩銀子，哪裡足夠咱們這麼多人開銷？所以我得賺銀子呢。我曉得妳擔心什麼，一來我只在後廚待著，並不去前頭；二來不是有妳嘛，妳時時跟著我，不妨事的。」

「奴婢一定守好姑娘，寸步不離！」小月保證著。

何貞笑而不語。

回了家，她剛洗了手，坐在炭盆邊烤著，小月就進來了。「姑娘，胡大叔說門房收到了張帖子，叫我交給您呢。」

何貞接過來一看，是夏家送來的，請她明天全家到夏府做客。她回頭問：「明天是休沐的日子嗎？」

小月點頭。「是的，姑娘，二少爺明天不用去衙門，三少爺也不用去學堂呢。」

「明天咱們去夏家做客，下晌回來咱們包餃子吃。」何貞在飯桌上宣佈。

兩個小孩都很高興，也不僅僅是嘴饞，主要還是包餃子好玩，他們可以「幫忙」。明義看了何貞一眼，點頭表示明白。

夏家的宅子在內城，畢竟夏老大人是二品高官。姊弟一行到了夏家門口，明義遞上名帖，馬上就被迎進了府裡。很顯然，門房早就得到了主人家的吩咐。

這次何貞見到了夏家的老夫人，也就是穆永寧的外祖母，是個頭髮花白、滿臉富態的老太太。幾個人行了晚輩禮之後，夏老夫人招手讓何貞到她跟前去，拉著她的手仔細端詳了一番，面露喜色，回頭從丫鬟手裡接過了一只血玉鐲子戴到何貞的右手腕子上。「是個好姑娘，招人喜歡的。」

何貞道了謝，心裡卻想，真是親母女了，都愛送鐲子。

明義幾個人也都有禮物，各自謝過了，夏老夫人才讓他們坐下，寒暄起來。除了丫鬟僕婦，何貞看了看，發現就三個主子：夏老夫人、夏大夫人和張氏。她正想這家的女眷這麼少呢，就聽張氏笑著跟她說：「何家妹妹可要多來玩才好，咱們家裡，二叔父一家子都在江南任上，二弟也沒成親，除了母親和我陪著祖母，再沒旁人了，妳多來，帶著小妹子來。」

得，女娃控又來了。

「小狀元郎不必拘謹，我家老頭子本來是要在書房見你的，這不是臨時家裡來了個客人，他要過一會兒才過來。」夏老夫人看看明義，開口說道。

「是，晚輩等等便是。」明義拱手。

「這兩個孩子是雙胞胎？看著可真讓人喜歡。」夏老夫人歲數大了，特別喜歡小孩子，何慧和明睿都長得好，也乖巧懂禮，老人家忍不住多看了兩眼。

「可是呢，」夏大夫人回頭問身後的丫鬟。「秦嬤嬤可請來了？」

丫鬟往外看了一眼，點頭。

「請進來吧。」夏大夫人吩咐過，又對何貞和明義的方向說：「上次妳託我的事情，我辦妥了。秦嬤嬤是宮裡出來的，原本是齊太妃身邊的人，前兩個月齊太妃薨逝了，她也就放了出來。規矩禮儀這些都是頂好的，教導小丫頭必然能勝任。她並不是奴籍，你們以禮相待便是。」

「妳找來她啊？」夏老夫人點頭。「齊太妃膝下只有慶陽長公主一個女兒，她們母女都是賢良端方的，身邊的人必然不差。」

何貞和明義對視一眼，齊聲道謝。

秦嬤嬤看上去跟夏大夫人年紀相仿，相貌端莊，用何貞的話就是氣質上佳。她顯然已經知道自己要教導的是翰林家的小女孩，進門見禮之後就看向了何慧。

何慧在姊姊的示意下，站起來端端正正地行禮，口稱「先生」。秦嬤嬤臉上就帶出個笑來，受了她半禮，又側身回了一禮，對何貞說：「何姑娘，往後我就跟二姑娘一起住吧。」

這個要求有點突然，雖說教養嬤嬤確實都是跟主子小姐一起住的，可是畢竟初次見面，何貞有些反應不來。

張氏就笑著提點何貞。「何家妹子，我就說妳這小妹妹天真可愛吧，秦嬤嬤這是第一眼就喜歡上她了呢。」

這會兒何貞還不知道，第一眼就喜歡上何慧的，還不只秦嬤嬤一個人呢。

夏家今天並沒有請別的客人，本來給夏老夫人見過禮之後，明義就應該去夏大人的書房去面見夏大人和夏大老爺。可是家中臨時來了不速之客，倒是讓明義第一時間見到了妹妹的老師。按照當下官宦家庭的一般做法，這位秦嬤嬤應該會一輩子陪伴何慧，他也十分重視，自然不介意在後宅多停留一會兒。

秦嬤嬤提完要求，看何貞點頭，就往前兩步，站在了何慧的身後。

這會兒何貞還有點反應不過來。如果真是宮裡出來的嬤嬤，應該眼界很高才是，就算是夏大夫人幫自己家說了好話，也不至於這麼痛快吧？難道是小妹過於可愛，讓她一見之下就喜歡到願意終身陪伴？這事怎麼看也不大可能。

不僅她滿腹疑慮，明義也是一樣。他是做官的人，想得自然更多些。也不知道秦嬤嬤是哪個勢力派過來的，要在他這裡做什麼。

不等他們接著說什麼，就有丫鬟打了簾子進來稟報。「老夫人，大爺帶了九皇孫殿下來給您請安了。」

「快快有請。」老夫人讓身後的丫鬟扶著自己站起來，屋子裡的人自然是呼啦啦都站了起來，迎接這位天家的金孫。

何貞還是第一次看到活生生的皇室子孫，雖然不能抬著頭明目張膽地打量，不過因為來的是個半大少年，個頭比她略矮一些，她垂眸斂目，也一樣能看清楚。

九皇孫也就是十二、三歲的年紀，臉上稚氣未脫，大概平常只讀書不練武，看著白白嫩嫩的，有些明義前幾年的氣質，不過多了幾分貴氣。大家一起跪地請安的時候，他也沒擺架子，痛快地叫了起，然後又向夏老夫人拱了拱手。「老夫人身體還好嗎？」正在變聲的時候，他的聲音其實並不好聽。

「託殿下的福，老身身子好得很。」夏老夫人笑道：「殿下今日怎麼過來了？魯郡王殿下和王妃娘娘可好？」

經過明義的科普，何貞現在知道，皇帝的五位成年皇子都已經封王開府了，不過前三位皇子封的是親王，而四、五兩位皇子封的是郡王，要矮上一頭，就皇位的爭奪者來說，也算是第二梯隊的。她不知道九皇孫是誰，不過魯郡王就是那個文藝中年五皇子，這點她還是知道的。

就聽九皇孫道：「父王母妃都好。我許久不曾探望先生了，因今日休沐，便來拜訪先生，順便請教些學問，卻不知府上有客人，是我來得莽撞。」

夏老夫人搖頭。「哪裡，都是自家親戚，並不算外客。哦，老身給您引薦一下，這位是翰林院修撰何明義，上一科六元及第的少年狀元。明義啊，這位是魯郡王府的世子，九皇孫殿下。」

九皇孫大概是跟他老爹一樣愛做學問，聽了介紹，再看明義的時候，神情一下子就熱切了好多，好像見到了偶像似的。就連何貞何慧再次給他行禮，他都客氣地回了禮，還格外多看了何慧兩眼，最後說改日要請明義過府做客，這才拱手離去。臨走前又回頭笑笑，才出了門去。

何貞看他視線的方向，覺得他回頭是衝著自己笑，可是顯然不可能啊，想了一會兒，也不明白，只好把這個疑惑放在心裡。

權貴人家就是麻煩，許多事都不好猜，還是跟勞動人民打交道舒服，直來直往。

明義總算走了，去見書房裡的男主人們。夏大夫人才對重新落坐的何貞說：「妳也許聽說過，魯郡王殿下極愛文墨，我們老爺做國子監祭酒之後，他就時常跟我們老爺探討學問，連自己的嫡子都讓我們老爺開蒙，就是這位九皇孫殿下。」

「原來是這樣。」何貞點頭，補充了一句。「難怪他口稱先生呢。」

「這位皇孫殿下是極好的，小小年紀學問做得好，也不驕矜跋扈，十分尊師重道。」夏大夫人說完，也就不再議論天家人了，轉而問何貞。「我看妳添了下人，如今家裡如何了？」

何貞回答。「也沒有添很多人，畢竟我們就姊弟四人，二弟的官職也不高，不需要那般排場，人暫且夠用。」

夏老夫人首先贊成。「也好。你們跟我們府上一樣，靠科舉晉身的清流人家，不需要學習豪門貴胄僕婢如雲的那一套。要緊的是要門風清正，子孫不可驕奢淫逸。不過說起來，妳可曾在京中置辦產業？」

何貞點頭。「回老夫人的話，我們初來乍到，還沒買田產，只是前幾日晚輩在城南買了一處店面，想要開個飯鋪，這樣流水快些，也好應付府中開銷。」

夏老夫人並不反對。「也好。只要不仗勢欺人，與民爭利，自家的鋪子善加經營，甚好。」

「祖母，這您就不知道了，何家妹子才是經營有道呢。我可是聽說了，陳家推出來的花生油，就是何家妹子弄出來的。您說，那花生誰都不認識，她一個小姑娘，怎麼就敢種呢？」張氏笑著說：「如今咱們府上也沾光了，祖父他老人家不是說最近的菜都比從前香些？就是花生油的功勞。」

第六十章

她們這廂閒話家常，書房裡的氣氛就要鄭重許多。何貞跟老太太還能勉強用姻親關係拉在一起，他們這邊，這層尚未成婚的姻親關係就只是一個見面的藉口了，他們要說的也是朝政大事。

所以回到家之後，明義就對弟弟妹妹說：「你們先回房去。明睿寫近日的功課，慧兒帶秦嬤嬤熟悉熟悉家裡，晚飯後再敘話。大姊，能不能來我書房一下？」

「大姊，有件事情我得先跟妳說一下，妳好心中有數。」何貞坐下。長樂上了茶水之後，就跟小月一起到門外守著，明義才開始說起今天得到的消息。「惠郡王，也就是四皇子殿下，果然隱藏了勢力。夏家明面上中立，實際上應該也是他的人。」

「這麼隱密的事情，他們怎麼會透露給你？你官職低微，和他們的關係也很生疏，他們就不怕你不在意這層姻親關係嗎？」何貞總覺得這些玩弄權術的高官不應該這麼坦誠。

明義點頭。「是這樣的，大哥那邊是跟穆大哥關係密切的，妳又是他家的媳婦，這種聯姻關係已經算得上很密切了。而且，妳跟陳家合作生意的事情他們也都知道，這陳家大少爺，是惠郡王的門人。還有，先齊太妃曾經撫養過惠郡王幾年。」

何貞猛地抬起頭，定定看著明義。

明義露出個無可奈何的笑。「所以，咱們不管怎麼算，都是上了這艘船了。眼下唯一慶幸的是，惠郡王此人不算昏庸，計謀手段都有，也不是心術不正之人。」

「可若真如你所說，他這樣能幹，為什麼只得了個郡王封號？」何貞捧起手邊的熱茶，也沒喝，就那麼捧著暖手。

「他的生母身分低微，只是個普通宮人，生下他才得了個才人封號，而且還沒多久就死了。那個時候齊太妃也才是個嬪，她撫養了惠郡王十年，也沒升位分。然後惠郡王因為讀書不好，就去了遼東軍中歷練，直到大婚建府的時候才回京，一直也沒看出有什麼很大的建樹。」明義敘述得很平淡，但是足夠何貞腦補出一位韜光養晦的皇子形象了。

何貞揉了揉額角，沈默了好一會兒，才問：「那麼今天夏家人給了你什麼任務呢？」

夏家官職品階高，但是更多的似乎是榮譽感。夏老太爺是督察院的一把手，正二品的大官，但是主要是糾察什麼之類的；夏大老爺是國子監祭酒，最清貴的學子老師，可都沒實權，還不如夏二老爺封疆大吏主政一方有權力。可夏二老爺遠在江南，也是遠水不救近渴。

明義搖頭。「並沒有，只不過是正式見面，通通氣罷了。大約是我官職低微，也沒什麼我可以做的事情。」

「他們既然沒明確說，咱們也只好靜觀其變。」何貞覺得自己一向都是十分小心謹慎，如今卻身不由己捲入了這個漩渦，還成了裡面最沒有身分地位的小角色。這樣的角色死得最快了。她很是憂愁。

明義有意轉移話題，就說：「大姊，既然如此，秦嬤嬤想必暫時是可靠的了。至少她不會對慧兒不利，反而還會盡心教導於她，這樣算來，也不是壞事。」

也只能這麼想了。何貞說：「後院的事情你放心，我會盯著的。你得空給你大哥再寫封信，把這些事情都跟他說一說，該怎麼說你心中有數，我也不明白。家中暫且無事，我最近要盯著鋪子，明睿的功課你仍盯著些，明年秋天還得回家去考府試。」既然已經捲了進來，只好讓自己更有力量一點了。

京城裡一所疏闊的大宅院裡。

「啟稟郡王爺，人已經送進去了。」一名文士模樣的中年人躬身對房中坐著的主人說道。

「好。」這人正是惠郡王。他三十出頭的樣子，雖然坐著，卻也能看得出身姿高大魁梧，高鼻深目，濃眉入鬢，聲音低沈有力。

「郡王爺，那何修撰雖說科考成績出眾，可就是一個未及冠的孩子，您是否過於重視他了？」中年人問。

惠郡王笑笑。「你也說了，他還小，將來能走到哪一步誰也說不準。不過我這次倒不是為了他，而是為了他姊姊。有人教導孩子了，這姑娘也就能放心出閣了。方先生，你忘了那小子了？」

那位中年人略微直起了身子，也是莞爾。「您不說，在下還真忘了。」

「穆靖之這個人防心極重，又有當年那件事，如今對本王也不是十分信任。且他又走了文官的路，明面上也就不好多來往了。」惠郡王說：「他這兒子倒是和老國公的性情十分相似，竟然直接跟本王的人說，什麼都不要，他要自己掙，就是媳婦沒娶進門，甚是心急，倒是不見外！」

「王爺，這穆氏父子還有那麼重要嗎？」方先生笑過之後，又皺眉。

「當然有。」惠郡王語氣堅定。「本王在遼東數年，軍中貪腐、爭鬥頗多，也該整頓了。軍隊不強，我邊境不寧，會動搖國本的。能整肅軍隊的，最好的旗幟就是穆家。本王自問，這點度量卻是有的，不僅要保全他們，還要讓他們走得更高。」

「王爺高瞻遠矚，心胸寬大，令人欽佩。」方先生拱手。

惠郡王擺手。「不用給本王戴高帽子。陳宣那裡怎麼說？」

「陳宣說，花生作物已經在西北許多地區種植，他的那位庶出叔父雖說與本家分家，但信息來往還是有的，看來西北地方貧瘠之地完全可以種植這種作物。」方先生說：「中原地區想來更是適合種植的。據說何記油坊最主要的原料來源就是一座荒山，如今種滿了花生。當地許多農戶也在荒地種植，夏季麥收後也可以種植一批。花生頗耐寒，即便霜凍來得早些，也不大影響收成。」

「甚好。」惠郡王手指在書案上點了點。「百姓可以多些收成，國庫也能增加賦稅，此事乃是長久大計，叫陳宣多加支援。油乃是千家萬戶不可或缺之物……等一下，你說何記油坊是給陳宣供貨的嗎？可靠嗎？」

方先生一笑。「這何記油坊的東家，就是何狀元的大姊，也就是穆小將軍那位未過門的妻子。王爺，在下以為，甚是可靠。」

「哦？」惠郡王有些驚喜。「本王還說，此人須得嚴密注意，手上掌握著這樣重要的產業，假以時日若是做大，必須得保證為我所用。竟是個女子？也罷，如此甚好。」

「另外還有兩件事。何狀元與魯郡王世子在夏家見過一面，應當是巧合，魯郡王世子對何狀元很推崇。」方先生繼續彙報。

「無妨，允琪那孩子好讀書，不是什麼大事，不需在意。」惠郡王神色輕鬆。「五弟自有分寸。」

「再就是，這位何姑娘在城南買了間鋪子，不日就要開張。」方先生說。要用的人，他們都會調查清楚，姻親關係也是一樣，尤其是這個何姑娘，頗有些過人之處。

惠郡王點頭。「關照一下，不許有人前去滋擾，其他的不需干預。」

「是。」方先生應諾。

何貞觀察了兩天，發現秦嬤嬤既不對家裡的事情指手畫腳，也不以奴婢自居，就如同一般人家的客卿或者西席那樣，陪伴教導何慧，不卑不亢。她教的東西很多，既有女工刺繡，也有規矩儀態，甚至還有算數看帳等等。

等她回房休息的時候，何貞問何慧。「妳覺得秦嬤嬤好不好？」

何慧的大眼睛黑白分明，盛滿了敬佩。「好。秦嬤嬤好厲害，什麼都懂。她說我還小，先學這些，等學好了，她再教我調香製紙、穿衣打扮、彈琴下棋、管束下人。大姊妳說，我能學會嗎？」

何貞瞠目結舌。這都是古代貴族女子的功課吧，聽著就好高級。她摸摸小姑娘的腦袋，鼓勵道：「咱們慧兒最聰明了，只要努力，肯定都能學會。」

她心中不是沒有疑慮，可是這些東西都是這個時代官宦家庭的女孩子最值得學習的，能讓妹妹得到好處，她便是有些疑慮也要讓何慧學下去，畢竟這些她都教不了。她遇到穆永寧，遇到穆靖之夫妻，其實已經很幸運了，很難保證妹妹也能遇到一個這樣包容她的家庭，無條件支持和疼愛她的丈夫；這孩子性格又有些綿軟，總歸是技多不壓身，對她將來有好處。

到了約定的日子，何貞帶著小月去鋪子裡，跟林掌櫃見面。首先讓林掌櫃寫一份花名冊，記錄一下現在店裡五個夥計和他自己的姓名、家庭住址，以便有事時可以聯絡，然後根據幾個人的情況分派活計。等到桌椅和鍋灶一切準備就緒的時候，她就開始為店鋪開張做最後的準備了。

令人驚喜的是，林掌櫃因為原本就是本地人氏，從小就在城南長大，對於炭火菜蔬肉類的採買十分熟悉，聽了何貞的要求，馬上就聯絡到幾家送菜的，能夠絕對保障每天的供應，價格還比何貞自己去打聽到的要優惠不少。

火鍋店對於大家來說是個新鮮事物，何貞先讓林掌櫃寫了水牌，再讓第一天來上班的夥計把店鋪收拾乾淨，自己則去後廚準備了兩份火鍋底料和蘸醬，簡單做出了幾樣菜蔬，端上來讓大家先吃了一頓。馬上就要開張了，她這個當老闆的也不能那麼小氣，讓夥計們只能看不能吃，再說了，總要夥計們先知道怎麼吃，才能向客人推廣。

有小月幫忙，何貞準備的是老北京銅鍋涮肉和江浙一帶的菊花暖鍋。乾菊花還是她專門去藥材鋪子買的，不過安掌櫃已經接了她的單子，也去搜羅了。涮的食材包括羊肉片、雞肉片、五花肉片、豆腐、干絲、魚滑、白菜、藕片和火鍋麵條。熱氣騰騰的鍋子一上來，新奇有趣的吃法、熱鬧的氣氛、口齒生香的蘸料，讓幾個夥計們大呼好吃，就是稍微含蓄些的林掌櫃也頻頻點頭。

店鋪不小，一共是十張方桌，能坐四、五個人，另有兩張大圓桌，能坐十個人左右。聽了林掌櫃的建議，何貞臨時讓夥計陪著小月去買了兩張簡單的山水畫屏風作為隔擋，算是雅間了。

「東家，在下覺得，價格可以定得略微高些。這個吃法新奇，且極適合三五朋友小聚，吃完身子溫暖舒適，冬日定然火爆，便是比旁的小食肆利潤大些也是正常的。」林掌櫃道：「不過恕在下直言，這個吃法其實也不難，只怕很快會有人仿效。」

這位掌櫃還真是挺可靠，業務能力強。何貞點頭。「那就聽你的，能多賺銀子，我當然是沒意見。至於仿效，也是沒辦法的事情，只要我們不斷推出新的，自然總能留住客人。這採買的事情您還要多費心，包括安掌櫃那邊，以後就都由您去接洽。」

林掌櫃拱手應下。

臘月初二的上午，幾掛鞭炮過後，「暖鍋居」就正式開業了。

有人好奇，進來看看，發現水牌上一道正經的炒菜都沒有，只有糖蒜之類的涼菜和看不出什麼意思的「鍋」，望而卻步，走掉了。穿著一新的三個夥計面面相覷，面露急色。林掌櫃卻老神在在，時不時到後廚看看，提醒兩個負責切菜的夥計多多地切肉、切菜。

何貞正在後廚準備鍋底。她調製蘸料的時候，小月就主動守在她身側，不叫夥計們窺探到配方，防範意識強多了。買來的肉按何貞的要求，放在外面冰著，這樣切的時候容易切出厚度一致的薄片，還能捲出漂亮的形狀。這個活計需要不少力氣，何貞沒有逞強，而是教了兩個夥計輪流來做。

今天是第一天開業，她並不打算把自己知道的吃法全部推出來，只準備提供三款，除了昨天員工試吃的兩款之外，再加上一道羊蠍子火鍋。現在正是臘月寒冬，這些都是暖身的，非常應時。

到了中午時分，安掌櫃挺著胖胖的肚子進來，拱手對林掌櫃道了恭喜；正好倪經紀也來了，因為都是相熟的，便邀請了他一同坐下來吃。瞧著名字新鮮，他乾脆讓林掌櫃來決定。

林掌櫃便叫夥計去端一套銅鍋涮肉來。因為銅鍋造型新鮮，自然最引人注目。

等到精心熬製的湯底飄出香氣，兩個人按照林掌櫃教的，涮了肉來吃上，頓時就忘記了剛才的無所謂和好奇，邊涮邊吃起來。

火鍋這個東西，吃的就是個熱鬧。他們這裡吃得忙忙碌碌，滿頭大汗，再進來瞧熱鬧的食客就饞了，呼啦啦坐了好幾桌。

要吃什麼食材自己挑，原料上桌自己涮的吃法和一般的飯莊完全不同，大家都覺得十分有趣。偏偏店裡的夥計還不推薦一直點價高的肉，等客人點上幾份了就極力推薦客人點些青菜豆腐之類的，說什麼「這些東西一樣好吃」，還「於身子有益」云云，更讓人新鮮。

很快，十幾張桌子就坐滿了客人。

吃火鍋的時候，邊涮邊聊天，夥計們會及時添湯續炭；一桌子菜吃完了，再點上幾份接著涮，這東西又不需要食客懂得廚藝，完全憑喜好就好。後果就是大家吃得盡興了，時間都拖得挺長，中午的最後一批客人還沒離去，已經有人坐下準備吃下午的了。還有幾個明顯是愛吃的客人，中午吃了銅鍋涮肉，晚上就想來個菊花暖鍋試試，醬香四溢的羊蠍子火鍋更是後來居上，引來了不少食客。

一直忙到店鋪打烊，夥計們又忙著清掃鋪面，刷鍋洗碗，順便洗好明天的蔬菜，前頭林掌櫃也算好了一天的帳目，對坐在一角休息的何貞笑咪咪地拱拱手。「東家，今天一共三十五單。其中銅鍋涮肉十五單，菊花暖鍋九單，羊蠍子火鍋十一單。扣除菜蔬炭火和酒錢，一共淨利三千七百五十二文。安掌櫃的那一桌沒有收錢，成本是九十二文，所以最後剩餘三千六百六十文。」

那就是說第一天利潤三兩半銀子，照這樣算來，去掉每個月的人工賦稅等成本十幾兩，還是能有不錯的收益的，作為小本生意，也還可以做的。何貞點頭。「大家今天也辛苦了，煩勞您，給大家每人分一百文，您留二百文，開張大吉嘛，大家都討個好彩頭。」

忙了一天，大家都有些累了，可是當天東家就給了大紅包，大家都很是開心。林掌櫃謝過了何貞，又敲打了幾個夥計。「東家大方，也體恤咱們辛苦，咱們就更得好好幹，別偷懶！」

第六十一章

回去的路上，小月有些心疼銀子。「姑娘，您今天怎麼給了那麼多錢出去啊？」

何貞正在盤算這樣下來一個月能攢多少銀子，聽到她問，一時沒反應過來，過了一會兒才明白，便搖頭。「我又不是天天這樣給。畢竟是第一天開張，夥計們都很賣力，也是辛苦，且咱們都不熟悉，互相很難有多少信任。我這麼做，也是讓大家知道，好好做事，我不是刻薄小氣的人。他們畢竟只是雇來的夥計，不是賣身給咱家的人。」

小月似懂非懂。「那就是說，您明天就不會再給了？」

「自然，我打開門做生意，又不是開善堂。每個月的工錢我都照發，大家心裡也會有桿秤。」何貞說：「有些獎賞激勵大家就可以了，總不能養成習慣。」

這其中的分寸，她心裡有數，不過不必要向小月解釋那麼多。「妳呀，別那麼緊張，我有數，不會虧了銀子的。」

沒走多遠，就遇上了明義。他跟長樂站在路邊，還雇了頂轎子，見了何貞就說：「姊，妳累了一天，快上轎子吧。咱們回家再說話。」

這還是何貞第一次坐轎子，感覺挺新鮮的，晃晃悠悠十分有趣，卻一點也不會東倒西歪，坐得穩穩的。

有外人在場，何貞也沒說生意的事，問了明義，今天衙門裡忙不忙，又問他檢查過明睿的功課沒有，閒話之間就到了家。進了宅子，何貞回頭看了看倒座，說：「還是得買個馬車，這筆銀子不能省。要是合適，也得買個車夫。」

她雖說不是很計較所謂拋頭露面的事情，那也是因為現在沒什麼人注意她，可是每天這麼往城南跑，她也累啊。

明義很同意。「我讓長樂去打聽打聽，這事就交給他辦。」

何貞點頭。「回頭我讓小月給他送銀子去。」

長樂很快就買了一輛小巧的馬車回來，品質不錯，樣式一般，能坐兩、三個人，用一匹馬拉著；又買了一對父子，老的叫孫財，兒子叫孫進寶。原本只要一個馬夫的，可是這父子倆要在一起，且孫進寶原是在酒樓裡學徒的，會些粗淺的廚藝，長樂瞧著可用，乾脆就買了回來。孫進寶的大廚師傅被人冤枉做菜吃出人命，他給師傅鳴冤，反倒被打斷了一條腿，老爹為了給他看傷才賣身為奴的。何貞聽說了，就另外給了幾百個錢，讓長樂帶著把傷看好再說。幾天之後，孫進寶就一瘸一拐地和他爹來給主人家磕頭了。

看面相來說，孫財父子都算是老實的，眼神端正，不到處亂看，就那麼一句感謝加保證好好幹活的話，那漢子都說得結結巴巴，一看就是長樂提前教過的。孫進寶十五、六歲的樣子，臉色有些蒼白，應該是傷還沒好徹底。

「孫叔想來也已經有數了，那馬車就交給您照看。平常照顧馬，維護車子，就不用我再多說了。平日裡，早上送二少爺去衙門，回來之後送我去城南鋪子裡，下晌去接二少爺下衙回家，晚上再來接我。如果有別的事情要出門，我會提前讓小月告訴你。」何貞說完，見孫財點頭，知道長樂已經吩咐過了，也很放心。

「至於你，我聽說你跟著廚子做過學徒？都學過什麼？」何貞問孫進寶。

孫進寶卻有些臉紅，半低了頭。「回姑娘，小的才剛練了兩年刀工，學了些醃製醬菜，還沒正式學炒菜。」

這對何貞來說卻已足夠了，她說：「這樣，你今天還是回去休息，明天跟我去鋪子裡，我要簡單考一考你。若是可以，你今後就在我鋪子裡做活吧。」

考察的結果讓何貞十分驚喜。孫進寶現在有些瘸，但不太影響他在廚房的方寸之地幹活，就像孟柱子一樣，在一個小空間裡也不妨事。他的刀工很好，就算肉沒凍過，他也一樣能切出均勻的薄片，處理起魚滑雞片也很有章法。特別讓何貞驚喜的是，他會醃製各種小菜，糖蒜、醬蘿蔔、醃黃瓜、酸白菜，什麼都懂，這些正好都是火鍋店裡非常好的配菜。

何貞畢竟不可能天天窩在廚房裡拌蘸料炒鍋底，在觀察了一陣子之後，她就把這些方子都教給了孫進寶，讓他負責廚房裡的事。這孩子有些受寵若驚，連連推辭。「大姑娘，小的沒出師呢，不能當廚子啊。」

何貞說：「你也算不上什麼大廚，不過就是火鍋店裡頭配菜的，這樣你可明白？」

他這才稍微放心些，緊接著保證。「大姑娘放心，您教的這些，小的就是打死也不會吐露出去！」

何貞笑笑。「這幾天你就獨立做起來，若是能撐得起來，往後我就不來了，你的月錢我也能給你漲漲。」

出乎何貞意料的，林掌櫃跟店裡的夥計都沒對孫進寶的到來表現出任何不滿。這樣的和諧讓她有種不真實感，還是林掌櫃給她解惑。「東家，孫師傅是廚子，咱們誰都沒那份手藝，怎麼可能眼紅呢？再說，他是您家的下人，夥計們是雇來的，還得討好著他些呢。」

還是觀念的鴻溝啊。因為崗位不同而沒有利益衝突這一點何貞可以理解，身為良民的夥計還要巴結東家的奴僕，這可真是刷新了何貞的認知了！下人沒有人身自由，但是卻是主人地位和利益的體現者，原來那些高門大戶的奴僕欺辱平民百姓的事情，是基於這麼一個邏輯啊！

好吧，不管怎麼說，暖鍋居只要做起來了，她也就可以功成身退了。

何貞他們在京城沒有多少親戚朋友，過年送年禮來往的也就是左鄰右舍和夏家，都得何貞親自拜訪。好在廚房裡有孫進寶盯著，為了周全，何貞把小月也派過來在後廚幫襯著，才把自己解放出來，處理這些人情來往的事情。

暖鍋居的事情理順的時候已經是臘月二十了，京城裡頭人流密集，不能像他們老家那樣過年放長假，反而越是節下越是熱鬧。何貞聽了林掌櫃的建議，從臘月二十九關門，正月初六就正式開門迎客，當然給員工的紅包也是必不可少的。

林掌櫃本來有些緊張。他給大家討好處，固然是為了鼓勵大家好好幹活，可畢竟是要讓東家出銀子。這方面何貞還有從前的觀念，節假日工作給雙倍甚至三倍工資在她看來是理所應當的，所以並沒讓林掌櫃為難。

她覺得很正常的要求，在林掌櫃看來卻不一般了。這個東家雖說年輕，卻大方，體恤下人，比他原來的東家強太多了。他心裡感動，回到店裡就又給夥計們開了個會，讓大家一起感東家的恩，好好幹活。

這些何貞並不知情，反正月底林掌櫃報過來的帳目和送來的銀子比她預想的情況還要好一些，她也沒過多追問。林掌櫃是她聘請的經理人，她必須要給對方足夠的信任和一定的權力才行。這樣一來，就是雙方都非常滿意的局面。

一個臘月，營業二十多天，去掉人工等成本，淨賺七十多兩。因為買了馬車和孫家父子，最後剩下四十多兩，再去掉送年禮、辦年貨，和給大家找繡坊做新衣裳，最後也沒剩下多少。

「幸好把老家的銀子都帶過來了，不然這個年要虧空著過呢。」何貞翻翻手邊的小匣子，瞧著裡面宅子、鋪子的契紙和下人們的賣身契，聊以安慰。「好在該花的銀子也花得差不多了，來年的日子就該好過了。」

明義坐在爐子邊烤火。「大姊，來年妳就多在家歇歇吧，穆大哥說不定什麼時候就該來信迎娶妳了。」

「淨瞎說，這哪是他能決定的？穆先生可還在涼州呢。再說，你們還這麼小。」何貞合上匣子，看向窗外。

「大姊，我不小了，過了年我就十五啦，說起來，我今年的考評還是『甲上』呢！一班翰林裡頭，我也是不錯的。」只有在自小相依為命的姊姊面前，明義偶爾才會喜形於色，露出幾分少年人的活潑和小小的得意。

「這可是太好了！」何貞很高興。「我等會兒去跟胡嬸說，年夜飯再加兩道菜，給你慶祝！」

姊弟倆正閒話著，長樂送進來一封信。是陳娘子捎來的，說他們在西北種花生榨油進展極好，涼州一帶正好有穆先生支持，更是發展迅速，他們家都開了四個大油坊了，今年給何貞的分紅也少不了。姊弟都很高興。

大年初六，鋪子裡開張營業，因為是新年第一天開門，衙門裡也還在休息，所以何貞一家全家出動，到鋪子裡給大夥發了新年紅包之後，乾脆也叫了一桌菜肉，自家人熱熱鬧鬧地吃一頓。

明義是做官的，他們一家親人沒感覺，可店裡的夥計們就都收起了嬉笑的神色，格外恭敬。何貞看在眼裡，也沒說什麼。她對員工很好，但是有的時候也需要適當的震懾，才能讓大家不敢生出得寸進尺的貪念。反觀林掌櫃，波瀾不驚，不卑不亢，一派坦然，證明何貞是真沒看錯人，倪經紀也沒坑她。

這次何貞他們出來，也帶了身邊跟隨的人，吃飯的時候小月長樂另外坐了一桌，不過秦嬤嬤就留在這桌上，坐在何慧旁邊。平常家裡吃飯的時候，秦嬤嬤都是在自己房裡吃的，這還是他們第一次同桌用餐。

之前何貞就看出來了，何慧身上已經在發生著變化。人還是那個人，可是舉手投足間就有了細微的不同。她問過幾次，何慧都是笑臉回答，說秦嬤嬤教她很多，但是對她並不苛刻，也沒有罰過她，小雪也是這麼說的。今天坐在一起，她特別觀察了一下，發現何慧跟秦嬤嬤之間確實互動良好，十分親近，她就更放心了。端起面前的果子露，她神色鄭重地給秦嬤嬤敬了杯酒。「感謝嬤嬤對慧兒的教導和照顧。」

秦嬤嬤微露笑容，並不推辭，抿了一口果子露，才溫聲說：「大姑娘不必客氣，這是老身的本分。二姑娘天真純善，聰明乖巧，老身十分喜歡她，自然會盡心竭力。」

對於「拋頭露面」、大齡未嫁的何貞，她完全沒有輕視的意思，反而好像有些老師跟學生家長說話的嚴肅認真。何貞聽其言觀其行，心中十分熨貼，不是為自己，而是為妹妹感到高興。妹妹生而無母，終究是個遺憾，秦嬤嬤的出現，剛好填補了這個缺陷。

一家人剛吃完，安掌櫃就上門來了。「何姑娘恭喜發財啊。喲，何大人也在，新年好，哈哈。在下也不廢話，我家大少爺想要登門拜訪，不知道方不方便啊？哦，不是您府上，他也想來嘗嘗這鍋子的味道，不知哪天合適？」

何貞就笑了。「哪天都合適。陳大少爺要來，您叫我家夥計上我家知會一聲就是，咱們開店做生意，哪有那麼多規矩？」

約好了第二天，明義就陪著何貞一起在暖鍋居等著陳大少爺。畢竟跟在後廚幹活不一樣，這是跟外男吃飯，還是有兄弟在場陪同比較妥當，這裡終究是京城。

陳大少爺其實沒什麼大事要說。因為是過年，他最近都留在京城裡，自然是跟合作夥伴什麼的聯絡一下感情。何貞這裡也是一樣。這家火鍋店賺錢是賺錢，不過他這種大老闆還不看在眼裡，只是感慨一下，這個小姑娘賺小錢的點子倒是不少。談了幾句花生油的生意，現在何貞的油坊每天都能出七百多斤油，已經十分可觀了，畢竟花生種植也要一年一年地擴大規模。

「說起來，我有一個問題想請教大少爺。」何貞想了想，就把目前的一個不便之處說了出來。「咱們貨款結算，不外乎用現銀和銀票，當然了，您家四海錢莊的銀票全大燕都能兌換現銀，信譽是極好的。只是若是異地結算錢物，卻有幾分不便。比如說，齊河鎮那邊的管事收了花生油貨款，能不能存入四海錢莊，然後我這裡就能憑著票證在京城的錢莊兌換呢？

「從前陳三爺給我的貨款就這樣操作過。他把銀子給了您那邊的掌櫃，通了信後，齊河鎮的掌櫃從他帳上直接支了銀子給我。這樣就不必千里迢迢地送銀票了。我想不僅是我，更多行商之人都會有這方面的需求吧。」何貞說。

內行人一聽就懂。陳大少爺挑眉笑笑。「何姑娘的意思我明白了。不過此事我還要回去跟錢莊的掌櫃們商議，畢竟這裡頭牽扯的操作頗多，風險也大，不一定能改變。」

「前朝就有過『飛錢』，聽來似乎有些類似，不過後來的朝廷並不支持，大約是有其不足之處。」明義插話道。

何貞點頭。「是我見識粗淺，陳大少爺就當聽了個笑話吧。」

「何姑娘過謙了，每次聽何姑娘敘談，在下總能受到啟發。」陳大少爺拱手。

這件事的後續結果就是，不久以後，四海錢莊推出了一項新業務，如果異地存取的數額超過一千兩銀子，四海錢莊可以免費幫著送達收款人的家中；只要身分核對無誤就能收到，給客戶免去了跑腿送銀子的麻煩和銀錢丟失的風險。

何貞聽說了之後，也覺得有些好笑。她本來描述的是異地取現，結果人家開發出了電匯業務，也是有趣。當然，她沒有一千兩銀子，也就暫時享受不了這項服務了。

有了暖鍋居的流水周轉，何貞也不為銀子的事發愁了，就給陳三爺那邊和家裡都去了信，銀子先不用太急著送，等一等再說。

正月裡剛恢復辦公，明義回家說了一條好消息：因為考評中上，皇上對他也還印象深刻，他的職位變成了侍讀，值守御前。

看著何貞有些茫然的樣子，明義解釋了一下。「官品沒變，還是從六品，也還在翰林院，不過不再做史書修撰了，而是到宮裡值守，為陛下讀讀奏摺，抄錄些東西。」

這樣何貞就明白了。看上去是沒升官，可是他成了皇帝的私人秘書之一。可以經常見到皇帝本人，就不再是一般的人了。

明義到了御前，但也並不是時時刻刻都在皇帝旁邊，只是在皇宮的值房裡做些文書整理的工作。他年紀小，不怕跑腿，一手字練得也漂亮，又不跟年長的同僚們爭著出風頭，自然也沒受到什麼打壓。現在他能看到朝廷的奏摺了，雖然是要對外保密，但這不妨礙從中了解更多軍政大事，熟悉朝局。

他能調職，是皇帝過問的結果，自然不用他強出頭，就有被皇帝想起來的時候。即使心中萬般謹慎，畢竟年紀閱歷在那裡擺著，跟朝廷裡的老狐狸們不能比。皇帝看著眉清目秀、一臉認真的少年，心情都好了幾分，叫他御前伴駕的時候也慢慢多起來。

人紅是非多，這個道理到了哪裡都一樣。作為一個從六品的小官，明義在調職兩個月後，第一次遭到了御史的彈劾，罪名是「治家不嚴」。

夏老爺子管著督察院的御史是沒錯，可是總防不住有那事業心強的御史要努力作為。對於一些無傷大雅個人作風之類的彈劾，他也不可能每一封摺子都事先知情，就這麼讓這封奏摺呈到了御前。

也是巧了，這天皇帝剛訓斥了齊王和魏王，正好覺得頭昏腦漲的，就叫了明義過來，讓他給自己讀奏摺。明義拿起一份來，正好是彈劾他自己的。

等明義面不改色地讀完了，皇帝也睜開眼睛，一邊享受著宮人的頭部按摩，一邊問：「何愛卿，朕聽著，這是說你啊？」

明義跪倒在地。「回陛下，是微臣。」

「確有其事？」皇帝不喜不怒地瞧著他。「言官彈劾之後都可以自辯，你可有話說？」

明義已經是滿腔憤怒了，可是語氣還是很平靜。「回陛下，奏摺所言確有其事。但臣有話說。」

「說來聽聽。」皇帝也沒叫他起來。

「啟稟陛下，微臣自幼父母雙亡，家中兄弟姊妹一共五人，俱是幼兒，其中更有一對雙胞胎弟妹剛剛出生。族中長輩不願撫養，是家姊以九歲稚齡擔起重擔，撫養弟妹長大。家姊曾在父母墳前立誓，弟妹不成家，她不出門，故此如今已是十九歲，卻依然守在閨中。」明義簡單地說及往事，然而想到這些年的辛苦，就紅了眼睛。「故此所謂高齡不嫁是真，然有傷名節，臣卻是不認的。

「臣的姊姊吃苦耐勞，亦姊亦母，撫養微臣四人，不但供養吃喝，還教導臣等做人的道理，使臣能夠讀書科舉，報效朝廷，更支持大哥投筆從戎，保家衛國。臣對長姊敬之愛之，卻不知她哪裡有傷名節！」明義因為憤怒，難得的言辭尖利。「臣的姊姊確實擺過攤子，如今也的確經營著作坊和鋪子，可是，臣倒要問問，市井之間，平民百姓，誰家的女子不勞作？難道全是有傷風化？滿朝的文武大臣，哪家的女眷名下沒有些許產業？

「至於高齡不嫁，本朝律法對女子婚配年齡並無限定，便不算違法。家姊的未婚夫家尚未有不滿，卻不知旁人為何如此著急？」明義說完，抬起頭來對皇帝說：「臣與長兄身為男兒，卻靠姊姊撫養，臣等無一日不感恩。若說愧疚理虧，臣只恨自己能力不足，不能照顧好弟妹，讓長姊放心！今日更恨，居然因自己在朝為官而為姊姊引來如此無妄之災！」

「好了，朕明白啦。」皇帝臉上不見笑意，一臉高深莫測，可語氣卻舒緩許多。這些事情，在他看來都是雞毛蒜皮，一個市井女子，更是不值得他費什麼心思。他在意的是明義對這件事的反應。

不夠沈穩，重情義，這是一個還沒有被朝堂的大染缸染色的赤誠少年。皇帝自己不是這樣的人，可他喜歡身邊有個這樣的人，尤其是他越來越老，兒子們甚至孫子們都開始算計他的椅子，何明義和他那個姊姊這樣的骨肉親情就顯得十分純粹可貴了。

皇帝心中有了看法，也不對此事做什麼評論，指指面前的書案。「起來吧，奏摺放這邊，再念下一篇。」

第六十二章

這件事情究竟是怎麼來的，明義有幾分猜想，只怕不僅僅是自己招人眼紅這麼簡單，可能還有哪位王爺想整穆家也說不定。畢竟把姊姊拉出來，就避免不了要提到穆家。只是，爭鬥便爭鬥，他們卻不該把姊姊牽扯進來。

回了家，他沒提這件事，只是寫了封信給穆靖之。如今他勢弱，只能靜觀其變。

那道彈劾摺子被皇帝扣下，沒做任何表示，對明義的態度也沒什麼變化。那位御史不甘心，再次上摺子，這次就被夏老大人給攔住了。揪著一個無官無品的女孩子沒完沒了，也確實不是什麼光彩的事情，那位御史被罵得狗血淋頭，雖然十分不甘心，卻也只好作罷。

何貞對這件事毫不知情。因為現在暖鍋居的業務基本上穩定下來，她也就是隔個十天八天去一趟鋪子裡瞧瞧，每天在店裡盯著的是小月。何貞並不小氣，就算自己不親自去，她也讓孫財趕著車早晚去接送一下小月和孫進寶，畢竟一個是小姑娘，一個腿腳不便，就算是提供員工通勤福利好了。

孫進寶的醬菜做得非常不錯，這很快就成了火鍋店裡的另外一個賣點。火鍋是熱騰騰的，肉湯肥美，吃得滿口流油的時候來一點滋味清爽的小涼菜，就格外解膩。她讓孫進寶挑擅長的來弄，定價的事情就由林掌櫃來負責。

這天何貞去店裡的時候，正聽見小月在說話。「孫進寶，你這是弄了什麼？姑娘信任你，你就這麼糟踐東西？這麼大的酸味，好好的白菜都壞了！」

「這是酸白菜！妳不懂就別瞎說！」孫進寶難得地回嘴了。

何貞聽著，覺得有趣。不知道是因為記著所謂的救命之恩，還是賣身為奴身體殘疾之後有些自卑，反正孫進寶對人都很謙卑，從沒聽見他對別人說個「不」字，這會兒倒是難得的硬氣，看來他是對自己的手藝非常自信了。

「你也說了，這都酸了！」小月很生氣，還想接著訓斥，一回頭看見何貞，連忙小跑著趕了過去。「姑娘。」

「我聽見了。」何貞擺手止住她的話。「孫進寶，你做的是什麼？拿一點出來我瞧瞧。」

孫進寶撈了一顆酸白菜出來，又把那個桶小心封好，然後取了乾淨的刀來，切下幾條，遞給何貞，說：「大姑娘，這是酸白菜，看著不好，吃起來很香的。」

小月不認識，可何貞認識。這不是東北酸菜嗎？也不知道孫進寶的師傅是哪路高人，這麼好的手藝落得個發配他鄉。這事她愛莫能助，但自家的小廚師這個寶藏還是很值得發掘的。何貞拿筷子挑了一條嘗過，果然是記憶裡的滋味，她連連點頭。「做得很好，滋味十足。回頭咱們就再加上一道白肉火鍋，用酸菜做料，肉要配煮到半熟的豬肉片，有肥有瘦的那種。」

想起來了就開始做，何貞配了一鍋出來，孫進寶眼睛一眨不眨地在一邊看著。做得成了，何貞就叫夥計小李端到外面，叫了林掌櫃過來品嘗，當然幾個夥計也能分上幾口。

這個鍋子的味道又和以涮羊肉為主的火鍋不一樣，他們剛吃了幾口，何貞還沒來得及讓林掌櫃寫水牌，就有一個老食客在外頭喊起來。「老林，你個老小子，自己吃啥新鮮的呢？給我們也來一鍋！」

孫進寶已經拐到後廚煮肉去了。

店鋪開張兩個月，新品白肉火鍋就這麼悄無聲息地上架了，可是受歡迎的程度一點也不弱。鋪子裡基本上只要開張，就一直是客滿，林掌櫃甚至跟何貞商量，要再打製兩套桌椅板凳，把店面調整調整，加上兩桌。

這樣店裡會稍微擁擠一點，不過也還能坐得下，何貞就同意了。另外也跟林掌櫃約定好，每兩個月就推出新花樣，或是新的鍋底，或是新的食材，務必要讓新老食客們始終保持熱情。

林掌櫃的帳目很清楚，而且跟銀錢也都對得上。因為都在京城裡，他跟何貞每個月都會對一次帳，交一次銀子，一直都沒什麼紕漏。現在每個月拿到手的銀子，扣去府裡上上下下的花銷，何貞手裡的盈餘，已經從三十多兩漲到五十多兩了。這樣的收益，有錢人不會看在眼裡，可是對她來說，也還算得上是個可喜的進步。畢竟明義的俸祿都沒讓他往家裡交，這些可全是她自己賺的呢。

她心情挺愉快的，可是這樣的好心情卻在明義回家跟她的一番談話之後蕩然無存。

「你說什麼？你大哥和穆大哥他們，居然是在餓著肚子拚命？」何貞猛地站起來，眼淚呼啦一下子就淌了滿臉。「甚至年前，他們連像樣的冬衣都沒有拿到？這個冬天這麼冷，居然冬天發單衣?!」

這件事和之前的彈劾事件不一樣，明義沒有瞞著姊姊。奏摺裡寫得清楚，軍資糧餉最為匱乏的是肅州軍，明輝所在的寧夏軍還要稍微好那麼一點點。這事情在朝堂上已經炸了鍋，捂不住了，明義回來說給姊姊聽聽也無妨，畢竟事關穆永寧。

「年前的冬衣就出了岔子，如今已經是三月了，為什麼之前我們都不知道？」何貞胡亂地抹一把臉，問明義。

明義臉色陰沈。「那自然是有人壓住消息了。穆大哥他們這些人是可以往朝廷上摺子的，但是山高水長不說，還要先送到兵部。只要有人出手按下來，那些摺子就可能永遠都不見天日。」

「那如今怎麼又能直達天聽了呢？」何貞顫抖著聲音問：「是不是出了大事，大到捂不住了？穆大哥他……」

明義拍拍她的手背，儘量安撫她。「是出了大事。這個冬天草原上也經歷了嚴寒，不少牛羊都凍死了。現在開春，正是青黃不接的時候，北戎人沒了吃的，就大舉南下了。現在邊境上的情形非常嚴峻，軍情已經告急了。不過，消息只是說糧草不足，沒說將士傷亡，穆大哥應該是平安的。」

「他沒事？好，那就好。那你大哥呢？寧夏那邊有沒有事？」何貞緊緊抓住了明義的手腕。

「沒事，寧夏那邊沒有消息傳來，應該還是正常守衛。」明義嘆氣。「姊，妳冷靜一點，事情既然傳到了皇上面前，總是會解決的。皇上已經下令戶部跟兵部籌措糧草，嚴查相關人等，想必很快就能解決了。」

至於戶部哭窮，兵部推諉，他就不能再跟大姊說了。不說，她都已經擔憂得方寸大亂了，若是再說了這些，她還不知道會急怒攻心，難受成什麼樣子呢。

「西北年前除了霜降得早，好像並沒有什麼大災。」何貞右手狠狠掐著左手的手心，讓自己冷靜下來。「現在快些趕過去，應該能在本地買到一些糧食。」

「大姊，妳要去西北？」明義不贊成。「路途遙遠，太不安全了，妳不能去！」

「我不能去？你也是朝廷的人，你告訴我，等朝廷籌集了糧草，再千里迢迢運過去，得多少天以後了？穆大哥他們能撐得到那一天嗎？」何貞的眼淚又落下來。「我便是不去，知道了這樣的消息，你叫我怎麼能安心在家裡高坐？」

「可是……」明義無法反駁她的話，而且他自己心裡也十分擔心穆永寧。「我們再想想辦法。」

何貞搖頭。「我們人微言輕，哪能有什麼辦法？軍營裡沒有糧食，我買了無償送去總是可以的吧？你們是在朝為官的人，都不能做這件事。你不能，穆先生也不能，但是我可以！」

「大姊，這樣吧，妳寫封急信，我讓長樂跑一趟西北，讓陳姨那邊幫忙籌措，畢竟他們夫妻是當地有頭有臉的大商人，採買起來應該比咱們陌生人去了要快。買好了就讓長樂送過去，不讓陳姨夫妻出面，省得他們多有不便。」明義好不容易才勸住何貞，不讓她離家。

這倒是個辦法，何貞立刻起身去找紙，明義就站在旁邊幫她研墨。

何貞一邊寫一邊說：「幸好我因嫌麻煩，沒有要去年的那半成紅利，暫時還存在陳姨那裡。她信上說去年應當給我三百兩，先照著這些銀子花。西北物價偏低，這些銀子應該能買十萬斤普通的粗糧；穆大哥手下有兩萬人，吃得稀些，大概也能吃上十天半個月的。另外我再給長樂二百兩，買糧食送到你大哥那裡，他那邊糧草不那麼奇缺，就少些吧。這段時間，我再想別的辦法，你也多關注些朝廷的動向，旁的我不打聽，就這一件事，行嗎？」

明義沒有異議，卻也不得不潑冷水。「大姊，咱家的底子並不豐厚，妳這樣做也不過是杯水車薪，起不了多少作用的。」

何貞拿手搧著信紙，讓墨跡快些乾透，一邊說：「我知道。我也沒有一個人養活一個軍隊的本事——就算有，也不能做，那樣朝廷也容不得我了。說什麼毀家紓難，那都是騙人的，我就是為我的至親至愛之人做力所能及的事罷了。」

明義叫來長樂，如此這般地囑咐了一通。長樂的神色也十分鄭重，恭敬地接了信和銀票，就要去打點行裝。

「等一下，找鏢局出兩個鏢師護送你，快馬加鞭，但是要注意安全。」何貞另外取了兩張小面額的銀票和兩塊碎銀子。「早去早回，遇到人就說是我派你去的。」

走到門口，長樂又退回來。「大姑娘，您如果有東西要帶給穆少爺和大少爺的，也一併收拾了給小的吧。」

趁著長樂去聯繫鏢師敲定行程的功夫，何貞和明義分別給明輝寫了信。何貞又給穆永寧寫了一封短信，連上她空閒時給穆靖之和明輝做的衣裳鞋子，打了兩個小小的包袱。這會兒她無比後悔，前些日子一心撲在火鍋店的生意上，都沒給他們多做些東西。

長樂走的第二天，皇帝在朝堂上發了一通火。這個場面明義沒有直接見到，畢竟他的官品太低，不過後來去御書房值守的時候，他就聽說了，戶部處置了兩個郎中，然後火速籌集了兩千石糧食，已經出發了。

「大姊，妳別急了，戶部的第一批兩千石糧草已經在路上了。官兵押運，不會耽擱太久的。」明義回家就跟何貞說了最新的進展，也是讓她寬心些。

「那也才二十多萬斤，邊關那麼多人，怎麼足夠呢？」何貞還是不放心。

明義說：「這只是第一批，接下來還會送的。那些官員都怕被追究責任，肯定會把口子補齊，好平息皇上的怒氣。補上這麼幾批，夏糧入庫了，常規的糧餉也該發了，穆大哥那邊就會好起來了。」

「哪有這麼簡單？」何貞搖頭，不過看到明義的神色沒有前幾天那麼難看，也多少放心一點。

當然沒有這麼簡單。皇帝震怒，不僅僅是因為邊關將士們的陳情和嚴峻的軍情，更重要的是，他一直放縱兒子們爭鬥，是因為他把最要緊的兵部和戶部捏在手裡。但是現在看來，全不是那麼回事！

這些事情，是明義結合著自己看到聽到的情況琢磨出來的，卻不能跟姊姊多說了。大姊是他最敬重愛護的人，但並不代表她能夠真切了解朝堂爭鬥，畢竟關心則亂，說多了，她反而擔驚受怕，不如不說，就讓她慢慢放下心來就好。

今年的冬天確實格外冷，也格外長。穆永寧裹著何貞去年捎來的皮襖，站在城頭看著北方——那裡有不斷集結的北戎侵略者。

「大人，酒買回來了。」丁木走到他身後，抱拳稟報。

穆永寧點頭。「給大夥分了。冷得受不了的時候就來一口，不許多喝，誤了軍情的，我一樣軍法處置！」

「是！」丁木叫了幾個人來，給大家往隨身的皮袋子裡倒酒。

穆永寧看了一會兒，就下了城牆，慢慢往營房裡走。那些烈酒是他自己掏腰包買的，也是沒辦法的辦法。這個冬天太冷了，連他自詡身強力壯都沒離開過皮襖，更別說那些只穿著去年的舊棉衣的普通士兵，幾乎要熬不下去。今年的冬衣只有兩層布，只能套在去年的舊棉衣外頭當件罩衣，完全沒有防寒力。這也就忍了，打過了年，居然連糧草都不給了。餓著肚子，大家就更不抗凍，這若是太平時候守守城還好，可是北戎人大軍壓境了！

幾乎所有夠資格上摺子的將領都上了摺子，可是京城裡毫無消息。前些日子大家才知道，多數人的摺子在指揮使那裡就被扣了下來！只有總兵大人的小舅子在京城當官，也只有他的摺子送到了京城，卻還不知道能不能讓皇帝看見。

「還有多少糧食？」他回頭問。

劉川擰著眉頭。「大人，軍需官說還夠大夥吃兩天的稀粥。」

「總兵大人的摺子送走多久了？是不是該有消息了？」穆永寧只想罵娘。「不行你帶幾個人出去買糧食。」

「大人，您也沒銀子了呀！買這些酒的銀子不是您倒光了荷包才找出來的嘛！」劉川對著雙手哈口氣，又搓搓耳朵。「總兵大人派親兵快馬加鞭送走的，都走了半個多月了，應該快有消息了才是。」

「大人！營房外頭有人找您，還、還拉著好些大車！」一個兵士急匆匆地跑過來。

穆永寧拔腳就走。「去看看！」

軍營是不許閒人靠近的，長樂牽著馬在外面等候，身後的兩個鏢師凍得直罵娘。

「什麼人？報上名來！」穆永寧大步走來，劉川在他身後大聲喊著。

「請問是穆永寧穆將軍嗎？」長樂看著迎面而來的年輕將領，心中暗想，原來這就是大姑娘的未婚夫婿了。

穆永寧有些困惑地看著他，擺擺手。「將軍不敢當，我是穆永寧。你是何人？」

長樂立刻跪地行禮。「小的名叫長樂，是京城翰林院侍讀何明義大人的小廝。我家大姑娘聽說穆大人糧草告急，心急如焚，叫小的快馬加鞭趕來籌措糧食，這些是十萬斤，還請穆大人收下。」

「你說這些是何……嗯，可有書信？」穆永寧直愣愣地盯著長樂，心裡有一把火在燒，讓他一點也感覺不到寒冷，四肢百骸都暖意融融。

雖然又驚又喜，穆永寧也願意相信長樂說的話，不過還是不敢大意，回頭叫劉川。「去叫軍需官和軍醫過來看看東西，沒問題的話就收了。對了，用咱們自己的人往裡運，卸了貨把車給送回去。」

接著，他扭頭問長樂。「你們在哪兒落腳？這是誰家糧鋪的貨？」

「小的在陳記客棧住著。這些糧車是城裡胡記的。」長樂回答。

「行，你先回去吧，明日一早我去客棧找你。軍營裡閒人免進，這是規矩。」穆永寧捏緊了手裡的信。

長樂笑笑。「小的明白。不過小的明日要去寧夏，也送些糧草給我家大少爺。穆大人若有吩咐，兩日後再去客棧找小的就是。」

穆永寧呆了呆。「你先來這裡？你還沒見過你家大少爺？」

長樂搖頭。「聽說肅州鎮裡比寧夏衛更缺糧，小的就直奔此地而來。大姑娘吩咐了，一刻都不能耽擱。」

穆永寧吸吸鼻子，示意他趕緊去。「你快去吧，此去寧夏還有小半日的路程，我就不留你了。」

軍營門外的人走了個乾淨，穆永寧回頭看見軍醫正在認真檢查糧食，前面已經有兩車糧食運進了軍營，他也不多說話，大步朝自己的營帳走去。

劉川在他身後伸手。「大人，小的拿著吧。」他可看見了，隨著信來的，還有一個小包袱。

穆永寧抱著東西，跟摟著寶貝一樣，頭也不回。「不用你。」

劉川眨巴眨巴眼睛，笑嘻嘻地問：「大人，都是夫人送來的吧？大人您可真有福氣，夫人對您真叫一個情深義重啊！」他剛才也聽見了，這可是大人沒過門的媳婦掏銀子買的糧食。出銀子不說，難得的是這份心，算算日子，摺子剛到京城，這送信的小哥就出發了。

「那是！」穆永寧得意洋洋，吹到臉上的風都不覺得多冷了。

第六十三章

包袱裡的東西不多，一件普通的棉袍、一雙用翻毛皮子縫的靴子，還有一副皮手套。他從年前的信裡得知，自從進了京城，何貞就忙著買宅子開鋪面，整天沒個停歇，也不知道她是怎麼擠出功夫來給自己做這些東西的。他雖然不懂得針線活，可他也知道，這樣厚的皮子，縫製起來肯定是十分費力的。

「嘴上一句想我都不說，行吧，我知道就行了。」

穆永寧一邊小聲嘟囔著，一邊戴上手套，彎起手指，又伸直，重複了幾次，才暫時取下來，打開信來看。

信封裡面是兩封信。

明義的信裡說的是朝堂上對這件事的最新爭論情況，並囑咐他務必要小心謹慎，因為朝中很有可能只給付一些糧草，而不會派出什麼大將和援兵支援，現在抵擋北戎人只能靠他們自己。

這些他心裡也有數。從軍多年，再有自小耳濡目染，穆永寧對戰局和朝廷的反應是有自己的判斷，不過——

「明義這小屁孩，長得倒是挺快，瞧這一板一眼的，快趕上老爹了。」

再拿過另外一封信。一捏這紙的厚度，他就不大高興了。「千里迢迢地使喚人來，就不能多寫幾個字嗎？」

何貞的信寫得很倉促，對自己的近況隻字未提，只說讓他千萬保重自己的安全和供給，手裡實在沒錢的時候，可以去城裡找陳三爺夫婦借些銀錢，借據簽她的名字便是，反正她也有些分紅在陳家那裡，不夠的她會補齊。

「傻，我還能混得慘到花媳婦的銀子？」穆永寧拍桌子，一顆心卻跟泡在熱騰騰的米湯裡一樣，又暖又軟，還被熱氣熏得眼睛滿是潮氣。

劉川一直在他身邊站著呢，聞言就提醒道：「大人，您已經花了，今兒這糧食就是夫人買的。」

「就你記性好是不是?再多嘴，晚上別吃飯了！」穆永寧瞪他一眼，又低頭看信。

信的最後，何貞讓他只要有時間就回個信，讓她知道他的情況。

這不用她說啊。穆永寧一邊磨墨一邊琢磨何貞的話，終於在最後的那句話裡讀出了何貞很掛念自己的意思，頓時心滿意足地回信了。

長樂趕到明輝的衛所時卻碰上了一點意外。他大老遠就看見軍營外有個軍官打扮的年輕人在跟一個身著勁裝的年輕姑娘爭執著什麼，那個姑娘要去拉那個年輕人，那個年輕人一味躲閃，似乎十分窘迫，然後還把風塵僕僕的自己當成了救星。

沒錯，他就是這麼感覺的。還不等他下馬，那個年輕人就大步迎上來，高聲喝問。「來者何人？」語氣很有幾分急切，把那個高眺的姑娘甩在身後。

長樂是顧不上這些陌生人的糾纏的，既然見問，就抱拳道：「這位大人，請問何明輝何副守備可在營中？小的是他家府上下人，奉大姑娘和二少爺之命來請安。」

長樂雖然沒到過邊境，但是自身原本就是官宦人家的下人，後來到了明義身邊更是跟著看了不少，說話做事也很有分寸。明輝跟穆永寧不一樣，他是副職，上面還有個正職壓著，作為他家的下人，說話就要注意，省得東西送了，還要惹得頂頭上司心裡不舒服。

明輝一聽就皺了眉，死死地盯著長樂。「你找我？你是何家的人？我怎麼不認識你？」

長樂翻身下馬，在明輝面前跪下。「小的長樂見過大少爺。小的是二少爺入翰林院任職之後到二少爺身邊伺候的，如今已經跟著二少爺一年多了。這裡有二少爺的書信。」

接過信來，一看信封上的字跡，明輝就知道是明義親手所寫，便抬手叫長樂起來。「你這是來做甚的？」

長樂抱拳。「回大少爺，西北軍糧草不足之事已經上達天聽，大姑娘和二少爺都心急如焚，當天就打發小的出京來採辦糧草，只盼能略盡綿力，讓大少爺少吃些苦頭。」

明輝已經看到他身後的運糧車了，心下有些猶豫，不過還是招手，叫了守營的士兵過來。「你去找人報到守備大人那裡，就說有百姓送糧給兄弟們，請他示下。」

那士兵大喜，看了一眼滿載著糧食的車隊，抱拳應是，大步跑走了。

「喂，當官的，你還沒說，我要怎麼報答你呢？」那個姑娘大步流星地走了過來，聲音清脆。

「姑娘，我不用妳報答。軍營重地，妳不要再糾纏了，快走吧。」明輝也不回頭。「這裡有要事要處理，不是妳能聽的。」

那姑娘嘟著嘴，氣鼓鼓的，好一會兒，居然「屈服」了。「好，既然你有正經事，我也不是不講理的人，回頭我再來找你。對了，我姓祁，祁連山的祁，我家是虎威鏢局的，江湖上都叫我祁二娘，你來找我也行。」

「見過二當家！」跟著長樂的兩個鏢局的鏢師卻紛紛抱拳見禮。

長樂還真就是從京城的虎威鏢局分號雇鏢師的，自然是因為這家鏢局規模大招牌硬了，沒想到這個年紀輕輕的姑娘居然是這個大鏢局的二當家。

祁二娘不大認識兩個鏢師，點了點頭，問：「你們這口音，是京城來的？我羅三叔派你們來的？」

兩個人應是。

「行，我不問你們的鏢，小心著些。」祁二娘冷靜沈穩，確實很有鏢局掌櫃的氣勢。

可是她吩咐完兩個人，一轉臉，再對著明輝的時候，就又成了個磨人的小丫頭。「怎麼樣？這是你家的人帶來的人，可不是我騙你吧？記住了，我是虎威鏢局的祁二娘。」

「行，我記住了。祁姑娘，我有公務在身，妳還是走吧。」明輝有些無奈，拱了拱手，讓她趕緊先行離開。

那姑娘瀟灑地走遠了，他們身後的軍營也敞開了大門，一位中年將領帶著一群兵士走出來。明輝趕忙上前抱拳道：「大人，那是屬下家中的下人，帶來了家姊捐贈軍中的糧食，是否查驗後收下，還請您示下。」

「哦？」守備瞇了瞇小眼，瞧著長樂。「是你京城裡的狀元兄弟派來的人？」

「是京城來的，不過是家姊的一番牽掛之心。」明輝說道。

「唉呀，到底是朝中有人好做官哪！這邊缺了糧食都有人給送過來，咱們這些西北土生土長的鄉下人可沒這福氣啊！」守備笑得十分豪爽。「來人，去查驗，無事的話就收下！」

等到兵士要把糧車拉進軍營的時候，長樂忽然對軍需官道：「這位軍爺，還請您清點過後給小的寫個文書，寫上糧食總數和日期，說明按照守備大人軍令，所有糧食均經查驗正常後簽收，再簽個字，小的也好回去交差。」

「這……」軍需官猶豫著看向守備。

守備哼了一聲。「讀書的人家就連個下人也這麼多道道，你給他簽！正好今天晚上給兄弟們吃頓乾飯。娘的，天天喝稀飯！」說完就帶著人離開了。

明輝嘆口氣，擠出個笑臉來問長樂。「家裡都好嗎？你給我說說家中的情形。」

長樂察言觀色，作為下人他不能多問，只好順著明輝的問話介紹了一下家中的情況，又遞了肩上挎著的包袱過去。

「大少爺，這是大姑娘給您帶的東西。大姑娘他們都很掛念您，您能不能寫封回信，小的一併帶回去？」

「你什麼時候動身？」明輝問。

「等下交接無誤了，小的即刻就走，爭取晚上宵禁值前回到肅州，穆大少爺那裡還有回信等著小的去拿。明日小的就回京城去了，大姑娘他們也等著小的送消息回去。」長樂說。

「這樣，你稍等片刻，我去寫兩封信，你帶回去。」明輝大步回了營地。

路上跟幾個鏢師也熟識了些，長樂在外頭等待的功夫，就跟他們聊天。「都說這西北苦寒，要不是兩位大哥照顧，我還真怕來不了。」

鏢師是練武之人，也比較耿直。「咳，咱們就是走得多些，有些許經驗罷了。不過啊，不是老哥哥多嘴，我看你家主子還有肅州那個姑爺也都是軍官了，怎麼這麼窮啊，不說行軍打仗的都發財了嗎？」

按照當下的世情來看，同等品級的情況下，武將的官位要低於文官。而且武將一般都駐守邊關，除了京城幾大營的統帥之外，都是游離在權力核心之外的，所以真正的官宦貴族都看不大上武將。

但是，武將也有武將的好處，一個是戰時容易立功，升遷快，再一個就是容易發財。攻城掠地的時候，誰不乘機撈銀子搶珠寶？這種搶掠甚至連皇帝都默許的，反正是異國人的財富，幹麼不拿呢？大頭進了國庫就行唄，畢竟將士們也是提著腦袋打仗的。這部分錢財是過了明路的，至於私下裡吃空餉、苛扣倒賣軍資那些，就是不可說的了。

鏢師們走南闖北，就算是人耿直些，這樣的事情也都是知道的。比如遼東那邊的將領們就都挺富裕，所以猛然一看西北的情況，都有些不敢相信。

長樂嘆口氣。「北戎人凶殘得很，西北這邊戰事艱難，我家大少爺他們日子難熬。誰讓他們是守城的軍隊呢？這麼多年來都是防禦，能守住城就不錯了，反攻的時候極少，哪有機會拿什麼戰利品？全靠著軍餉過日子呢。」

他們幾個人在背風處說著話，不多時明輝就出來了，遞了兩個信封給長樂。「這邊苦寒，我也不多留你了，儘早趕回去吧。這封信幫我帶給穆大哥。回去跟我大姊和弟弟妹妹們說，我這裡一切都好，不用過於擔心。」

長樂小心收好，就跟明輝告辭離開。

再見到穆永寧的時候就是第二天了，也只是收到了一封厚厚的回信。長樂並不耽擱，跟兩個鏢師急匆匆地趕回京城。

「一路上還順利嗎？西北是不是特別冷？」何貞見到回來覆命的長樂，急忙問。她去過西北一次，那年因為有馬車，陳家的宅子也安排得溫暖舒適，她其實對於「苦寒」兩個字並沒有什麼特別痛苦的理解，但是今年本身氣候異常，再加上軍中肯定要清苦，連飯都吃不上了，還能好到哪裡去呢？

長樂先報告了一個好消息。「回大姑娘，二少爺，小的一路還算順利，西北雖說天寒，但是並沒有風雪，想來過些日子也就暖和起來了。另外小的在回來的路上見到了戶部送糧食的車隊，有大批官兵護送，已經走到一半了，應當能及時補充上供應。」

「這就好。」何貞坐下來，扶著椅子扶手。「只要他們能扛過這些天就好。」

「定然是可以的，小的雖然沒進軍營，但是也能看得出來，城防都很穩妥，軍士們軍容整齊，應當還沒怎麼太挨餓。」長樂安慰她。

明義搖頭不語。軍人是什麼，只要沒餓死，都會牢牢守住崗哨的。不過這話能讓大姊聽了心裡舒服些，他自然不會多嘴。打開信封，毫不意外地看到裡面還有一個信封，他臉色紋絲不變，把信封遞過去。

「大姊，這是穆大哥給妳的信。」

「你看他們倆如何？有沒有受傷？有沒有病容？」何貞隨手接過信，接著問。

長樂搖頭。「穆大人精神很好，雖說軍衣單薄，但小的見他有皮襖軍靴，也還算可以。大少爺那邊也還好，也有棉襖護身，他們兩位都沒有受傷，行動自如，十分健康。只是軍情嚴峻，他二人都不能離開。」

「這我明白。平安就好。」何貞看過了明輝的信，這才捏著穆永寧的來信站起身。「那我就回房去了，等會兒我讓小月給長樂送一兩銀子，路上辛苦了。」

等何貞離開之後，明義才說：「是不是還有什麼話要說？坐下說吧。」

長樂在椅子邊上坐下，把在明輝那裡見到的情景一五一十說了，最後只加了一句。「小的怕大姑娘聽了擔憂，方才就沒敢說。」

明義點頭。「好，我知道了，這些就不用跟大姑娘說了。你回去歇兩天再來。」

從長樂的話裡不難看出，大哥的頂頭上司對大哥不是十分友善的。至於是嫉妒還是性情不合、利益衝突，他不得而知。官場中遇到這樣的情況其實也是正常，這樣的事情，他也只能放在心上，無能為力。至於那個女孩子的事情，大概西北地方民風相對中原地區比較直白慓悍吧。

何貞拿著穆永寧的來信回了房間，就揮手叫小月下去休息了。

明輝的回信裡說了，他們那邊情形尚好，主要是盯著西羌人，基本上固守城池，以日常警戒為主，最近沒怎麼打仗。軍資確實匱乏，不過還沒到山窮水盡的程度，得了這批糧食，他們也能緩和一些日子，叫他們都不要擔心。後面說到非常喜歡小妹做的荷包，他已經戴在了身上。最後又說，他十分慚愧，總共得了那麼一次賞銀，捎帶回家的，卻又被大姊給送了回來，然而現在糧食緊缺，他也只好又收回去了。

穆永寧的信就不一樣了，大概是時間比較充裕，他的信一如既往寫得很長，開頭就叫她「媳婦」，然後是一大堆「沒想到妳這麼掛念我，我真是太感動了」、「妳做的靴子和手套都十分合適，媳婦的手藝就是好。不過不要做了，累壞了我一想就心疼」之類的話。

中間也夾雜了一些當前的情形，他倒是沒有瞞著何貞，現在確實戰況膠著，而且北戎人還有增兵的趨勢，照這樣下去，不久的將來，一定會有一場惡戰，但是……

「妳要相信我的本事，現在這個城裡我是老大，沒人扯我後腿，我正等著幹一票大的，好立個功呢。」

「真能吹。」何貞一個字一個字的看著信，搖頭輕笑。「這麼大的人了，還這麼能瞎扯。」可是他的這一通胡吹還是有效的緩解了何貞的擔憂。她相信他。他說的，一定可以做到。

第六十四章

聽說戶部的第二批糧草也已經從京城出發，何貞總算放下一半的心，開始提前準備起端午節送節禮的粽子。她在老家的時候還靠這個賺錢呢，現在只是做來送給平常有往來的人家，自然是小菜一碟。她和胡嬸一起，準備得格外用心。中午吃飯的時候，因為兩個小的愛吃，她隨口說了一句「回頭包好了咱們自家先吃一頓」，結果下午，何慧和秦嬤嬤就找到廚房裡來了。

「慧兒怎麼來了？秦嬤嬤給妳的功課妳做好了嗎？」何貞剛紮上圍裙，抬頭看見小妹，有些奇怪。雖然何慧跟秦嬤嬤都在後院，可她現在的感覺就像是把弟弟妹妹都送去上學了一樣，現在還沒到下課時間呢。

「大姊，我說妳做的粽子特別好吃，嬤嬤就說讓我來跟著學一學。」何慧從小雪手裡接過圍裙，自己一邊繫著帶子，一邊說：「嬤嬤說我也該開始學廚藝了，正好就從粽子開始。」

何貞抬頭，果然看見秦嬤嬤站在廚房門口，正微笑看著她們。

「大姑娘，二姑娘已經九歲了，也是時候稍微接觸些廚上的事情了。雖不必如大姑娘這般精通，可也總要知曉一二，將來也好執掌中饋。況且，偶爾為親近之人下廚做羹湯，也是極好的。」因為何慧歲數還小，她說得不十分明白，何貞卻聽懂了。這是說以後管家別被廚房的人蒙了，然後偶爾給丈夫親自下個廚什麼的，也是夫妻情趣。

這都是為了妹妹好，何貞沒有意見，便點頭。「那好，嬤嬤也請進來吧。」好在她對廚房的衛生一直很有要求，強調過許多遍，胡嬸也算是個俐落人，廚房裡頭不說一塵不染吧，也收拾得乾淨整齊。

其實面對秦嬤嬤的時候，何貞自己知道，就有那種文盲見了孩子班導師的感覺。雖然不至於自慚形穢，可是格外尊重對方。這種尊重，一是因為尊師重道，另一方面就是出於一種對知識的敬畏。何慧跟秦嬤嬤朝夕相處，很多時候言語間十分親暱，可是何貞就不行了，她只有尊重和嚴肅。

秦嬤嬤點點頭，顯然對這個環境還算是滿意，她說：「大姑娘儘管忙，老身先給二姑娘講講廚房裡的基本事宜。」

明白了，這是現場教學。何貞就叫胡嬸過來，端出浸泡過的糯米和洗淨的竹葉，開始包粽子。當然，她也聽著秦嬤嬤跟何慧不急不緩地細細講解紅案白案、煎炒蒸煮、文火武火、刀工配菜，甚至還有柴火木炭、原料採購。雖說只是開課第一章的導論概述，她聽著也覺得很長知識。說到底，她的技能都是東拼西湊為了生活而練出來的，並沒經過系統性學習。

大概說了基本概念之後，秦嬤嬤瞧著何慧躍躍欲試的樣子，莞爾道：「二姑娘想試試是嗎？淨了手就去吧。」

何慧被哥哥姊姊們疼愛著長大，到廚房裡的時刻真不多，最多就是包餃子的時候幫忙按小麵團，或者何貞包元宵的時候她幫忙滾元宵，完全不會幹這些活計。看著姊姊捲來捲去就包好了一個精巧的粽子，可她一上手就不是那麼回事了。她愁眉苦臉地問：「大姊，為什麼我就做不好呢？」

何貞和秦嬤嬤對視一眼，都笑。何貞從她手中接過她的半成品，稍微用了些力氣重新包了一下，說：「妳是第一次做，哪有一次就成功的事情啊？妳想學什麼，就要反覆練習，熟能生巧，對不對？再說了，妳人小，手上力氣不足，以後大了就好了。」

秦嬤嬤也點頭。「正是這樣。二姑娘，妳已經學得很好了。以後每日午後，咱們就來廚房練習，可好？」她雖說是問何慧，眼睛卻瞧著何貞。

何貞點頭同意，想了想，她又說：「秦嬤嬤，等會兒慧兒的功課完了，我能不能請您喝杯茶？」

晚飯過後，何貞剛回到自己房間裡，就聽到有人敲門。她快步走過去開了門，果然看到秦嬤嬤站在外面。

「嬤嬤來了，快請進。」何貞側身讓秦嬤嬤進來，又回頭關好門。「您請坐，我給您倒杯茶。」

秦嬤嬤欠了欠身子，接過了何貞遞過來的茶盞，等何貞坐下後，她才在椅子上坐好，先問：「小月姑娘不在房裡伺候嗎？」

何貞搖頭。「她還在我的鋪子裡，要店鋪打烊了才能回來。」

秦嬤嬤點點頭，建議道：「恕老身多嘴，若是小月姑娘能在鋪子裡獨當一面，大姑娘您身邊還應該再添個人才是。」

這事何貞也想過了，如果別人的建議是對的，她都樂意採納，畢竟她還沒有那麼濃重的尊卑、僭越之類的意識。她說：「是，前些日子一直忙著，也顧不得考慮這些，過幾日得空我就辦。不過我們小門小戶的，人手夠用就好，也養不起許多人。」

秦嬤嬤微笑。「姑娘跟何大人都勤儉，也是好事，不過手裡的人手總要夠用才是。等到日後何大人高升了，家裡的人肯定還會再多起來。」

「借您吉言，那就看二弟今後的造化了。」何貞不在這個話題上多做糾纏。「今天請您來是想問問您，我妹妹的功課如何？您看我們需要配合什麼嗎？」

秦嬤嬤早有預料，不客氣地提出要求。「二姑娘天資聰慧，乖巧好學，詩書女紅都學得很好。老身瞧著，過些時日該教些音律和繪畫了，還望大姑娘幫著給她尋架琴來，入門使用，倒不需十分貴重。另外畫筆顏料這些，老身打算帶二姑娘親自購買，還請大姑娘給支取些銀兩，幾兩銀子就夠。」

何貞點頭答應了。「這是自然，到時候叫小雪過來取銀子就是。不過我想問一句，嬤嬤這樣教導慧兒，是奉了誰的命令呢？」

一般的家庭教師都是先了解學生家長的需求，再制定教學計劃，可是秦嬤嬤這裡，顯然早就有了安排，而對著自己這個家長，也不過是通知一下而已。這個感覺讓她覺得有些不舒服，臉色也就繃起來。「嬤嬤剛來的時候，我想著要讓嬤嬤和妹妹熟悉起來，所以並沒有干涉妳們的日常相處，可現在看來，我倒覺得有些怕了。」

秦嬤嬤端起茶盞來，抿了一口茶，答非所問。「對了，過上幾年，二姑娘還需要學習茶道，不必精深，卻也要懂得品茶才行。」

何貞眉頭深鎖，盯著秦嬤嬤不說話。

秦嬤嬤放下茶盞，並沒發出一點聲音，這才迎著何貞的目光反問道：「大姑娘，這些可都是名門閨秀想學卻不一定有機會學到的東西，教給二姑娘，不好嗎？」

「就是因為太好了，我才覺得害怕。」何貞一點也不避諱。「三年前，包括您口中的『何大人』在內，我們都還是一群鄉下孩子。半年前，我妹妹還在農田裡跑，跟大字不識一個的農婦們在一起，可是現在您教她的這些，恐怕跟公主郡主們學得也差不多了。您覺得，我心裡會踏實嗎？我真的怕，您，或者您背後的人，想要把我的妹妹給賣了。」

「大姑娘多慮了。」秦嬤嬤習慣了跟人說話只說三分，現在被何貞這樣直通通地問到臉上，一時有點不適應，她緩了一會兒，也換了說話的方式回答問題。「實不相瞞，確實是有人要老身來教導二姑娘的，不僅僅是夏夫人的面子。不過，那人只是讓老身教導陪伴二姑娘而已，並沒有其他的要求，對二姑娘也沒有什麼安排。」

「可是……」何貞直覺覺得這是實話，可是這「教導」的品質也太高了吧？

秦嬤嬤傲然一笑。「可是老身教得多了些、複雜了些是嗎？這與旁人無關，是老身自己的決定。老身活了大半輩子，只曉得做事全力以赴，能做十分的，老身絕不會做六分。」

所以這是秦嬤嬤個人能力太強又極端要求完美的結果？何貞心情有些複雜。請個家教輔導孩子，結果來了個金牌名師，非把孩子送進常春藤名校不可。

秦嬤嬤沒有必要騙她。何貞很清楚，無論是身世背景，還是自身的心機城府，她在秦嬤嬤這種深宮裡出來的人面前根本就不夠看，都不值得人家費心思欺騙。所以秦嬤嬤說的話雖然有些傲嬌個性，卻應該是真的。「能請動您的也不是普通人吧，他對我、對我的兄弟們又有什麼要求呢？」

秦嬤嬤高深莫測地看著她。「那位確實不是普通人，不過對你們姊弟沒有惡意，日後姑娘就知道了。」

何貞知道，秦嬤嬤這種人，如果真的不想說，那肯定是不會說的，她也就不再問下去了。

可是琴的事情還是得辦。作為一個前世今生都缺音樂細胞的人，何貞一直覺得能玩好一種樂器是一件了不起的事情，現在自家小妹有好老師輔導，她怎麼也必須支持。自己一手帶大的那個紅通通的、連哭都沒多少力氣的小可憐，將來能變成琴棋書畫樣樣精通、上得廳堂下得廚房的古典閨秀，想一想就覺得特別棒！

提著裙子走到前院，明義的書房裡還亮著燈，她就在外面輕咳了一聲，長樂馬上就出來了，就著院子裡的燈火一看，連忙行禮，又回屋通傳。

明義迎了出來。「大姊，妳還沒睡？」

「還沒到一更天，我剛送走了秦嬤嬤，有事讓你辦，就過來看看。你忙著嗎？」何貞跟著他進屋。

明義讓她坐，自己也在她身邊坐下，說：「沒有，我也沒什麼公事，正好沒事做，就看會兒書。什麼事要我辦的？」

何貞把自己跟秦嬤嬤的談話內容轉述給他聽，然後說：「不管她是什麼來頭，我瞧著對慧兒沒什麼壞處，暫且就這樣吧。若她是一顆棋子，總不能當個死棋吧，早晚要動，那時候咱們就知道了。至於琴的事情，我想叫你去給看著置辦，你在書院裡還學過，我卻是一竅不通的。」

明義自然應下。「行，我來辦。不過，大姊，妳得給我銀子。」

「那是自然。」何貞笑笑。「說起來，咱家的地和作坊鋪子的收益我也得交給你和你大哥了，總不能我一直收著，你們兩個做官的反倒是手裡沒有銀子。」

「千萬別。大姊，還是妳看著吧，難道妳要讓我跟大哥分家？大哥都沒娶嫂子呢！」明義斷然拒絕。「妳管著挺好，我想用銀子了跟妳要就是。」

何貞還真沒想到分家上去，純粹是覺得明義明輝手裡沒有銀子用，實在不是個事。聽他這麼一說，也覺得有理。三個弟弟呢，房契地契給誰不給誰，這麼一算，可不真成了分家了。「那好吧，你跟你大哥的俸祿都由你們自己拿著，其他的開銷來找我，等你們將來娶了媳婦，我再交給她們。」

這就說遠了。反正是將來的事，明義含糊著應了，然後才說：「姊，我正好有事要跟妳說。一件好事，一件壞事。」

「你說，我聽著。」何貞收起了玩笑的語氣，後背挺得筆直，整個人都繃緊了。

「好事是西北地方終於解凍，天氣暖和起來了。壞事是，戰況還是膠著，北戎人不打算撤兵不說，西羌人看我們兩方僵持，他們也蠢蠢欲動，想要撈便宜。所以大哥他們現在軍情壓力很大，隨時可能大戰。」明義說。

何貞知道自己對這些軍國大事應該有更高的敏感度，可是她就是一個草根，終究沒有那樣政治素養，所以她認真聽著明義說話，想要從他的表情上看出事情的嚴重程度。

明義神色嚴肅，但是並不見悲傷或者憤怒，想來軍情還沒到無可挽回的地步。果然他說：「大哥那邊有清源關天塹，易守難攻，占著地利優勢，只要堅守城防，敵人基本上不可能破城，還算是安穩的。穆大哥那裡凶險些，不過這兩年經過他的整治和操練，肅州的守軍戰力大幅度提高，想來守住一時也沒問題。軍情已經報到了御前，若形勢危急，朝廷也必然會出援兵的。」

「朝廷裡真的會派援兵嗎？」何貞不太相信。「畢竟鎮國公府的事情就是教訓。」

「會的。現在的情形和當年不一樣，當年邊關軍民只知有鎮國公，不知有朝廷和皇帝；

現在的邊關，沒有那樣的將領。」明義搖頭。「之前的事情引得龍顏大怒，皇上已經氣病了，還停了兩天早朝，現在沒人敢在這個風口上使絆子。」

「但願一切如你所說。」何貞輕聲說。

寧夏鎮清源關內，明輝被叫到守備的營房裡。他一進門，抱拳行禮畢，守備就破天荒地熱情大笑。「你看你這讀過書的人就是不一樣，行個禮也比旁的大老粗好看。何老弟啊，叫你來是有任務的。」

清源關就算不是固若金湯，也可稱得上一夫當關萬夫莫開，所以雖然北戎和西羌兩處兵馬在關外滋擾生事，他們這裡也還算太平。寧夏城裡的百姓們更是一切如常，除了談論形勢以外，並沒有什麼倉皇之色。

明輝身負守衛之責，卻絲毫不敢懈怠，帶著自己的人反覆巡查操練，力求萬無一失。現在王二牛和小伍子都成了他的親兵，功夫也比以前好得多了。他進了守備的營房，守在外面的王二牛就悄悄跟小伍子咬耳朵。「守備大人不會是要給咱們大人穿小鞋吧？」

小伍子長大了幾歲，個子高了不少，本來就不算白的臉又黑了許多。他四下看看，也小聲說：「我看八成是。這位擺明了就是嫉妒咱們大人，陰陽怪氣的也不是一回兩回了，咱們大人家裡送來的糧食他還沒嚥下去呢，這就又找上事了。」

親兵都這麼想，明輝也不是個傻子，自然看得出守備給他的「任務」肯定有貓膩。只是軍人以服從為天職，上官說的話就是軍令，他也無法，只好抱拳道：「但憑大人吩咐。」

「是這麼回事。你也看到了，北戎這幫蠻子打也打不走，西羌那幫雜碎又出來鬧騰，如今咱們這裡還好，他們打不過來，肅州那邊可是危險得很哪。」守備指著牆上的輿圖。「這裡跟這裡，都要守不住了。總兵大人下了令，讓咱們分兵馳援，我想著肅州穆永寧跟你是不是還有親戚來著，你帶五千人去支援他吧。」

「是！」明輝立刻應下。他們這邊有兩萬人，跟肅州一樣多，但是肅州平坦，沒有天塹可倚仗，又是個大城，城防戰線長，守城艱難。而且據說進攻肅州的北戎人有五萬之多，來勢洶洶，所以戰事一起他就擔心穆永寧，如今守備讓他去馳援，他知道這人心思不純，可還是很樂於前去的。

他應得痛快，守備又覺得有幾分心虛，尷尬地笑著解釋。「咱們這裡也有敵情呢，我也不能分兵太多，最多也只能分出這麼多人。你們年輕有學問，頭腦好用，說不定就能打個大勝仗呢！到那時候你也能再立戰功啦，比窩在咱們這裡還強呢，你說是不是？」

明輝不想跟他掰扯這些有的沒的，軍情緊急，他抱了抱拳，敷衍了一句。「多謝大人栽培，屬下告退。」

他帶了人出城，立刻被一人一馬緊追不捨。

「妳來幹什麼？打仗不是妳玩的。」明輝看見一身黑衣神采奕奕的祁二娘就頭疼。「軍中不能有閒人，妳快走吧。」

最近這陣子，祁二娘要找明輝報恩的事已經在軍中傳遍了。祁家在西北地方可以說是黑白道上都很有幾分面子，祁二娘又是鏢局二當家，大部分士兵都認得她，也才能讓她跟了上來。這要是個陌生人，早就被當作奸細抓起來了。

「我沒有玩！都跟你說過了，我不是出來玩的大小姐，我走鏢都走了六、七年了！這次我是要給我自己報仇，只是正好跟你們同路而已！」祁二娘揹著雙刀，英姿颯爽。

小伍子在後頭馬上直笑。「大人，就順路一起唄，反正咱們什麼都不說也不算啥！」

五千人急行軍，到得肅州城外二十里的時候已經是晚上了。斥候回來稟報，肅州城外激戰一天，雙方各有傷亡，目前暫時休戰，西羌和北戎的軍帳合在一處，已經可以確定兩方聯手了。

「傳令下去，原地休整，不得生火，隨時待命。」明輝想了一會兒，叫人過來。「張校尉，你帶一百步兵，先行潛到北戎人後軍，放火攪亂其軍營。我們隨後跟上，趁亂殺上一場，挫挫他們的銳氣。記住，不要深入，放完火就撤，儘量保全兄弟們。」

「是！」張校尉抱拳領命。

「等一等。」祁二娘剛才離開隊伍，不知去哪轉悠了一圈，這會兒又悄無聲息地出現，她問明輝。「你們有火油嗎？給我一些，我去辦這事。」

明輝不理她，張校尉遲疑了一下，暫時沒動。

祁二娘乾脆腳尖輕點，一下子飛到了旁邊的一棵樹上，回頭居高臨下地說：「我說大將軍，我都說了我不是來搗亂的，你怎麼就不信呢？你的兵士們有我輕功好？我能保證神不知鬼不覺地給他們到處點火，你能嗎？你讓他帶出去一百人，到時候能回來一百人嗎？」

最後一句話確實是說到了點子上。軍中的兵士，縱然經過訓練，也不過是比普通人跑得快些、身手敏捷些罷了，並沒有這種精妙的輕功。只是祁二娘畢竟不是軍中之人，明輝一時也有幾分猶豫。

「怎麼，你覺得我是個女人，就不能上戰場？」祁二娘看他猶豫，想了想，自覺找到了原因。

明輝搖頭。「不是。」因為大姊的緣故，他從來不會看輕女人。

「那你就別婆婆媽媽了，我虎威鏢局也是有名有號的，怎麼也不會背叛大燕朝，你到底有什麼不放心的？」祁二娘急了。「你再猶豫一會兒，我都放完火回來了！」

「張校尉，帶著你的一百人出發，帶上所有火油，配合這位祁二當家！」明輝咬了咬牙。「大隊人馬半個時辰之後出發，你們必須要讓他們在察覺我們行軍之前亂起來！任務完成後立刻就地隱蔽，等我們到達後再行歸隊，注意安全！」

「是！」張校尉領命而去。

祁二娘從樹上跳下來，扔下一句「照顧好我的馬」，就大步跑走了。

明輝盯著她的背影，直到她完全消失在黑沈沈的夜色裡。

第六十五章

騎馬急行很容易暴露目標，但是遠遠快於用腳跑的，所以明輝下令的時候就留了一個時間差，在北戎士兵發覺有人靠近之前就讓他們的營帳裡先亂起來，接著在他們忙著救火的時候大部隊趕到，正好乘機大開殺戒。

事實證明，祁二娘的功夫果然了得。離得尚遠，大家就看見肅州城下火光沖天，而且還不是單處著火，好像到處都有火一樣。他們越走越近，果然也沒有人來攔阻。張校尉已經帶人歸隊了，來不及清點人數，但是顯然折損很少。

明輝按照路上交代好的作戰計劃，兵分三路，兩路直接殺進北戎人的營地，另一路則從後包抄西羌人，最後還派了傳信的兵士去叩響肅州城門，讓他們開城接應。他們一共就五千人，根本不可能直接殲滅敵人，只能出其不意，能殺多少殺多少，先儘量消耗一部分敵人的力量，再跟穆永寧兵合一處，到城裡休整過後重新對敵。

戰鬥開始得悄無聲息，結束時也是乾脆俐落。兩刻鐘後，明輝已經和穆永寧並肩站在肅州城頭了。

「你姊肯定想像不到，她最老實的兄弟玩起偷襲來這麼狡猾！」穆永寧白天帶人和北戎軍隊正面交鋒，雙方都折損了千八百人。看著是勢均力敵，可是他一共就兩萬人，消耗不起，正在想辦法呢，忽然聽說敵軍有異動，他趕到城牆上一看，第一反應就是明輝來援助了，可是看著這個不要臉的打法，又怎麼都不敢相信。直到看見了明輝的長刀，他才大喜，連忙讓人開城門迎了人進城。

「別跟我姊說，她擔驚受怕的。」明輝低頭看著城下的情形，雖然見到穆永寧也高興，可還是有些神思不屬。

「說正經的，兄弟，多謝你了！」穆永寧真心感激。他上報了軍情，請求支援，可是大家都守著自己的地盤，拖拖拉拉的，當然了，也不是寧夏守備有多少公心。「這次寧夏那老小子想坑你，咱們兄弟偏偏立個大功！」

「都一樣，他的目標都能實現。」明輝倒是不大在意。他戰敗了，死了，守備就沒了他這個威脅；他若勝了，立功了，高升或者調職，照樣也是離開了守備身邊，不會再威脅他在軍中的威望和地位。那位守備大人也沒什麼上進心，就想守著寧夏鎮那個地方，自己一家獨大。

「住手！」穆永寧剛要說話呢，明輝忽然抬起手臂，制止了身後的弓箭手，然後，一個清瘦高䠷的身影就從城下飛到了城牆上。

穆永寧瞧見了，那人倒是也在城牆上借了兩下力才上來的，但光是這樣，輕功也是極其出色的。明輝手下還有這樣的人？「女的？」

明輝緊繃的表情一下子鬆懈下來，不過祁二娘沒留意，她揮了揮手。「幸不辱命，我去休息了。明天再來找你。」

穆永寧驚呆了。明輝可是個老實人，這什麼情況？回頭他一定要跟媳婦說說這事。

手下來報，明輝帶來的五千人沒有陣亡，有三百多人輕傷，五十人重傷，已經送到軍醫那裡了。初步估計，北戎人今晚一次折損一萬五千人左右，西羌人折損三千人。

西羌人一共只來了四、五千，這一下，估計他們該退了。北戎人肯定不會善罷甘休，不過兩萬對五萬的戰局變成兩萬五對三萬五，結果可就不一定了。

沒得到戰場傳來的新消息，何貞只能安慰自己，沒有消息就是好消息。這個月她沒推出新的鍋底，只是加了幾道新的食材，分別是黑木耳、海帶片和炸魚丸、炸麵筋球。天氣漸漸熱了，吃火鍋的人還是很多，不過畢竟有些燥熱，這不，羊肉少賣了，倒是藕片、豆腐這樣清淡些的食材很受歡迎。

黑木耳和海帶片都是安掌櫃找來的，陳記貨棧在遼東和舟山都開了分號，過來了不少好東西，山裡的水裡的都有。何貞見了，果斷出手，果然得到了食客們的喜愛。

炸魚丸和麵筋球這些東西是孫進寶做的。他挺勤快，也愛琢磨，聽何貞說過一次就自己試著做，出來的效果還不錯，林掌櫃就做主開始賣了。

安掌櫃的貨還沒到就賣了個精光，也更有積極性了，催著他的幾個老夥計幫忙，這天終於把玉米和辣椒送到了何貞面前。「這兩樣東西，南邊已經有不少地方開始種了，何姑娘，妳有興趣嗎？」
必須有啊！
這麼些年來，何貞都沒見到辣椒，她都快要忘記那些辣味的東西了。火鍋店看上去生意很好，可是她心裡一直覺得遺憾，沒想到啊，現在放在她面前的可是紅豔豔的辣椒！她拿起來聞了聞，又小心地掐了一點嘗嘗，舌尖上那種要著火一樣的味道告訴她，這就是久違的滋味！
「安掌櫃，這東西有鮮的嗎？」何貞問。
安掌櫃覺得，要是何貞不認識或者不接受這東西，他也沒必要在京城賣了。畢竟南北乾貨那麼多，他沒必要折騰這麼個不認識的東西，沒想到何貞還真識貨，便回答說：「應該是有的，我那老夥計說了，這個東西叫辣椒，在湖廣一帶已經有不少農戶種植。老百姓家裡頭沒錢買調味料，拿這個炒了菜也十分提味，不過妳知道，我這貨棧可不做這蔬菜的買賣。」
何貞點頭。「行，安掌櫃，煩勞您，這個乾辣椒，我先要二百斤，越快送來越好。咱們還是老規矩，結現銀。」
安掌櫃笑得十分歡暢。「何姑娘，還是妳痛快，價錢我也給妳最好，妳放心發財就是。」
何貞笑著謝了，又拈起玉米來問：「這個可是玉米？或者叫苞米？」
「要不妳家能出狀元呢，就是有見識。」安掌櫃先捧了何貞一句，才點頭。「這個據說就是叫苞米，跟姑娘妳弄的那個花生一樣，雖說是海上來的，可是在咱們中原能種能長。最近的，河間府順天府都有農戶種植了。據說這東西做乾糧也別有滋味。」

「關鍵是產量大，不挑地，能管飽。」何貞搖頭。「好自是好，只是您也知道，我的飯館裡用不了多少這個。我也沒有地來種它。」

安掌櫃倒是不失望，把東西收好，一邊收拾一邊建議。「何姑娘，我倒是覺得啊，你們不如在京郊也置個小莊子，到時候自家種些新鮮菜蔬也便宜。」

「我也想啊，只是我們搬來也才半年多，好不容易安穩下來，手上沒多少銀子，也不了解行情，一時還真沒顧得上呢。」何貞也不是沒想過這事，可是京郊的莊子價格跟老家的荒山肯定不是一個量級的，哪能說買就買了。而且天子腳下，就是不缺有錢有勢的人，哪那麼巧就有人賣莊子賣地呢？

安掌櫃搖頭。「其實也沒那麼難找，你們要是真的想買莊子，不如往祁津縣或者平南縣這些地方去找。離京城雖說稍微遠些，可是坐馬車也就是一天的距離，騎馬去一趟也就是兩、三個時辰的事，管著也方便。牙人經紀我可以介紹給妳，都是妥當的。」

「多謝您指點，我回去跟我兄弟商議商議。」何貞接受了他的好意，這才離開。

在京郊買地的事她擱在了心裡，卻沒特別急著操作，先處理了幾件家事。

首先是明義跟她支了三十兩銀子，給何慧買了一架琴，據說品質非常不錯。她不懂，不過看秦嬤嬤也很滿意的樣子，便也沒心疼那筆銀子。教育投資麼，都是應該的。

第二件是讓明義往家裡寫了信，給明睿報名參加今年秋天的府試。今年明睿踏實了不少，在書院裡學得也不錯，就連明義也私底下跟她說了，這次考試應該是能過的，而且成績應該還不錯。

第三件事，就是她問過小月之後，小月坦言，比起在府裡頭伺候著她，當個「副小姐」，她更願意在鋪子裡幫廚。她畢竟不是大戶人家出身，就算是學了規矩也緊張，不如在廚房裡幹活踏實，反正她有力氣，也不會偷懶。何貞沒有勉強她，教了她幾樣活計之後，就把她留在了廚房裡，給孫進寶打下手，另外做些火鍋餃子、蛋皮水餃、火鍋麵條之類的菜色。

這麼一來，鋪子裡後廚的人員差不多了，一個負責整體菜品和所有涼菜的廚子，一個準備複雜火鍋食材的助手，兩個清洗材料、切肉切菜、刷鍋洗碗的夥計，足夠保證目前的業務規模。食客們也對這些火鍋餃子、炸丸子之類的涮菜非常歡迎，收入一直穩步增長。

何貞身邊沒了人，只好去孫牙婆那裡重新買了一個十四、五歲的丫鬟，起了個名字叫小雨。小姑娘不識字，就是平南縣的人，據說是哥哥要娶媳婦，家裡湊不出彩禮，就把她給賣了。時日久了才知道，這姑娘也是訂過親的，未婚夫的父母相繼重病，家裡欠了一大筆債，於是她的爹娘要退親，她以死相逼不肯退，結果就被賣了。

說這些話的時候，小雨語氣淒然，卻並沒掉淚，可見小小年紀的她性情倒是很有幾分剛強。

何貞看著，又多了幾分欣賞。她不是個有難處就哭哭啼啼的人，遇到了難處，自己一下子就被打倒了，難道還指望別人拉著你走？別人憑什麼？

十來天之後，辣椒到貨，麻辣火鍋一經推出就得到了食客們的熱烈追捧。別看現在天氣熱，可是來上這麼一鍋，吃得酣暢淋漓，就連夏日的濕氣都要祛除不少。覺得熱的，來一碗涼茶，再來點黃瓜條、蘿蔔絲，滋味不要太好。

林掌櫃好幾天沒見到何貞，一見面就笑咪咪地拱手。「東家，在下從前還擔心夏日生意不佳呢，如今看來，實在是多慮了。」端午節也收到了東家給的「過節費」，大家都很驚喜，這待遇很不錯了，誰都盼著生意更好一些呢。

「大家都辛苦了。」何貞也高興。「今天來是想跟您商量，我看這外頭空地也不小，我想支個爐子賣些烤肉串，不知道可不可行？」現在的孜然還叫安息茴香，不過這不重要，重要的是孜然、花椒、辣椒這些東西都齊備了，大夏天的，不擼串嗎？

等何貞大致描述了一下，林掌櫃馬上贊成。「可行！如此一來，既可以讓夥計送進店裡給客人食用，也可以讓客人直接買走，而且如同零嘴小吃一般，不拘飯點，何時都能賣，妙得很！」

現在何貞已經是老闆了，自然不用事事親力親為，把羊肉、雞翅、雞胗、饅頭片這些東西的醃製處理方式教給了孫進寶和小月，又教他們撒各種調味料的火候和分量之後，她就不用再管了，自然有林掌櫃帶著夥計置辦烤爐木炭，然後安排夥計在外頭烤製。

接著，下個月林掌櫃送來的銀子就多了三十多兩，何貞也不小氣，小手一揮。「林掌櫃，下個月開始，大家每人漲一百文工錢，您漲二百文。」

至於小月和孫進寶，因為是何貞家的下人，不算在店鋪的夥計裡，何貞便給他倆單獨漲了月錢，每個人每個月多了五百文。結果再出門的時候，還沒上車呢，孫財先給何貞跪著磕了個頭，直說感謝主家的大恩。

何貞沒再多說什麼，反正她不會虧待好好工作的人，最好是大家都能得到好處。

因為天氣炎熱，她這幾天有些不舒服，就沒有出門，午睡了一陣子，起來更是沒精打采的。小雨端了溫水給她喝，望著窗外有些憂心。「這也才剛六月初，天氣就這般熱，今年老天爺是要怎麼樣啊……」

的確，年前冬天格外冷，這初夏時分又格外熱，瞧著天時不順，也不知道今年會怎麼樣。何貞嘆口氣，說：「小雨，妳去跟胡嬸說一聲，晚上再拌個苦瓜，給大家去去火。」

小雨應聲剛走到門外，就叫了一聲「二少爺」。明義擺擺手，大步走進來。「大姊，好點了嗎？」

何貞點頭。「好多了，就是有些苦夏，沒事。」

明義笑著說：「大姊，跟妳說個好消息。大哥支援穆大哥，他們倆出奇兵，在其他幾路援軍還沒到的時候就自行打退了敵軍，殲滅西羌人四千五百，俘虜三百；殲滅北戎人四萬，俘虜三千，大捷的捷報已經送回京城了！大哥他們兩萬五對五萬五，最後居然得到如此大勝，皇上龍顏大喜，當場就表示要重重封賞呢！」明義很少這樣滿臉興奮。

可是何貞卻聽出了不對。「你說什麼？兩萬五對五萬五？這樣懸殊？之前你不是說雖然緊張，但是還在對峙嗎？你怎麼沒說這麼凶險？你大哥他們人呢，有沒有受傷？」

明義稍微冷靜一下，才說：「大姊，我之前也不太清楚實際戰局，畢竟我不是兵部的人。這次是因為戰鬥結束了，我們才能知道當時的情況。大哥他們有沒有受傷，我真的不敢保證，不過肯定都沒有性命之憂，而且很有可能會回京受賞，到時候妳就能見到他們了。」

「當真？」何貞喜出望外。「真的能回來？」她不在乎他們立了多大的功、出了多大的風頭，對她來說，那些都不如能見他們一面重要。

明義說：「應該是能的。具體的封賞朝廷還在商議，若是這次讓他們破格連升幾級官階，以後就能每年回京述職了，只是這個我卻不能保證。朝廷裡一有消息，我一定回來告訴妳。」

第六十六章

捷報送進京城，只是短短的幾句話，可是戰火紛飛的肅州城裡，明輝和穆永寧卻經歷了空前緊張的戰鬥。

經過了大半夜的偷襲火攻，城下一片狼藉。穆永寧站在城頭瞧了一陣子，忽然叫了人來，發號施令。

明輝皺眉。「你做什麼？」

穆永寧說：「你們大老遠來的，估計也累了，就在城裡休息，另外也幫我守著城。這幫王八蛋今晚應該也沒力氣攻城了，我帶人去收拾西羌那群孫子。」

「天色太晚了，緊跟著去太著急了。不如明天咱們再戰。」明輝不太贊成。

「天色晚才好，就要趁他病要他命。他們絕對不到兩千人了，我帶上一萬人去幹掉他們，斷了北戎人的後援。」穆永寧笑笑。「打仗還講什麼規矩，你不也學會偷襲了嘛，我就要去打落水狗！兄弟們，跟我走！」

明輝也是無奈，這人現在跟土匪似的，一萬打兩千，還得意洋洋的。

這種戰鬥的結果簡直毫無懸念。雖然西羌人凶殘善戰，可是在絕對的人數碾壓之下也沒什麼太大的優勢，尤其是他們剛剛被偷襲過，隊伍都整不起來，戰力也沒法恢復到巔峰。於是天色矇矇亮的時候，穆永寧帶著大部隊雄赳赳氣昂昂地回來了，後面拉著一串捆成麻花的俘虜。

明輝安排人輪流站崗之後，自己也在城牆下休息了一會兒，見到他回來也沒太激動，知道他肯定會打勝仗的。

穆永寧叫人原地休整，伙房抓緊送早飯，自己則晃過去找明輝。「西羌人算是廢了，現在只剩下北戎這幫王八蛋了。」

「你想怎麼辦？這次之後再想偷襲可就難了。」明輝問。

「不是有你嘛！你幫我守著城，我帶人下去整整防線，給他們來點好東西。」穆永寧笑著往城牆下頭看。「之前他們來的時候，我是真不敢出去啊。咱們這麼點人，要是離城遠了，還真就回不來了。我不怕死，可是我要是死了，這城門可就真守不住了。現在你來啦，我非得出去幹一場不可。」

「你別冒險。」明輝不贊成。

穆永寧擺手。「放心，我還沒當你姊夫呢，死不了。這次來的有幾個北戎皇親，我準備搶幾個大戶，弄點金銀珠子給你姊打首飾。」

明輝木著臉，不理他。

等早飯過後，明輝看著穆永寧的操作，也是無語了。說好的將門出身、光風霽月的少年將領呢？領著兩萬人出城，就為了挖溝、埋刺、拉絆馬索？

「兩軍對陣原來跟我們跑江湖的暗算人差不多啊。」祁二娘走了過來，站在明輝身邊，瞧著遠處。

明輝揉揉額頭。「妳來幹什麼？昨晚妳幫了大忙，就算是報恩了，好吧？快走吧，打仗不是鬧著玩的。」

祁二娘才不聽呢。「昨晚那算什麼？上次北戎人差點殺了我，我還沒殺幾個北戎人報仇呢。你放心，我不給你搗亂。你們軍機大事我肯定不打聽。唉呀，你就當沒看見我，行了吧？」

行吧，明輝只能真當看不見她。

北戎人的軍隊確實大大傷了元氣。他們退出了二十里地，駐紮休整。剛紮好營，穆永寧就帶著人來叫陣了。幾千人馬一字排開，完全遮住了對方的視線。

「欺人太甚！燕人太狡猾了！」人高馬大的將軍氣憤不已。昨晚說休戰的是這幫燕人，放火偷襲的也是這幫燕人，太過分了！

更過分的還在後面，他得了主帥的軍令，率人出兵迎戰的時候居然被燕朝的小兒給倒打一耙。「無恥之徒！本將昨天都已經鳴金收兵了，你們為什麼攻擊我的援軍?!」

劉川覺得自己臉皮已經很厚了，聽了他家大人中氣十足的質問，也不由得捂臉。何副守備就是帶人來偷襲的，現在居然成了被攻擊的那一個？

北戎將軍大怒，驅馬前來，就跟穆永寧戰在一起。真刀真槍的馬上功夫來說，穆永寧是要強過明輝的，這位將軍以力氣大、功力深厚見長，也確實是個厲害的對手，雙方一交手就知道深淺，嘴裡胡亂互罵著，可手上絲毫不敢大意。

你來我往地打了半刻鐘，穆永寧心一橫，拚著肩膀受傷，硬接了對方一刀，卻揮出了自己的大刀將人砍翻馬下。這下對方的兵丁蜂擁而來，穆永寧身後的燕朝軍士也叫喊著迎上去。雙方混戰了一會兒，穆永寧就率先調轉馬頭，撤了。

將士們緊跟其後，瘋狂逃命。

北戎士兵剛死了前鋒將軍，也殺紅了眼，哪能不追呢，可是這幫燕人打仗不行，跑得倒挺快。居然很快就跟他們拉開了一段距離。有人覺得不妥，可再後退就晚了，絆馬索不僅絆馬，也絆人呢。好不容易躲開絆馬索吧，前面滿地都是釘子！

明輝這邊密切的關注著局勢，看到自己人回來，立刻叫城牆上的弓箭手做好準備，要掩護他們進城，同時打開城門。很快，肅州軍士們就退守城內，而身後的城外，留下了大量北戎追兵的屍體。

也不知道穆永寧下了什麼命令，沒過多久，又見一隊士兵衝了出去，在埋伏的地方清出一條路來，讓幾千人呼嘯而過。好麼，現在改成燕朝士兵追著北戎人打了。

「你們大人呢？」明輝下了城頭，叫了一個剛回來的士兵問。剛才出去的人裡沒有穆永寧，他看見了。

「大人受傷了，在營房。」士兵回答完，就急匆匆地走掉了。

明輝皺眉，也不管身後亦步亦趨的祁二娘，直奔穆永寧的營房而去。

穆永寧受傷的位置不致命，只是刀口很深，血流了不少，這會兒脫了鎧甲，光著上身，正由軍醫處理傷口。走得近了就能看出來，他的臉色很白，額頭上都是汗。

明輝安靜站在一邊，有多少話也不適合現在說。祁二娘歪著頭看了一會兒，從懷裡掏出個瓶子放在軍醫面前，說：「你那個藥沒我的好，用我這個。」

軍醫剛清理完傷口，也沒說話，打開藥瓶子仔細聞了聞，又倒出一些藥粉仔細查看過，才抬頭請示。「大人，這藥確實比軍中的好些。」

穆永寧歪頭看著對面的兩個人。「真的？這人跟我可沒什麼關係，不會來害我吧？」

祁二娘撇嘴。「我又不是來路不明的人。虎威鏢局祁二娘，寧夏城裡沒人不認識，怎麼可能害人？我給你藥，還是看在我救命恩人的分上呢！」

原來還有救命恩人這一齣啊，穆永寧瞧著明輝，心裡直笑。

「快上藥吧，還不知道外頭軍情如何呢。」明輝扭過臉去。

穆永寧點點頭，軍醫就把祁二娘給的傷藥撒在傷口上，然後開始包紮。中間他疼得快要昏過去，不過還是沒出聲，好一會兒緩過來些，才說：「放心吧，都安排好了，我的兵我有數。」

果然，沒過多久，丁木就過來報告。「大人，出去的人回來了，折了一百多人，還有些兄弟重傷，需要軍醫立刻去處理。」

等軍醫提著藥箱走了，明輝才坐下來，問：「今天還有什麼安排？」

穆永寧搖頭。「不打了，晚上再說。」這是偷襲上癮了。

下晌的時候，戰果回報回來，肅州軍這邊總共犧牲了三百多人，另有一百多人重傷，而北戎那邊則是幹掉了五千多人。「你的埋伏真的這麼管用？」明輝雖然看了全程，可是感覺應該效果沒有這麼好才是。

穆永寧喝了藥，有點體力不支，半閉著眼睛說：「埋伏是一部分，能殺敵當然好，主要還是為了讓他們慌亂，而且後來兩次殺出去的那一場殺敵多。」

「明白了，你先休息吧，剩下的仗我來打。」明輝扶著他去床上躺下。

他們還有兩萬四千人，北戎人剩下三萬，還折了前鋒大將，接下來的對峙基本上算是勢均力敵，形勢已經好轉了。

當晚出去夜襲的是明輝和他帶來的人，經過一個白天的休整，他們也算是以逸待勞，把白天剛打過一場惡仗的北戎人打得七零八落。但是他們並不戀戰，殺一通就跑，並不和他們正面對戰，徹底把穆永寧的不要臉戰術貫徹到底。

等到北戎大將忍無可忍的時候，真正艱苦的戰鬥也就打響了。穆永寧帶傷上陣，所有的士兵眾志成城，鏖戰三天，大同的援軍姍姍來遲的時候，正好看到北戎人倉皇撤退的煙塵。

「這可怎麼辦？你姊的首飾我還沒弄到呢！」穆永寧捂著肩頭，總算鬆了口氣，可是馬上就又愁眉苦臉的了。

後人在評價這場雖然規模不足以改變歷史，但是堪稱以少勝多樣板的戰役的時候，一般的評價就是主將穆永寧善用奇兵、援軍將領何明輝與其配合默契，乃是燕朝靖和年代末期冉冉升起的將星。卻很少有人注意到作戰的各種細節，至於兩人的郎舅關係，則是只存在於說書人的口中。

「大姊，大哥他們的封賞結果下來了！因為皇上龍顏大悅，他倆也都破格晉升，大哥封了從四品的宣武將軍，行甘陝衛參將實職，穆大哥直接授了正四品甘陝衛指揮僉事，統管甘陝一帶的駐軍。」何貞剛剛核算完這個月的帳本，明義就進來了，一邊說一邊揮著手，難得的喜形於色，不像平日那麼沈穩。

何貞對於當朝的軍銜官職不是很明白，可是對官品還是了解的。四品官是許多人一輩子都熬不上去的坎，現在他們倆就這麼升上去了？「這官是那麼好升的嗎？原來的官呢？」

明義端起桌上的茶盞喝了一口，又接過何貞遞過來的手帕擦了擦汗。「這次穆大哥他們那裡形勢危急，可是周邊的幾路兵馬都只顧著自己的一畝三分地，援兵去得拖拖拉拉。再加上之前糧餉的事情還在追查，將官們的摺子遞不進京的問題也捅到了皇上面前，反正數罪並罰，不少人都丟官了，空出來的職缺不少。」

這麼說何貞就好理解了，正好空出來不少位置，不愁沒有官職賞下去。而且老皇帝被一撥又一撥的爛事大傷顏面，忽然來了年輕的低層軍官痛痛快快地打了個打勝仗，皇帝肯定得好好賞一賞了。

「那他們什麼時候回朝謝恩？」他們升官，何貞自然高興，可她最惦記的還是明義說的他們可能回京的事情。

說到這個，明義就有些沮喪。「可能暫時回不來了。這次北戎人雖然折了所謂的五萬大軍，但是他們並沒有傷到根本，恐怕還會來犯，西北地方軍情依然緊張。皇上封賞了我哥他們，也是讓他們調整防線隨時備戰的。」

當初送他們去從軍，何貞一直有天各一方的覺悟，可是這次她已經抱了極大的希望和期待，到頭來他們還是回不來，她就覺得格外失望。

她雖然沒說，可是明義還是馬上就察覺到了她的沮喪，又甩出了另一個好消息。「大姊，妳先別失望，還有一件事。因為穆大哥戰功顯赫，皇上想起穆先生來了，說穆先生既然身體不算好，就不要在西北待著吃風了，因此調他回京任禮部郎中，還是正五品，不過也算是升官了。」

「你是說穆先生他們要回京了？」何貞的眼睛亮起來。「穆嬸他們都要回來了？」

明義點頭。「正是呢，吏部已經接了口諭，正在出調令呢。估計快的話，今年中秋他們就能在京城裡過了。」

「唉呀，這可是太好了！」何貞眼眶有點酸。「以後穆家就又能立在京城裡了！」

「大姊，妳還沒過門呢，這話說得……真拿妳當穆家人了啊。」明義搖頭。

「淨胡說！」何貞拍他一記。「你說你大哥都成了將軍了，往後是不是也能有親兵替咱們往返送信送東西什麼的了？」

「這應當是有的。我寫封信給大哥，託宣旨的天使帶去，說不定很快就有回信了。」明義道。

「你大哥也是將軍了，我得趕緊置辦產業才是，總不能只靠那點俸祿銀子過日子。」何貞想了想，就覺得這事情挺急迫的。本朝為了勉勵讀書人，規定了有功名的人可以免稅，然而對於武將卻沒有這種優惠，所以說即使明輝有了從四品的官職，不需要交稅的土地也依然是作為秀才的二十畝。那就先買二十畝好了。

因為繼任的官員一時沒有到位，所以穆靖之真正啟程入京的時候都已經是九月底了，自然沒有趕上中秋節。收到這個消息，何貞雖然有那麼一絲失望，不過也沒有特別沮喪，反正不過是晚了一個月而已，總會見到的。她一邊託安掌櫃的幫忙在平南縣物色莊子準備置產，一邊給明睿準備回鄉考府試的事宜。

明義託人帶去的信很快就得到了回應，穆永寧和明輝都派了人回來。別說什麼公器私用，本朝因為武將待遇低下，所以本來就有不少變相的貼補措施，允許親兵行僕役隨侍之責就是其一。

明輝派來的是小伍子，另外還有兩個功夫不錯的兵士，專門保護明睿回鄉考試的。「啟稟大人，將軍派屬下等保護三少爺考試，之後還要回營裡去。」

明義也不意外。「辛苦你們了，我會叫長樂長笑跟著你們一起回去，正好你們還能見見孟柱子等人。」

小伍子大喜。

這次遠行，何貞沒打算陪同明睿，除了考試之外，還交代了他幾件事情要辦。明睿板著小臉打包票。「大姊，我已經懂事了，不會像原來那樣的。妳在我這麼大的時候能買房子擺攤，養活我們一家子，輪到我，難道這幾件小事都做不來？」

有自己寫的信，也有比較了解自家情況的長樂在，何貞想想，覺得也確實沒什麼特別不放心的，便放手讓明睿自己回去。

八月中，明睿回了老家，等再回來的時候就已經是九月底了。不在身邊的小孩長得就是快，何貞覺得，穿著夾襖的明睿不光長高了，好像還長胖了一點。

「大姊，二哥，我這回考過了。」明睿這次明明考過了，卻也沒見多少喜色。「其實也不難的，可惜我生生多耽誤了兩年功夫。」

「知道教訓就好。大姊交代你的事情，你都辦妥了？」明義讓他坐下，雖然已經聽長樂大概彙報過了，他還是再問了一遍。

「嗯，我回去給爺爺奶奶磕了頭，把大姊準備的布疋補品給了他們。三爺爺他們也都在，大家都說我們孝順呢。然後咱家的那兩畝地我給了爺爺，不過按規矩還是收了十兩銀子，換了地契。」明睿讓長笑把他帶過來的匣子交給小雨。「那地得十兩銀子一畝，我給做了半價，畢竟是給爺爺的，里正大伯也說我做得好。」

這樣做好不好，何貞其實也不想多說，反正他們家現在也不缺這十兩銀子，能給明義兄弟們刷個好名聲，她無所謂。賣地的事是早就跟明義商量好的，老家的地只留五百畝山地，剩下的免稅額度她打算都在京郊置辦，畢竟住得近，好管理。

「大姊，妳在南山蓋的院子不是還有四套嗎？這次我回去有人要，我也就都賣了，地契也給了，往後就不操這份心了。」明睿想了想，小事情應該是說完了。

他最後說的是比較重要的事。「鋪子、作坊的帳目跟銀子我也都收了。今年天時不好，五叔說晚幾天收花生，好讓地裡再長一長。我想著回都回了，就把租子也盯著收了，一起都在這個匣子裡了。」

「你還懂得收租了？」何貞瞧著他一板一眼地彙報經歷，有些好笑的同時也感覺到了，孩子還是要放手讓他出去鍛鍊，老是覺得他還小，不讓他接觸事情，他永遠都不會長大。真正放手讓他去做，他的成熟程度也許會超過你的想像。

明睿搖頭，又點頭。「我是不懂的，可是一路上我聽長樂說了不少，而且往年的事情我多少也有些印象，回去之後我不懂的就去問五叔，問里正大伯和何文大哥，不就知道了嗎？哦對了，何文大哥說過了年要進京來趕考呢，我說讓他早點來，就住咱家，跟我和二哥住一起，他很高興。」

何貞跟明義對視一眼，明義點頭。「這還差不多，不枉何文哥打小就帶著你玩。」

「我原來小，不懂事，現在不是都懂事了，二哥你怎麼還老說我？我是那樣的白眼狼嗎？」明睿反駁了一句，又轉回正題。「花生這個東西真挺好，天時不大好也不怎麼影響收成，咱家的租子很順利，都收上來了。五叔說，村裡種夏花生的人家，今年可能要晚收幾日，而且如果到時候上霜或者下雪了，恐怕要影響些收成。不過咱們油坊裡暫時短不了原料，反正現在種花生的人家也多了。」

能做到這些已經算是不錯了。何貞誇了他幾句，讓他休息幾天，結果小孩搖頭。「並沒有很累，明天歇一天就行了，還得好好念書，過了年開春還得回去考院試呢。」

打發了明睿回房休息，小孩卻說：「我好久沒見到妹妹了，先去找她玩一會兒。」兩個孩子一胎雙生，感情向來很好，何貞也不攔著，等他走了才翻開匣子看了看，統統放到自己床頭的匣子裡。現在老家的房契地契少了幾張，資產更集中了一些。

明義在一邊瞧著，也有些驚嘆。「大姊，這才一年的功夫，老家就收入了這麼多？」他雖然沒數，可是那厚厚的一遝銀票，怎麼也不止千兩。

「是啊，我前幾年有錢就投資了，所以你總是看不見銀子，現在老家一切維持原狀，銀子可就攢下來了。加上我手裡的這些，總共是——二千三百多兩。」何貞仰頭對著弟弟得意的笑。「攢個幾年，正好給你們兄弟娶媳婦。」

明義這些年跟著大姊支撐這個家，格外少年老成，被姊姊打趣了也絲毫沒有少年人的羞赧，搖了搖頭說：「大姊，妳還不操心妳的嫁妝呢！就這些，恐怕根本就不夠啊。」

其實京城裡頭像明義這樣的六、七品小官家嫁姑娘，嫁妝總共價值二千兩銀子的就已經算是很可觀了，可是明義覺得姊姊值得更好的，特別是她的歲數已經算是不小了，若是婚事辦得潦草，只怕會讓那些長舌婦們編排。他知道姊姊不會在意，可是憑什麼讓人說三道四呢？

何貞更不會臉紅。「我賺的銀子我有數，咱們誰都虧不著。」

第六十七章

隔天安掌櫃遞了個消息過來，說平南縣真有人要出手莊子，好像是有什麼債務，年底了還不上，正好急著找下家；但是因為莊子太小，一共才二十畝地，一般的大戶人家都不願意要，他問何貞有沒有興趣。「莊子是小了點，不過在平南縣邊上，倒是離京城近了不少，坐馬車過去，也就是兩個時辰。那地都是上好的熟地，一畝地十兩銀子，他家要得急，願意打九折，一共一百八十兩。」

聽了這個價格，何貞還真有點意外。原本因為京城裡頭房子貴、商鋪貴，她就以為農田也貴呢，沒想到這個價格居然是大燕朝統一價。不過想了想，她也就明白了，窮人家辛苦攢錢買地的話，就會像自己當年那樣，一點一點地買，這麼一口氣拿出將近二百兩銀子，一般人買不起；可是京城的達官顯貴們，誰又會把二十畝地看在眼裡？不夠寒磣的。

「多謝您告訴我，明日我兄弟休沐，我想讓他陪我一起過去看看再說。」何貞很有些意動。

安掌櫃立刻答應。「行，那明日我叫個人帶你們去。」

隔天去現場考察的時候，還不等牙人介紹呢，小雨就先說了。「姑娘，這個小莊子奴婢熟悉得很，奴婢原來訂親的那戶人家就在這個莊子上做活。說是莊子，就是三家佃戶種著地，其中一家子管著另外兩家罷了。」

已經是十月了，田地裡也看不見什麼莊稼，牙人也只能指著地上的土跟明義說說土質如何、出產如何之類的話了。他們那裡說著，何貞就坐在車上問小雨。「那這裡跟妳家裡種的地比起來，哪邊產出多些？」

小雨搖頭。「姑娘，雖說我們隔了一個村子，可是這一大片都是耕熟的地了，其實都沒甚差別的。一年下來一畝地的糧食賣了，怎麼也有二、三兩銀子的，去掉一成賦稅，剩下的東家收一半，佃戶們一半。」

這麼說來，和老家的地裡收成差不多，畢竟是由這個大燕朝的整體農業生產水準決定的。她想了想，覺得也沒什麼不好的，正好明義也過來了，站在車底下說：「大姊覺得怎麼樣？要不我就讓長樂跟著跑一趟衙門，把書契換了？」

「你也覺得可行？那就買下來吧，落在你大哥名下。」老家的山地，她上京之前就託何里正幫著變更了一下，五百畝全部落在明義名下，不用交賦稅。正好現在明輝名下還能有二十畝不交稅的地，這麼做最合適。

明義就上了車來，從何貞手裡接過了銀票，跳下車讓長樂去辦手續。現在看來，他們家也就是下人什麼的還不算特別多，暫時還用不著一個大管家，不過長樂顯然已經是實質上的管家了。

他們姊弟在車裡等著的功夫，小雨糾結了一會兒，還是提出來，想去她訂親的那戶人家看看。何貞皺了眉，不知道她到底要幹麼。

小雨捏著腰間的荷包，低著頭，不敢看何貞。「大姑娘，昨兒您說要來平南縣，奴婢就想著，萬一能再見他一面呢？可巧竟然就來了這個莊子，奴婢……奴婢知道……」

「妳去吧，叫胡大叔陪著妳。半個時辰之內得回來。」何貞嘆口氣。她看得出來，小雨的荷包裡有錢，估計就是這兩個月府裡給她的月錢。

「大姊，妳太心軟了。」明義等兩個人走遠了，才不贊成地說：「下人終究是下人。」

「所以我才叫胡大叔跟著她。」何貞搖頭。「我救不了她，只有她自己能救自己。不過說句話的事，我也願意給她這個機會。」其實是她想起了前世的一個朋友，明明跟青梅竹馬的男朋友感情很好，可是因為家庭的變故忽然就沒了音訊。等到多年後重逢，早就物是人非，兩個人又相愛又相恨，糾纏了很多年，讓她這個旁觀的人都覺得揪心。

很快小雨就回來了，神色還算是平靜。只是何貞注意到，她腰間的小荷包已經不見了。作為拿著小雨賣身契的主人，她已經不能再做得更多了。又等了一會兒，長樂回來，他們就啟程回城裡了。

地契收拾好，其他的小插曲何貞自然是沒怎麼放在心上的。過了些日子，她收到了陳三爺來的信，首先是對何貞的弟弟和未婚夫表示了高度的讚美，說他們是守護西北百姓的大英雄云云。然後提到，何貞之前給的花生糖和奶糖的做法很不錯，他們今年賣了不少，她給出的甜味奶茶、雙皮奶、紅豆奶茶等等甜品的方子放在酒樓裡，也十分受客人們歡迎，再加上花生油的生意，今年她的分紅有五百兩，問是給她送進京來還是依然存在西北。

何貞對此表示，她暫時也沒了想法。跟明義商量，他說不如等開春小伍子回來的時候讓他們跑一趟帶回來。何貞也才想起來，她現在成了特權階層了，明輝的衛兵偶爾也可以給自己跑腿辦事的。

十月下旬，穆靖之一家回京了。因為何貞這個準兒媳還沒有過門，雖說兩家關係親近，可是有些事情還是不方便出面張羅，比如幫他們置辦宅院或者去城門口迎接他們。穆靖之夫妻帶著幼子還是先住進了夏府。

明義作為穆靖之的學生，倒是在他們進京的那天就告了假出城迎接了，之後跟著一路回了夏府，大家在一起聊了許久才回家。

「大姊，師娘說讓妳不急著過去。夏大夫人幫他們在夫子胡同瞧了套宅院，他們這些日子要先搬家，先生也要先去吏部辦手續，再去禮部上任，都有些忙。自家人不拘俗禮，他們忙完了會給妳下帖子。」明義回來就跟何貞說了見面的情況。

何貞點頭。「行，我記住了。夫子胡同離咱家也不遠，方便得很。」夫子胡同就要算是內城的了，當然是內城的最外邊，和她家這外城的最裡邊挨得很近。夫子胡同的房子也比他們這邊貴上許多，不過顯然穆靖之拿得出來。

打聽了穆家搬家的日子，何貞自己不好親自去，就叫明義又跑了一趟，送了些柴米蔬菜之類的東西，正好是剛搬進來得用的，尤其是新打的花生油，那可是之前明睿剛帶回來的。

「姊，二十八那天妳帶著慧兒去先生家吧，我跟師娘說好了。」明義回來，帶了個話。

何貞難得地有了一點情怯。好像隨著年紀的增大，她的女性自覺意識也復甦了，總算想起來這是去見男朋友的爸媽了。明義自然是看不出她這點微妙的情緒變化的，而是有些鬱悶地說：「先生那樣的才華抱負，卻只能耽擱在一個閒職上了。」

「嗯？」何貞沒明白。

「一個禮部郎中，雖說也是正五品，還是京官，其實卻比不上外放同知有作為呢。我問了先生，他看上去並不在意，可我覺得，先生其實還是受了委屈的。」明義說。

何貞這會兒不知怎麼腦子靈光了一把。「你說，是不是因為皇上想要重用穆大哥？」

「我猜也是。」明義一點也不高興。「他們父子一文一武，若是同居高位，皇上難免要忌憚，我可以理解。可是，理解歸理解，心裡還是不平，明明他們又沒有弄權不臣之心，憑什麼就要先生犧牲掉大好的前程？」

「你覺得先生很看重這個『前程』？」何貞不同意他的看法。「穆家說到底還是將門，如果一定要做一個選擇，我想先生也肯定樂於『犧牲』的。而且，作為一個父親，為兒子讓位大約也是心甘情願的。」

穆靖之確實不是很在意。穆家人，終究還是要在軍中的。穆夫人也是一樣，並不擔心夫君失落，她更著急的卻是兒子的婚事。穆靖之卻不像夫人那麼著急。「只能等寧哥兒回京述職的時候再辦了，或者就要專門上摺子告婚假才行，現在西北情勢不定，我看他難得回來。」

「不管怎麼說，我得先見見貞姐兒，省得叫外人看了，還當咱們不待見這個媳婦，拖著不讓進門呢。」穆夫人嘆口氣。「明義都成了大人了，他姊姊也拖得夠久了。」

「拖不了太久的。」穆靖之想起剛得到的消息，好氣又好笑。「妳不知道，妳的好兒子要娶媳婦，都求到惠郡王頭上了。」接著他就跟夫人說起了秦嬤嬤的事情。「說是能幫著照顧教導小丫頭，寧哥兒媳婦就能放心出閣了。」

穆夫人弄明白了事情，滿心無奈。

十月二十八，何貞姊妹倆吃過飯，帶了禮物就去了穆府拜訪。當然，丫鬟們和秦嬤嬤也一併跟著。

穆夫人這兩年變化並不大，按何貞的話說，她是那種氣質美人，西北乾冷的自然條件和時光除了在她眼角處留下了幾條不算深的紋路之外，並沒有讓她變得憔悴粗糙。雖然沒有迎到大門口，可也站在了二門處，一見到何貞，她就眉眼含笑，拉著她的手。「好孩子，可算是見到妳了。」

等何貞姊妹行過了禮，穆夫人就更高興了，把另一隻手輕輕搭在何慧的肩膀上，一邊往正房走，一邊忍不住彎腰看何慧。「我還老覺得慧兒是個雪團似的娃娃呢，瞧瞧，這都成了大姑娘了，比我當年剛見妳的時候還高些呢。禮數也好，真讓人喜歡得不行。」

她身後跟著侍奉的，除了一些小丫鬟是生面孔之外，羅嫂子和長安媳婦這些人可都是老熟人了，大家見了面自然是歡喜不盡。羅嫂子甚至沒忍住還落了幾滴眼淚。「夫人，這往後可就都是好日子了。」

「可不是，我可是眼看著這幾個孩子長大的。那時候，明義也就比咱們浩哥兒大個兩、三歲，小小的人兒，抱著他妹妹。可妳看，現在明義都成了狀元郎，翰林侍讀，前些日子見了，我都不敢認了。」穆夫人拉著幾個人落了坐，又特地囑咐一聲。「給秦嬤嬤也看個座。」

等她坐下了，穆夫人才轉過身，鄭重向秦嬤嬤道：「多謝您教導慧姐兒。」

秦嬤嬤欠了欠身。「穆夫人客氣了，受人之託忠人之事，且何家甚好，慧姑娘仁善聰慧，老身很是喜歡。能跟著慧姑娘，老身也算是晚年有福了。」

穆夫人點頭，彼此寒暄了一陣子，她便問何慧。「弟弟在旁邊耳房裡玩呢，妳要不要去看看？」

何慧的眼睛亮起來，用力點頭。「要去看的。」

長安媳婦小琴就過來，引了何慧往外走，秦嬤嬤等人也跟了上去。

房裡就剩下穆夫人和何貞兩人了。穆夫人拉著何貞的手，細細地端詳著眼看就要雙十年華的姑娘，微笑著問：「慧姐兒有了秦嬤嬤教導，將來必然錯不了，就是說親，也沒人在教養出身上指摘她的。這下妳該放心做我的兒媳了吧？」

按照這個世道的規矩，當然是不可能直接問當事人的，可是何貞沒有父母長輩在身邊，又當家多年，這事還真就只能問她自己。何貞被問得措手不及，很有幾分窘迫，也回答不上來。「這……」

穆夫人就把秦嬤嬤的來歷和其中的隱情說了一遍，末了帶著幾分戲謔地問：「我兒都這麼著急了，妳是不是也該點頭了？」

何貞很難得地紅了臉。「嬸子，我真的不知道這些。」

「嗯，我知道妳不知道。不過如今妳知道了，是不是也該考慮考慮了？」穆夫人目光溫和。「就如今這般情勢，妳嫁過來，也還在京城裡，一樣可以照顧弟妹，難道妳不信任我？」

何貞連忙搖頭。「不是的。是……是我一直想著，等弟妹都長成了，我就、我就去西北的。您這樣說，我沒想過。」

「妳去西北？」穆夫人有些意外，可想想又覺得這也符合何貞的性格，便有幾分動容。「妳願意陪我那傻兒子去西北吃冷風，那是他的福分。也罷，我跟他爹在京城裡呢，就是妳去了邊關，大約朝廷也不會在意的。」

武將家眷擱在京城裡，算是人質，一直是本朝不成文的規矩。穆靖之不催著兒子娶妻，也是有這方面的原因。既然兒子一時半刻回不了京城，那麼娶個媳婦也不過是把人接到自己家裡關著。若何貞是一般的大家閨秀呢，守在後宅裡也行，可她還有一大家子要照應，不如晚些再娶。

何貞不知道這種規矩，她還有從前那種軍嫂隨軍的觀念，所以遲遲不願提起婚事，就是因為暫時她還不能離開京城。可她這話一出口，看著穆夫人那種感動的表情，才知道這裡頭還有些誤會。等知道了緣故，何貞頓時覺得坑爹。這什麼鬼規矩啊，成心讓人夫妻分居家庭不和啊！

看著她的表情，穆夫人也猜出幾分她的想法，也笑起來。「好了，咱們不說這個了，我那個傻兒子要是知道了妳這個打算，非得樂上天不可。妳既存了這個主意，那就讓他再等些時日也無妨。反正好飯不怕晚，你們兩個好好過日子比什麼都強。說起過日子，託妳的福，我們這兩年也吃上妳弄出來的花生油了，西北現在種花生的人越來越多，可是妳的功勞。」

「那是陳家人的功勞，您可別誇我了，我哪有那個本事。」何貞搖頭。「我就自家那些地種好了就不錯了。」

穆夫人說起了另外一件事。「說起陳家，我倒是見過一次那位陳三太太，就是跟妳熟識的那位，真真是做生意的好手，難得的是心善，她家的油坊、飯莊裡都有些傷殘之人勞作，說是西北戰事中退下來的軍士。還有好些回家的士兵，原本沒了田地的，現在都開墾起荒地種上花生，也因此都能溫飽度日了。」

「真的？」何貞心跳得都快了。「陳姨在信裡說過一些舉措，我只當她還在構想，原來都做到了！」

「是啊，都做到了。如今在西北，陳家雖是行商之人，卻也有個仗義、善人的名號。寧哥兒他爹知道的時候還說，原是妳的主意，倒是叫陳家占著地利，得了好名聲去。」穆夫人說。

何貞搖頭。「這沒什麼，我要那些名聲做甚？不過是有那麼個想法罷了，我做不來，陳家做到了，就是好事！只要讓軍士們得到了實惠就好，何必管是誰的主意？陳家得了好名聲，對生意有好處，他家的生意越大，能幫到的兵士就越多，這不是頂頂好的事情嗎？」

穆夫人看著她，欣慰道：「所以我兒子喜歡妳呢，確實是好姑娘。」

她們在一起，並不過多談論時政之類的事情，還是家長裡短的話題比較多。問起近況，何貞也不瞞著穆夫人，把自己開火鍋店和在平南縣買地的事情說了。她們和一般的準婆媳不同，穆夫人本身也是何貞非常親近尊敬的長輩，說起話來沒那麼多顧慮。

穆夫人很贊同她的舉動。「妳做得極好。雖說男人賺俸祿銀子養家是正理，可是誰家沒個產業？將來妳三個兄弟娶親，妹子要出嫁，都得花銀子。特別是慧姐兒，嫁妝也得攢起來了。妳好生經營，只別過於拋頭露面就是。」

做婆婆的說出這番話，對何貞來說無疑是個很好的鼓勵。「既然這麼說了，我可得努力賺銀子。」回到家之後，何貞對明義這麼說。

十一月裡，西北關外發生了一件大事，老北戎王病重了。他的幾個成年的兒子和兩個野心勃勃的兄弟為了王位鬥得不可開交，於是燕朝的邊境居然難得地太平下來。皇帝加大了對西北邊境的關注，聽說了這個情況，就下旨召西北軍中的主要將領回京述職，詳細彙報邊境的情況。

「皇上也老了，跟這位北戎老王也算是較量了一輩子，現在說不定有什麼打算。」書房裡，穆靖之跟明義正在下棋。

明義放下一子，問：「先生，您覺得皇上要對西北用兵？」

穆靖之說：「不好說。總要等權衡過局勢才好決定。」

「可是去年遼東雪災，今年江南夏季洪澇，收成大減，國庫也不算充裕，皇上真的要用兵，不怕力有不逮嗎？」明義雖然時常在皇帝跟前侍奉，可是他並不真的了解皇帝。要說對這位皇帝的了解，還是早年就認識皇帝的穆靖之更深入一些。

「不錯，確實是困難不小。不過，用兵打仗也未必不是解決困難的辦法。更何況，關起門來爭鬥多沒本事，不如拉到戰場上試試。」穆靖之落下一子，把明義的生門堵住。

明義輸了棋，也沒什麼情緒波動，只是抬起頭來看著對方。「先生，您說的意思是我想的那樣嗎？」

穆靖之笑笑。「你別忘了，先帝一共十一子，如今還有幾個？京城裡這點暗流，能瞞得過他的眼睛？」

第六十八章

這些談話明義沒有轉述給姊姊知道，聽著姊姊跟他說店裡的魚頭豆腐鍋賣得也好，明天讓小月帶回一份食材，他們在家也嘗嘗的話的時候，他暫時也放下了心中的擔憂。大姊的確不是一個有什麼雄才偉略的女子，可是她生活得認真而頑強，看著她，就覺得一切都沒有那麼艱難，只要竭盡全力，就一定能得到想要的結果。

她是一個讓人覺得溫暖的姑娘，也是一個能讓人汲取到力量的姑娘。

這天，明義正在整理書案上的文書，就聽見上首的皇帝忽然叫他。「何愛卿，甘陝指揮僉事穆永寧和你可有親眷關係？」

明義轉身，對著皇帝恭敬道：「回陛下，他與臣的長姊已經定下了親事，尚未完婚。他的父親禮部郎中穆大人是臣的授業恩師。」

「你的長姊，就是之前彈劾你時你說撫養你長大的那個？」皇帝問。

明義心想，明明之前都問過了，現在又裝起了糊塗，皇上果然是在動西北的心思。他卻半點不敢馬虎，恭恭敬敬地又把自家和穆家這些年的淵源大致講述了一遍。

皇帝當然是早就知道的，聽完冷不防又問：「朕聽說開春西北一度斷糧的時候，你那姊姊還花了不少銀子送糧食到軍中。何愛卿，你家中的銀錢都是你姊姊管著嗎？」

明義絕對不相信老皇帝會關心他家的家事，因此雖然沒有多少時間遲疑，他還是字斟句酌地回話。「啟稟陛下，臣等兄妹四人自小由長姊撫養長大，雖是長姊，卻也和母親無異。且臣兄妹除大哥外皆未成年，由大姊掌家乃是正理。因家中所有產業全是長姊辛勞換來，她若要花用，也是應當的。臣只是翰林院從六品官職，俸祿有限，家姊也只是按朝廷規制置辦了田產，進京以來，因為京城居不易，家姊又置辦了一間飯鋪，賺取些許銀兩。故臣家中財富實為有限。春天所購糧食，總共不過價值五百兩銀子而已。

「陛下，臣的姊姊說了，她不過是做一個姊姊、一個未婚妻子的本分，為心愛之人略盡心力罷了，並無其他。且在陛下加恩西北之後，她就再也沒有做過什麼了，請陛下明鑑。」明義躬身。

皇帝沈默了一會兒，便朗聲大笑。「愛卿不必如此拘謹，朕不過一時好奇罷了，又沒有怪罪你的意思。你這位姊姊雖說只是為家人計，卻也行了忠君體國之事，總比那些軍中朝裡的蛀蟲要強！何罪之有啊？」

明義謝了恩，站起身來。

皇帝又說：「這樣，朕給你姊姊一個恩典，叫穆永寧進京述職，也好讓他們未婚夫妻見上一面、報個平安，如何？」

還能如何？明義除了再次謝恩，一句話都不能問。把守衛邊境的將軍召回京城，就為了成全他跟未婚妻見一面，回家說給慧兒，估計她都不信！

「什麼？皇上召穆大哥回京？」何貞聽了這個消息，也是一驚，臉上毫無喜色。「不行，我要去問問穆嬸，該如何應對。」

明義拉住她。「大姊，妳別急。我跟穆先生之前都猜皇上可能對西北用兵，現在看來應當是這麼回事。皇上現在器重穆大哥，他不會有危險。」

「他回京不會有危險，但是會領一個危險的任務回去，對不對？」何貞聽明白了。

明義承認。「大約就是這樣。」

何貞深吸口氣。「回京不危險就好。他既然從了軍，上了戰場，就沒有不危險的時候。我去做準備，這次要給他和你大哥多多準備些東西。」

這個明義不攔著。「穆大哥大約月底回來，最多能待十天，過年之前是必要回去的。」

臘月裡，過年的時候，天氣最冷，北戎人生活艱苦就會南下搶掠，自然要嚴陣以待。

十天後，穆永寧帶著親兵快馬加鞭回到京城。他生於京城長於京城，卻在當年那場變故之後離開，策馬進城之後，他沿著熟悉又陌生的街市慢慢行進，卻不能先回家去。

第一時間進了宮，時隔多年再次站在了皇帝的面前。當年他還是個孩子，也曾入過宮赴過宴，皇帝自然是見過的，不過彼此對對方的印象都不深罷了。

垂垂老矣的皇帝看著眼前挺拔英武的年輕將領，好一會兒沒說話。

他沈默著，穆永寧就維持著見禮的動作，紋絲不動。

「穆家小子，」皇帝終於開了口。「你可還記得朕？」

皇帝的問題，每一道都可能是送命題，尤其是鎮國公的舊案還橫在那裡。穆永寧稍微抬了一下頭，馬上又低了下去。「回陛下，臣記得陛下，不過記得不太清楚了。」

還真是直白，皇帝原本肅穆得有些高深莫測的表情也鬆動了。「哦，當年事，你也知情嘍？」

穆永寧很光棍。「啟稟陛下，臣在京城時尚且年幼，因為父兄皆有教誨，不敢直視天顏，所以只記得陛下天威莊嚴，卻實在不知道陛下是什麼長相。當年的事，臣一直相信祖父伯父都是清白的，可是陛下聖明，斷案憑的是證據，想來中間一定有什麼誤會或者小人構陷，臣不懂這些，也不知細節。但臣的堂兄斷絕糧草困守孤城，最終英勇殉國，卻是毫無爭議的事實，臣敬重堂兄，也以他為榜樣，拚死誓保大燕邊疆安寧！」

「好！」皇帝對試探的結果十分滿意。他想用穆永寧，自然早就對他做過一番調查，現在看來，他確實如調查所述，承襲了老鎮國公的直爽個性，不像他爹那麼機敏多智。剛才的問話裡，若是穆永寧認同祖父有罪，那就肯定是隱忍仇恨另有圖謀；若是一味替他祖父喊冤，那就是心懷怨憤且不識時務。穆永寧的回答卻是既不掩飾對祖父的孝道和敬意，又表示了對皇帝判定的尊重，態度理智而誠懇，讓他聽了舒服。至於後面的表忠心，皇帝聽著也很順耳朵。

「穆愛卿，你將西北形勢與朕細細說來。來人，呈輿圖。」皇帝吩咐著。

穆永寧知道自己過關了，專心說起軍務來。來的路上，他也想過，要用什麼樣的態度去面對皇帝。他是比不上老爹那麼鬼精，可也不至於傻太多，想來想去覺得還是露出些許短處更好。果然，皇帝吃這一套。而且從他的表現上來看，惠郡王跟自己接觸的事情他真的毫不知情，看來惠郡王的力量也在皇帝看不見的地方越加強大了。

皇帝是靠戰報和官員的奏摺來了解軍情的，平常最多就是和兵部的人紙上談兵，現在聽了穆永寧的第一手訊息，心中也有了更多的想法。當然，這些他並不會馬上就跟穆永寧說，便招來宮人。「去，宣何侍讀過來，見見他未來姊夫。」

穆永寧低頭挑眉。明義這小子真行，跟皇帝混得這麼熟了。

當著皇帝的面，兩個人能說什麼，互相見了個禮就站在一邊，等著皇帝吩咐。皇帝擺擺手。「朕都說了，讓你回京見見沒過門的媳婦，快去吧，明日一早去兵部。何愛卿也回去吧，陪著你姊姊。」

「謝陛下恩典！」兩個人異口同聲說完，恭敬退了出去。

一直到了宮門口，兩人才算是放鬆下來。明義叫了一聲「穆大哥」，有心想說姊姊在家等他，又覺得特別彆扭，就站在那裡沒說別的。

穆永寧倒是心寬。「雖說皇上讓我去看你姊，可我也不能不回家。這樣，晚上你們一起到家裡來吃飯吧，像咱們小的時候一樣。哦對了，我家在哪兒？」

明義答應下來，才說：「夫子胡同，我給你引路吧。」雖然聽上去挺好笑的，可是想想也怪心酸的。他們這些鎮守邊關的人，多年不回家，根本不能參與家人的生活裡，這不，連新家在哪裡都不知道。

等到明睿從學堂回來，姊弟四個就各自帶了伺候的人出門去了。馬車不大，坐了四個主子就滿滿的，下人們自然是跟在後面走著。

小雨是後來才來的，雖然比小雪大兩歲，卻沒有小雪資格老，對主家的事情知道得也不多，這會兒聽說未來的姑爺回來了，她就悄悄跟小雪打聽。

小雪人雖然不大，可是很機靈，跟在秦嬤嬤身邊，偶爾也得幾句提點，規矩什麼的更明白一些。她小聲跟小雨說：「聽說穆家少爺跟咱們大姑娘和大少爺二少爺都是從小一起長大的，情分深著呢。」

小雨點頭。「跟咱們姑娘情分深是好事，穆家夫人對姑娘也好，將來姑娘就要享福了。大姑娘那麼好的人，就應該嫁個好夫君。對了，妳的手巧，回頭妳多教教我，我給姑娘梳好看的頭。」

其實小雪剛才的話是有些深意的，看著小雨那個積極的架勢，她是生怕小雨作為大姑娘的貼身丫鬟，有些什麼不本分的想法。可是看她純粹是為大姑娘高興，到嘴邊的勸告就嚥了下去。大姑娘心裡跟明鏡似的，看人的眼光也準，這小雨不是那樣的人，想來也不用自己多嘴了。只是叫她說，這位大姑爺就是再好，常年在外頭不回家，也還是委屈了大姑娘。

車裡的幾個人裡，明睿是最興奮的，大概男孩子天生就有一種英雄情結，崇拜戰場上橫刀立馬的大將軍。他興致勃勃地說：「等見了穆大哥，我要讓他指點指點功夫。每天跟著二哥練的拳最多就是強身健體，跟老頭子們練得一樣，一點也沒勁。」

何慧悄悄拉著何貞的衣角問：「三哥是想吃了飯回來加功課嗎？」

何貞點頭，忍著笑說：「他是想最近一直加功課了。『縣官不如現管』的道理都不知道，還讀書考秀才呢。」

明睿再看看二哥沈靜的臉，總算是知道自己要完了，耷拉著腦袋不敢說話。

沒過多會兒就到了穆家。馬車進到外院，明義一下車，就瞧見穆永寧站在邊上，正眼巴巴地往車裡看，他也沒理會，轉身伸手從車裡拉出一隻白嫩嫩的小手來。

穆永寧確實是練過功夫的，出手那叫一個迅雷不及掩耳，一下子就把明義給撥拉到一邊，自己把那隻小手給搶在手心裡，接著一拉，就從車裡抱出個男孩子。

這孩子還不消停，哇哇大喊：「穆大哥你太有勁了！我都大了，不用抱啦！」

誰想抱你了？穆永寧一看，自己滿心火熱地搶過來一個臭小子，別提多鬱悶了，馬上就要鬆手。可又怕真摔著這個厚臉皮的淘氣包，他姊姊跟自己生氣，只好放慢了動作，小心地讓他在地上站好。

等他再抬起頭，裹著藏青色大氅的姑娘早就下了車，正笑盈盈地看著他們，對上他的視線，何貞微笑著招呼。「穆大哥，你回來了。」

「我回來了。」穆永寧看見了她的人，聽見了她的聲音，整個人卻平靜了下來，再沒了剛才火急火燎要出來接人的急躁。

何慧扶著小雪下了車，規規矩矩地叫了一聲「穆大哥好」，才打斷了兩個人的溫情對視。他連忙說：「嗯，好，快進屋吧，外頭冷，飯菜都備下了，就等你們來開飯。」

兩家人加在一起才八口，還以孩子居多，穆夫人也沒安排分桌，叫人上了菜來就開飯。等大家吃完，飯菜撤下，幾乎所有人都舒坦了不少。穆永寧看一眼何貞吃一口飯的樣子，真是讓人沒眼看。

穆永寧接下來的幾天要每天去兵部或者面聖，跟同是皇帝從邊疆召回來的將領們一起討論軍務，制定下一步的防禦計劃，中間會有幾天的空閒時間，等著朝廷的最終決定。這幾天，他就可以在家休息或者串串親戚了。京城裡，穆永寧也只有一個外祖父家需要拜訪，剩下的時間就在家陪伴父母和弟弟。

二弟穆永浩跟他是初次見面，不過他少年時成天幫著何貞帶雙胞胎，對這麼點大的孩子非常有經驗，很快就哄得他只愛黏著大哥了。

飯後閒話了一番家常，大家敘了敘別後的情況。雖然在通信中也都知道彼此發生的大事，可是真正坐在一起說起來還是不一樣。穆永寧抱著自己的弟弟，不過眼光幾乎就沒從何貞身上挪開過。看看時間，何貞開口告辭。「等會兒就該宵禁了，我們先回去，改日再敘。」

「我送妳、你們。」穆永寧馬上站起來，把懷裡揉著眼睛打瞌睡的弟弟交給穆夫人。

穆夫人接過小兒子，也沒虛留。「天冷，趕緊回吧。哪天寧哥兒不忙了，貞姐兒妳帶我們去妳的鋪子裡吃鍋子吧。」

「那是一定的，我隨時候著您。」何貞連忙點頭。之前她也請穆夫人嘗過，不出意外的，穆夫人非常喜歡菊花暖鍋，吃完還打包了不少孫進寶醃製的小菜。

穆家的院子有五進，院子裡有不少花樹，到了夜晚就投下斑駁的黑影，讓人看不大清楚前面的情形。讓孩子們沿著抄手遊廊先走，何貞跟明義走在後面，穆永寧緊挨著何貞。

走出了一段距離，身後的父母應該已經看不清了，穆永寧就大著膽子伸手去拉何貞的手，大驚寬鬆，不仔細看，根本看不出底下的小動作。

猛然被溫熱的手握住指尖，何貞下意識地全身僵硬了一下，等反應過來，她低頭偷笑。這人可是真夠黏糊的，一晚上沒消停。雖說她的觀念裡，被男朋友盯著看很正常，可是架不住對方父母和自己的弟弟妹妹都在場啊，這就有點小小的羞恥了。現在可是離開了父母的眼，他還上手了。然而她一點也不討厭他的舉動，反而從心裡生出歡喜。

也不知道明義是不是察覺到了，反正他加快了腳步，去盯著明睿了。

「貞兒，妳可想死我了。」穆永寧側著身子，低頭在何貞耳邊說。

他的語氣和他對自己的稱呼，一起讓何貞從耳朵到脖子都發起燒來。她低聲應著。

「嗯。」

「明晚妳在家，我去找妳好不好？」穆永寧知道，這條路沒兩步就走到頭了，就抓緊時間長話短說，這可是剛才吃飯的時候就琢磨好了的。

「幹麼？」何貞問。

「跟妳說會兒話。我有好多話要跟妳說，時間總是不夠。」穆永寧壓低了聲音。「什麼都不用妳幹，給我留著門就行。我不住下，就坐一會兒，妳賞我杯茶唄。」

何貞不說話。這人是在軍營裡學壞了吧，都學會「上樓喝杯咖啡」的套路了。

穆永寧捏著她的手搖了搖。「就這麼定了啊？」

都能看見馬車了，何貞才「嗯」了一聲。

穆永寧頓時神采飛揚，神清氣爽，喊了一句。「劉川！東西呢？」

劉川早就在外頭候著了，聽見喊聲，立刻就指揮著兩個人，搬了兩個大大的箱子上車。

穆永寧瞧著人多了，也只好戀戀不捨地鬆開手。「掛了個繩的那箱是明輝帶回來的，裡頭還有他給你們的信。沒掛繩的是我給妳的，是一點西北的土產，給他們幾個小傢伙的。另外裡頭有一只小匣子是給妳的，回屋裡再看。」

何貞也沒推辭，跟著上車回家。

第六十九章

路上，明睿想起來剛才的話，故意問明義。「二哥，穆大哥說『幾個小傢伙』，也包括你吧？」

「我給你寫的館閣體的帖子，每天再加十張。」

明輝和穆永寧給帶過來的兩箱東西差不多，還真是西北的特產。掛著糖霜的柿子餅，顏色鮮亮的彩繪泥塑娃娃，眾多名家在西北留下的石碑拓片，精美的臨洮硯臺。整匣子的藥材，分別放著黨參、黃耆、當歸和枸杞這些東西。兩套綠松石的頭面，一套整體大些，一套看著就小巧些，顯然是給姊妹倆的——兩人還真是不約而同地給兩姊妹買首飾了。另外明輝的箱子裡還有幾大塊上好的皮子。

何貞看了看，藥材收好，柿餅讓胡嬸拿下去裝盤，小些的首飾跟泥塑娃娃給何慧送去，硯臺跟拓片什麼的叫明義和明睿兄弟兩個分了。至於皮子，她打算做兩件棉襖，給明義明睿兩兄弟出門穿，正好開春明睿還要回去考院試，考場裡也很冷。

有些意外的是，何慧聽說哥哥們有碑林拓片，居然十分感興趣地要借去賞玩。何貞有自知之明，知道自己在這個年代裡就算是個半文盲，除了練了一筆漂亮的小楷，其他的琴棋書畫都不通。「慧兒喜歡這些？從來沒聽說過啊。」

「慧兒的書讀得很好，字練得比明睿還強些。」明義很有幾分驕傲地說：「妳看慧兒不聲不響的，可確實是個小才女，說不定將來能像前朝衛夫人一樣成為書法大家呢。」

何慧打小就跟著哥哥們認字練字，何貞知道她的楷書大字寫得很不錯，只是因為女孩子也不能科考，她也就沒要求小姑娘必須要讀那些四書五經。沒想到，自己的小妹居然是個學霸，還有成為書法家的實力。何貞很驚喜。「那是不是還要請先生來教她？」

明義搖頭。「她還小，張揚出去也不好，我來教她。對了，那個單獨給妳的匣子，妳收好了嗎？」雖然沒打開看，可他也猜得到，估計是珠寶首飾什麼的。他不是眼紅別人家的貴重物品，而是穆永寧能給姊姊送來，表達的是一片心意，他自然是為姊姊高興的。

何貞說：「收好了。你來看，這些東西恐怕價值千兩不止。」儘管她猜到是這一類的戰利品了，可是一打開蓋子，還是倒吸了一口涼氣。金條、金鍊子、金鎖片什麼的，鋪了厚厚的一層，上面則是各種各樣的珠子，紅寶石、綠寶石、琥珀、玉石，還有一看就上幾克拉的鑽石，當然，小鑽石小松石之類的就是用來填縫的。

明義看著就笑了。「穆大哥這是去打仗了，還是去打劫啊？唔，劫的還是外邦。」

對這種戰利品，何貞收著倒沒覺得不妥。他們是燕朝的軍隊，對燕朝百姓秋毫不犯就行了，對待劫掠本國的侵略者，當然是打回去、搶回去啊。只不過，她沒打算像明義說的那樣，現在就打成首飾消費掉。「我先收著，等以後再說吧。」

雖然面對穆永寧的時候她還有些矜持，可是事實上，她自己也很期待跟穆永寧的見面。

第二天，她特意去鋪子裡待了很久，就是為了讓時間在忙碌當中過得快一些，省得一直在屋子裡數時間。總算等到晚飯後，何貞跟明義一起看了一會兒明睿兩個的功課——當然，她就是看個態度，實際做得好壞，還是明義來把關的。

秦嬤嬤已經開始教何慧彈琴了，現在她還在練基本指法，彈的也是旋律簡單的入門曲目。明義在書院裡學過，不過他那時候以考科舉為主，並沒花很多時間練習，除了比何貞稍微多些樂理和指法的常識外，也並不精通。何貞就更是看熱鬧了，反正覺得自己的妹妹越看越美、彈起琴來賞心悅目就對了，至於樂曲本身彈得如何，反正聽著也挺好聽的。

鼓勵了兩個孩子一番，讓他們回去早點休息之後，何貞才回了自己的房間。穆永寧要來的事情，她沒打算告訴任何人，於是照常洗漱過後，就讓小雨回去睡覺了。

拿著自己的小帳本盤算著家裡的銀錢，何貞倒也沒什麼睡意。

等院子裡黑下來的時候，她的房門輕輕響了一下。她連忙站起來，就看見穆永寧已經站在門口了。

穆永寧回手關好門，卻蹲了下來，貓著腰挪到何貞面前。

何貞看著他一本正經地耍寶，小心肝撲通亂跳的感覺也沒了，只覺得好笑。「你幹什麼呢？」

穆永寧抬手，用力一揮，滅掉了桌子上的燭火，這才站起身，小聲說：「有影子啊。」

眼前霎時間漆黑一片，何貞只好站著不動，也小聲說：「你想得倒是周全。」

「沒辦法，妳家明義可是我爹的學生，比鬼都精，不小心點肯定被他發現。」穆永寧經常在夜間戰鬥，熄了燈只是眨了眨眼，就能大概看見何貞的位置。他走近了，在黑暗裡大著膽子摟住何貞的腰。「頭一回幹這種夜探香閨的事，要是讓小舅子抓到了多丟臉。」

何貞推他。「你也知道這不是好事？那怎麼還來呢？我要是不答應，你是不是也會偷著來？」

「還真讓妳說中了，就妳這門閂，我隨身帶的匕首兩下就能撥開。」穆永寧有些得意。「不過是怕嚇到妳，這不才提前跟妳說一聲。好了，別說我了，我都想死妳了，讓我抱一會兒。」

何貞沈默著，放軟了身體，順著他的力量伏在他身前，雙手也環上了他的腰。

兩個人安安靜靜地擁抱了一會兒，何貞才輕聲問：「你有沒有受傷？都好了嗎？」

「沒——不是，受過傷，都好了，妳要不要檢查檢查？」穆永寧低頭在她耳邊笑。「妳想檢查哪裡都行。」

何貞剛抬起手要拍他，就被他抓住了放在嘴邊。穆永寧親了親她的手指，正經了許多。「回頭等明睿也有了功名，妳就嫁我吧，好不好？我不會攔著妳照顧弟妹的。」

這一次，何貞沒有乾脆地拒絕，而是遲疑了一下。「你再容我些時日，我不讓你久等，好嗎？」

本來穆永寧也沒抱太大希望的，不料何貞居然沒拒絕，頓時大喜。「當然好。我也不是現在就能娶妳的，明年會有大戰，等這場仗打完了，我就來娶妳好不好？」

「明年有大戰？」何貞緊張起來。「已經決定了？」現在就能預測的，肯定不是普通的防守戰，而是皇帝有計劃要對西北出兵了。

「差不多了。」穆永寧摸摸何貞的臉。「妳別擔心，我跟明輝都不會有事。西羌人已經被我給打殘了，不會有人背後下刀子，戰局掌握在我們手裡。對了，那些東西喜歡嗎？」

「喜歡，哪會不喜歡呢。可是，你這樣行嗎？」何貞問。

穆永寧就喜歡看她為自己擔心的樣子，雖然很捨不得，可是這種被她放在心上的滋味還是很好，心裡溫情湧動，低頭親了親她的臉，才摟著她在榻上坐了，說：「放心吧，這都是小意思。西羌人就跟毒蛇一樣，抓住了必須往死裡打，這次我打進了他們首領的地盤，弄了不少好東西，也不光給妳，我娘、我外祖母她們也都有的。主要的黃金什麼的都交給國庫了，這些都不打眼，皇上不會怪罪的。」

「以後別想著給我弄什麼東西了，我現在不缺銀子。」何貞說。

「我知道，妳能幹得很，又有地又有鋪子，我娘都跟我說了。不過妳能幹，說明我有個好媳婦，可我給妳的是我的呀，傻姑娘。」穆永寧抱得緊了些，又親親她的頭髮。「我就想把最好的給妳，這是我對妳的心，知道嗎？」

穆永寧是真的長大了，從一個總是能把天聊死的少年變成了把情話說得一臉誠懇的青年。何貞靠在他懷裡，答應了一聲。

「對了，妳家明輝，說不定要娶媳婦了。」穆永寧就把祁二娘的事情跟何貞說了。「雖然他倆都沒說什麼，說不定自己也還沒意識到，不過我覺得是早晚的事了。」

「依你說來，那個姑娘出身也算是正派？」何貞果然對這件事非常感興趣。她很了解自己的同胞弟弟，估計除了自己和何慧，他都沒怎麼跟女孩子說過話，既然能讓那姑娘跟在身邊，就算還沒開竅動心，只怕對人家也是有好感的。

穆永寧在西北年頭多了，也了解不少。「鏢局出身，算半個江湖人吧。她爹生前在江湖上口碑就挺好，他們鏢局也是有信譽的，現在大當家是她大哥，也算是個正直仗義之人。至於她自己，我沒多看，我可不知道。」

這個時候還有心思表忠心，何貞也是無奈了。「我還不信你？那姑娘你了解多少？」

穆永寧說：「我真的不了解，不過應該是個爽快人，比不上大家閨秀小家碧玉的那麼溫柔靦腆。對了，我受了傷，還是她給我的上等金瘡藥呢，確實比軍醫的藥好用。還有，我敢肯定的是，她的功夫比明輝好，很有可能比我也強些。」

「所以你確實是受了傷，還不輕是不是？」明輝在這方面不可能特別靈光，弟媳婦進門恐怕也急不得，何貞心中有數了，心思又回到穆永寧身上。

「就說了讓妳檢查檢查的。」穆永寧拉著她的手，放在自己衣襟上。

黑燈瞎火的，自然是什麼都檢查不了，兩個人小聲鬧了一會兒，也就各自分開了。穆永寧戀戀不捨。「我先回去了，後天我跟我娘來接你們，一起去妳的鋪子裡吃飯。」

何貞自然應了。「我給你們上好吃的。」

穆永寧走到門口的時候，何貞忽然叫住他，問了一個藏在心裡很久的問題。「穆大哥，面對著皇上，你可有恨？你是不是還想給你祖父他們翻案？」

穆永寧站住，沈默了片刻，老實承認。「我不瞞妳，恨是肯定有的。翻案這事情困難重重，我爹隱忍了這麼久都沒有做到，我不會輕舉妄動。但是，只要有一絲可能，我都想試試。」

「明白了，就算我不能為你做什麼，我也一定支持你，你想做什麼，儘管去做就是。」何貞的聲音很輕，卻很堅定。

穆永寧深吸了口氣，又笑起來。「有個妳這麼能幹的媳婦，我也不能落後太多才是，總會做出些事情來的。」

翻牆回到自己的院子，穆永寧看著自己房間亮著的燭火，不由得有些頭疼。慢吞吞地踱進門，他倚著門板叫了聲「爹」。

「穆將軍好本事。」穆靖之氣笑了。「戰場上練出來的功夫，現在用來爬姑娘家的牆，欺負人家沒有兄長是不是？」

「爹！您知道我沒有那種意思！我就是去看看我沒過門的媳婦，這又怎麼了？」穆永寧不高興。

穆靖之說：「你覺得我這麼說話難聽是吧？我告訴你，因為你跟何家兄弟升官扎了人眼，何家丫頭都被御史給編排過『名節有失、有傷風化』了！你再做出這種事情，萬一被人發現了，你叫她如何自處！」

「還有這種事？哪個孫子吃飽了撐的?!」穆永寧大怒。

「坐下！」穆靖之把他後來了解的事情說了。「現在你們的事情皇上已經知道了，說到底也是咱們兩家的家事，皇上都沒說什麼，別人也無權置喙。只是你母親說得對，這世道對女子原本就苛刻，連累了那孩子，你可捨得？」

「爹，我打算明年戰事結束了就娶她進門。」穆永寧說：「正好，這事我也要同您細說。」

在老家的時候，穆永寧也時常會在何貞家裡蹭飯，冬天的時候也吃過涮鍋子，不過那個時候更家常一些，不像鋪子裡這樣規整，醬料、配菜什麼的也沒有鋪子裡豐富。兩家人一起吃飯，不用何貞吩咐，林掌櫃就叫夥計來，挪了屏風把他們坐的那個大桌完全隔開，方便他們吃飯聊天。

「貞姐兒想得很周全，這打邊爐的吃法還真是只能在城南開得起來，不然那些大戶人家都講究『食不言寢不語』的，就吃不出其中的趣味了。」穆夫人怕小兒子上火，沒給他要辣的東西，就蘸著香噴噴的麻醬料，小傢伙也吃得滿嘴流油。

何貞說道：「其實是因為要在城南開鋪子，才想著做這個的，我也沒想那麼多。手裡沒多少銀子了，城東的鋪子我也買不起啊。」

夥計送來了一大盤子烤串，雞翅、雞胗、羊肉、蔬菜什麼的都有，有辣的有不辣的，熱騰騰的，散發著肉和孜然特別的濃香。何貞取了一串烤茄子遞給穆永寧。「你嘗嘗，好吃的。」

穆永寧原本就偏愛肉食，在軍中待得更是大口吃肉成了習慣，剛才端上的涮菜裡，他就一個勁兒地吃羊肉和肉丸，連魚肉都沒挾幾筷子。而且因為他吃得了辣，面前的碟子裡都是紅通通的一片，看著就覺得讓人很上火。本來他都已經捏了一串烤羊肉串在手裡了，可是何貞遞過來了，他也不能不接著。

「菜也能烤？」穆永寧眉頭皺得緊緊的，很是抗拒。

「好吃，我不騙你。」何貞自己拿了一串饅頭片。「我的獨門秘方，大家可都愛吃呢。」

穆夫人看著準兒媳婦引著兒子吃菜，靜靜地笑。她可不會覺得兒子跟兒媳婦好就會忘了娘什麼的，兩個人和和美美的才好呢！

這不，穆永寧雖然很不情願，可還是硬著頭皮咬了一口，本來是打算囫圇嚥了，沒想到還真的挺好吃的。他眼睛一亮，又咬了一口，才看著何貞說：「還真是挺好的。」

「什麼挺好的？」穆靖之繞過屏風走了過來，身後跟著同樣一身官服的明義。

何貞幾個孩子連忙站起來行禮。

穆夫人也站起來，拉開了她身邊的空椅子，問：「夫君怎麼過來了？」

「都坐著，接著吃。」穆靖之扶著夫人坐下，自己才在她剛拉開的椅子上坐了。「我衙門裡也不忙，想著你們大冷天的吃鍋子，可是舒服，在冷衙門裡可就坐不住了，這不就尋了明義一起告假趕過來了。」

穆夫人知道，丈夫對兒子的想念不比自己少，兒子在家的時間少，他也是想多跟兒子一起吃頓飯，畢竟一共也吃不了幾頓。可是明義好好當著差呢，她就嗔道：「你也真是的，自己告了假就罷了，怎麼還把明義也拽上了？」

「師娘，今天不是我輪值御前，原本就不忙，大家都來了，我一個人也坐不住呢。」明義連忙說。

第七十章

其樂融融的團聚時光總是短暫的。幾天後，穆永寧帶著皇上和朝廷的諭令，跟一起被召回來的幾位將領分別離京了。臨走之前，他還收到了明義送到府裡的兩個大大的包袱，是給他和明輝帶的東西。明義說：「這幾天裡，我大姊已經跟你見過好幾次面了，實在不好再出來送你。這些都是她親手準備的，你放在馬背上應當無礙。」

穆永寧雖然有些惋惜不能再見何貞一面，可是老爹的警告他還是記在了心裡，再沒敢做過半夜爬牆的事情。好在該說的話陸續也都說了，至於那些永遠都說不完的情話，大概只能留著成婚以後再說了。

回到房裡，他忍不住打開包袱看了看。有用小竹筒裝著的各色醬菜，還有一看就是何貞親手所做的靴子、布鞋、手套和棉袍，並裁剪得整整齊齊的一疊沒有繡花的棉布手帕。另外還有一個大木匣子，裡面放的是上好的金瘡藥。至於他暗搓搓盼著的什麼中衣內衣荷包繡帕之類的曖昧東西，倒是一樣都沒有。他倒也沒有很失望，要是真的做出這種沒了分寸的事情，那也不是他認識的何貞了。這些東西看上去體現不出男女情愫，可是每一件都是她對自己的關心。

送走了穆永寧，何貞就開始置辦過年的東西了。當然，現在家裡有下人，不需要她親力親為，可是買什麼、往誰家送什麼、什麼時候送、誰去送，都是有講究的。如今單看官位品級，明輝可是從四品的官了，不至於引人注目，他們家卻也不是去年時的那種小透明狀態，她處理這些人情往來的時候更要嚴格掌握好尺度。

辦這些事情的時候，何貞專門去找了秦嬤嬤，要讓何慧在一旁跟著看。秦嬤嬤十分同意。「這是二姑娘難得的機會，正該好好學著些。」卻並沒有說要在一旁指點。

何貞越發覺得這位嬤嬤厲害了，分寸拿捏得可真精準。何慧跟著自己看何家的人際往來，她就絕不會因為教導何慧而多言，因為那實際上就是對何貞的做法指手畫腳了。而讓何慧跟著看，她不明白的要麼問何貞，要麼回去問秦嬤嬤，這個時候再指點，那就是案例分析了，對這個家的主人何貞沒有任何影響。

京城裡的上元燈會可不是老家能比的，因為雙胞胎都大了一些，不太可能被拐子拐走，身邊也各自有伺候的人，安全上問題不大，何貞就跟明義商量著帶兩個孩子去看。明義想著大姊在家可能也沒幾年了，能一家子一起遊玩賞燈的機會也不多，自然也很贊成，還專門對明睿耳提面命，讓他不要頑皮，要想著照顧妹妹。

何慧很高興，回了屋子就跟秦嬤嬤說了，還很熱情地邀請秦嬤嬤同去。秦嬤嬤搖頭拒絕。「姑娘去吧，只是記得身邊一定要有人，不要貪看熱鬧就跟人走散了。老身一個老婆子，看著人多了鬧得慌。」

於是到了日子出門的就是他們兄弟姊妹四個人，外加每個人身邊跟著貼身伺候的人。八個人也算是浩浩蕩蕩的了，年紀最小的小姑娘何慧被大家有意無意地圍在最裡面，她也不鬧著往前衝，亮閃閃的大眼睛瞧著街邊的燈火，滿目新奇驚嘆。

這一天是個大節，無論平民還是貴族，年輕人和孩子們大多數都會出來賞燈的，就連皇帝陛下也帶著後宮幾位高位妃子和信重的朝中大員與民同樂呢。因為皇帝看來，京城裡自然更是火樹銀花，一派盛世繁華氣象。別說幾個孩子了，就是從前見過各種燈光秀的何貞，也連連讚嘆，沒有高科技的加持，古代匠人們製作的大大小小的燈飾也同樣是美輪美奐，美不勝收，甚至更有韻味。

他們家還遠遠算不上頂級權貴，也就用不著來那套蒙面紗戴帷帽的規矩，何貞跟何慧只是正常地戴著大氅的兜帽保暖而已，如此一來也不影響視線和彼此說話。滿街徒步行走賞燈猜謎的普通人，大部分都是這樣，也沒引起圍觀什麼的。

其實何貞一直覺得戴帷帽這事有點笨，如果你不遮不掩泯然眾人，誰知道你是誰？折騰出個大陣仗反而會引起別人的關注——當然，那種麗質天生讓人驚為天人的除外。

街上有很多小商販在賣花燈，便宜的一、兩個銅板的也有，不過比較粗糙，適合普通人家買了來哄孩子。當然大的店鋪裡賣的就精美許多，幾百文錢甚至幾兩銀子的都有，可以花銀子買，也可以猜燈謎來贏。他們走著看著，就走到了一家較大的商鋪門口，何貞抬頭看了看，鋪子門口掛著大大的陳記招牌，原來是陳家在京城的總號。

陳家財力雄厚，這個時候更是捨得花銀子，掛在門口的燈籠個個精緻，巧奪天工，叫何貞看來，是哪一個都很喜歡。不過她自覺已經過了玩花燈的歲數，欣賞過就罷了，並沒有特別想要哪一個。

雙胞胎屬兔，何慧就跟姊姊說，想贏一盞兔子燈拿回去。何貞當然不反對，笑著拉著她的小手鼓勵她。「妳既然喜歡，就去試試。」

何慧回頭看哥哥們。明義站在她身後，鼓勵地點頭；明睿雖然嘴裡說她幼稚，可還是老老實實停住了腳步，等著她。得到了全家支持，何慧就去取燈謎來猜。這個兔子燈個頭不大，但是做工精緻，所以要求猜對十個謎語才行。

第一個是字謎，謎面是「黃昏」，猜一個字。何貞想了想，她這種沒啥文化的人也猜得出來，還是不難的，果然，何慧想了想，就脆生生地說：「是個『醬』字。」

陳家的鋪面寬闊，有不少人在猜謎，都由夥計在旁邊跟著服務，何慧話音一落，機靈的小夥計就笑著讚了一聲。「姑娘好靈敏的心思！正是正是。」

何慧就扭回頭跟哥哥們笑。

他們這邊燈籠多，自然明亮些，於是燈下女孩的笑顏就落在了不遠處的兩個少年眼中。「九弟，你認識那小女孩？」身量略高一些的少年一轉眼看見堂弟嘴角的笑意，頓覺有趣。

「九弟」就是九皇孫朱允琪，魯郡王的嫡長子，也是世子。他看著對面，小姑娘又轉身去猜謎了，才轉臉跟旁邊的人介紹。「八哥，那個小女孩是何家的姑娘，她的兄長就是那位六元及第的少年狀元何明義，喏，在旁邊站著呢。」

八皇孫是惠郡王的嫡次子，因為跟九皇孫只差了三個月的歲數，所以自小就玩在一起，兄弟情誼深厚。但是到底是各自隨了父親的性情愛好，九皇孫讀書讀得好，八皇孫卻練武練得好。歲數大的皇子皇孫們都在皇帝身邊伴駕，小的那些又在各自的府上不好出門，就他們倆和兩個小公主得了皇帝的允許，到街市上觀燈猜謎。

都是十三、四歲的年紀，他們倆和兩個高一輩分的小姑姑也玩不到一處去，各自帶著人就散開了。八皇孫不耐煩那些文謅謅的詩謎，出來自然是滿大街的瞧熱鬧，剛覺得發現了什麼了不得的事情，就又失望了。「你這也太平淡了吧！快跟我說說，你怎麼認識她的，我怎麼不知道？」

九皇孫慢吞吞朝對面走，一邊走一邊躲著身側的行人。「算不上認識，就是去夏大人府上的時候見過一次。不是什麼大事，我為什麼要告訴你？」

「不是什麼大事麼，我看也不是小事，這還是頭一回你主動看姑娘呢。」八皇孫怎麼都不肯相信這裡頭沒什麼。「雖然那小孩看著也才十歲左右，不過比你小三、四歲，年齡正相配啊。哦喲，還會猜謎語，還有個狀元哥哥，估計也是會讀書的，跟你正合適麼。」

「八哥慎言。」九皇孫在幾步外站住，並沒上前打招呼——其實如果何家人看到了他們，應該主動過來跟他們見禮才是。可他不是因為這個緣故，而是不想打擾何慧猜燈謎。小姑娘的那雙大眼睛又明亮又清澈，合該總是笑著，不能被失望掃興遮住了神采。

「好吧好吧，偏你規矩多。對了，我問你，你母妃給你安排人了嗎？」八皇孫的思路拐了個彎，壓低聲音問。

「什麼人？」九皇孫瞧著何家的小姑娘又猜對了一個，正對著姊姊揮著小手，很高興的樣子，他也跟著心情愉悅。

「就是那種嘛，房裡頭的那種人，你有沒有？」八皇孫問。

九皇孫這才明白，卻也不像八皇孫那麼扭捏，他搖頭。「沒有，我母妃不做這樣的事情，我也不需要。怎麼，你母妃給你安排了？」

「沒有沒有，我父王不許呢，說會耽誤練功。我也不是很想要，麻煩死了！」他連忙否認，又補充了一句。「我這不是覺得你們讀書人，講究個風花雪月什麼的。」

「誰說讀書人就要這個了？八哥，你還是多讀點書吧！你看看我父王、夏大人，還有那位何大人，誰成天風花雪月了？」九皇孫哭笑不得。

「好吧好吧。不過你別說啊，那個小女孩看著是挺好玩的，跟個雪團子一樣，我要是有這麼個妹妹就好了。」八皇孫看堂弟一直瞅著那邊，也跟著多看了兩眼。

這個時候何慧已經猜對八個謎語了，小姑娘眼睛越來越亮，小臉龐也有些發紅，難得地十分興奮。朱氏兄弟走近到能聽見他們說話聲的時候，她剛好猜出了第九個謎語。

「唔，還不錯，比以前聰明了。」首先開口誇妹妹的是明睿。

最後一個謎語的謎面特別簡單，就是一個字「皿」，猜的是《論語》中的一句。

何貞也看見了。以她的文化水準自然是猜不出來的，不過看兩個弟弟都沒有很為難的樣子，估計他們有系統地讀了書的人沒問題。何慧眨了兩下眼睛，長而濃密的睫毛忽閃著，顯然她在用力想答案。

「那是什麼？半截的字也能出謎語？」八皇孫眼尖，也看見了燈謎。

他這麼一出聲，明義就立刻回頭了，待看見來人，他立刻躬身，卻被九皇孫上前一步給攔下了。「何大人，在外頭不講虛禮，免了。哦，這位是我八堂兄，四伯父府上的二公子。」

他這麼說，明義就明白了來人的身分，儘管沒有大禮參拜，也還是拱了拱手。明睿也跟著作揖。何貞對這位皇孫殿下還是很有印象的，畢竟是她唯一見過的皇家人，連忙拉著何慧福身見禮。

跟著的陳家夥計都是有眼力的，看著後來的兩個少年身後跟著的人，就知道是大家子的少爺公子，因此雖然猜謎活動被打斷了，他也沒有開口催促。

何慧本來是沒什麼頭緒的，可是看著來人，她對這個皇孫也還有印象，想著他的出身，也不知怎麼的，就福至心靈，問：「是不是『非其罪也』？」

明義挑了挑眉，又笑著點頭。夥計翻看著答案冊子，連連點頭。「姑娘好才學！答對了！」

何慧的臉更紅了，拉著何貞的胳膊說：「大姊，我都猜對了呢！」

「姑娘稍候，小的這就去為您取燈籠。」陳家的夥計說完，笑著退了下去。

「這小孩學問還挺好的。」八皇孫彎下腰逗她。「妳也上學嗎？」

明義不等妹妹說話，就搶先道：「八公子見笑了，舍妹小孩子玩耍罷了。」

八皇孫對這些文人不太感冒，聽他插話了就覺得沒什麼意思，剛要擺擺手敷衍過去，九皇孫忽然說：「八哥，何大人的兄長宣武將軍可是剛在西北打了勝仗呢。」

「宣武將軍？西北……何……啊？那個那個兩萬五打五萬五的那個何將軍是你家兄長？」八皇孫頓時來了興致，一定要明義說說他大哥的事蹟。

小夥計取了兔子燈過來，小雪連忙接過，想幫何慧拿著，可是何慧本來就喜歡那燈，又是自己辛苦贏來的，自然要自己提著。好在燈籠小巧，沒什麼重量，她提著也不累。何貞剛要問問這兩位大爺，要不要一起逛，就聽見夥計悄聲說：「大姑娘，我們東家在店裡，請您借一步說話。」

何貞給明義打個眼色。因為剛才明義就知道這是陳家的店鋪了，也不是很擔心，一邊應付著八皇孫，一邊點點頭，表示他知道了。

說起英武的大英雄哥哥，明睿也很有話說，就把何慧給冷落到了一邊。不過她正高興著，仔細端詳著自己的小兔子燈，嘴角的笑就沒停下過。

真是個可愛的小孩，也挺容易滿足的。九皇孫眼中帶了笑，往前走了一步，問：「妳喜歡兔子？還是妳屬兔？」一算年紀，還真是差不多。

果然，何慧抬起頭，很認真地回答。「回您的話，民女喜歡兔子，也屬兔。」

九皇孫擺擺手。「都說了，不要拘禮。妳屬兔，現在過了年，就是十一歲了？」覺得有點矮啊。

「是。不過民……我生日小，其實剛過了十歲的生辰。」何慧不知怎麼就看懂了九皇孫未盡的意思，倒也不生氣，可還是認真解釋了一下。

「哦，那雖是晚了些日子，也祝妳生辰快樂。」九皇孫是覺得這小姑娘很可愛，可是也沒有跟這樣的小姑娘攀談的經驗，找不出什麼話題來說。他沒有嫡親的妹妹，至於那些其他王府的庶出或者大臣家的小姑娘，也沒誰得過他的正眼。

「多謝您。」何慧垂下眼皮，看著手中的兔子燈。

九皇孫感覺得到，這小姑娘不高興了，可自己也沒說什麼呀。「妳怎麼了？冷嗎？哦，是不是不該說妳的生辰，是我唐突了。」他原本就是一個溫和的性子，雖然不主動跟小女孩搭訕，卻也不是什麼高冷傲慢的人。

何慧搖頭。「跟您沒有關係的，是我。我的生辰就是我爹娘的忌辰。」

九皇孫知道何家上無父母在堂，卻不知道具體的情況，陡然聽說了，一時也不知道說什麼好，就那麼定定看著眼前的小姑娘。好一會兒，他才找到一個安全的話題。「那個……剛才那個謎語，最後一道，我想的是『欲罷不能』，妳說是不是也對？」

何慧的注意力被轉移開，她想了想，露出個笑來。「對的對的，也是對的呢，您真厲害！」

九皇孫看她笑了，居然鬆了口氣，也微笑著說：「不敢當，我看妳哥哥們也想到了。」第一次見面的時候，他只不過是無意中掃了一眼，卻發現這小女孩的眼睛特別大，眼光特別乾淨清澈，讓他看著就覺得心情舒暢，也就記住了這個孩子。現在走得近了，這樣看來，小姑娘看起來更加鮮活生動，招人喜歡。

「嗯，我家哥哥們都很厲害！」說起哥哥，何慧一點也不謙虛。

何貞進到鋪子裡的時間並不長，幾句話的功夫就出來了。她消化著剛剛得到的消息，卻不敢表現出任何異樣，臉上還是掛著笑，走到何慧身邊問：「慧兒，咱們再往前邊逛逛？」

九皇孫似乎在跟小妹說話，不過她一走近，人家就退開了幾步，她也不好多問。

「八哥，你不是說還要去看燈山嗎？」九皇孫拽了拽八皇孫的衣袖，打斷了他對戰場的幻想。

「啊？哦對，那何大人，改日等有了新消息，我再找你問詳情啊。」八皇孫意猶未盡地跟著弟弟走了。

九皇孫走到街角，回頭看了一眼，提著兔子燈的小女孩拉著姊姊的手，乖巧得像隻兔子。

第七十一章

流光溢彩的花燈讓大家看得十分滿足，因為沒有宵禁，等回到家的時候，都已經是月上中天了。大家一起走到二門處，明義站住腳，問：「大姊，陳當家那邊是有什麼事嗎？」

何貞在路上已經想過了，現在也沒那麼著急，就搖頭說：「不是很緊急的事情，反正明日你休沐，咱們再聊就是，早些歇下吧。」

等到第二天下午，明義才知道何貞帶回來的是什麼樣的消息。「大姊，這種事情得有鐵證，陳家那邊有嗎？」

「單家的布莊在江南很有名氣，若說朝廷從他們家採購軍需被服，也是很正常的事情。」何貞說：「陳家說是年前結冰前在水道上見到了異常情況，又叫了有經驗的夥計去打探些情況，才知道這裡頭有問題的。目前確實也都是這樣分析，並沒有什麼鐵證。」

明義沈吟片刻，說：「陳家是惠郡王的人，雖說跟妳一向合作得很好，咱們也不能不做防範。他把這個消息透給妳，不外乎是想讓我送到御前，或者叫大哥那邊把事情揭出來，說不定是惠郡王的籌謀。」皇子們的傾軋，可不一定什麼事情就是引子。

「你不能說出去。」何貞斷然不肯。「別說無憑無據，就是證據確鑿，也不該由你出面。畢竟你能面聖，卻也只是侍奉陛下筆墨而已，並不是能議事的大官。你貿然出這個頭，不是活得不耐煩了？」

明義笑笑。「嗯，大姊說得是。」

何貞拍了他一把。「還笑話上我了？我就是再不懂做官的道理，這點事情還是懂的。說白了，旁人都是虛的，你們幾個才是我的命呢。你大哥那裡，你寫封信過去，叫他早作提防，卻也不要成了別人手中的刀子。」

「這些軍需總要年後才出京，我也別單獨寫信了，等大哥派了人回來之後，我再讓他們捎過去就是。」明義想了想，反倒是沒了一開始如臨大敵的感覺。「若要在這上頭做手腳貪銀子，不管是誰，恐怕都不會止於這一批被服，軍糧甚至兵器都有可能有人伸手。這樣的大事，不是妳一個小女子可以參與的，會害了妳的。大姊，以後陳家不來消息便罷，若再有什麼事情找到妳，妳只管推脫不懂就是。」

姊弟倆拿定了主意，便不再理會這件事情，而是專心準備起科考來。開春二月，何文要上京城來考會試，明睿要回沂州府去考院試，一來一回，都要提前料理好。

好在家裡已經經歷過好幾次院試，小伍子也帶著人從西北趕了回來，沿路的安全什麼的都不成問題。小伍子帶回了陳三爺給何貞的去年分紅五百兩，何貞轉手就給了明睿五十兩，足夠他舒舒服服地考完試了。

他這裡一出發，何貞就緊接著張羅收拾前院的客房，給何文來了住。他們家雖然院子不大，不過離貢院不遠，比當初明義進京住的陳家客棧還要近一些，到考試的時候也可以讓胡大叔趕著車把他送過去，應該也算是比較舒服了。

天氣比較冷，運河上無法行船，何文帶了一個小書僮，雇了馬車走陸路來的，到京城的時候很是風塵僕僕。怕他剛來水土不服，何貞親自下廚，負責他的伙食，好在休養了兩天之後，他的狀態就調整過來了，還能跟明義探討一會兒文章什麼的。何貞怕他考試前太過緊張，看他不忙了，就跟他聊上幾句，問問家裡的情況。

「大姊，我爹他們都好著呢。油坊裡雇用的人家日子都好過了不少，就是四外鄰村的，也有不少人家往油坊裡賣花生，現在大家都說，整個何家村都過著油坊的日子呢！」何文說起家裡的事情，果然沒那麼緊張焦慮了。

「你去年成親，我們也沒回去個人，辦得熱鬧吧？新媳婦是不是很賢慧？」何文身上穿的衣裳雖不特別富貴，卻也材質不錯，手工活細緻，跟從前很不一樣，估計是他新婚妻子的手藝。

說到這個，何文稍微有些臉紅，不過還是很開心。「你們沒回去，還不一樣給了那麼多賀禮？辦得熱鬧，正好讓大家一起樂一樂。她……她家教很好，對我爹娘也很孝順。」

何貞也不為難他，這個時代的人很少可以直言不諱地誇獎讚美自己的妻子，反正何文說話時幸福的神情已經很說明問題了。沒接何文遞過來的伙食費銀子，她說：「我曉得你家現在也不缺這幾個錢，可是你就吃這幾頓飯罷了，還能有多大個肚子？行了，你在外頭應酬也好、遊玩也好，花多少錢你自己出，回家裡吃頓飯就不要這樣了。」

這些年來，何貞這個姊姊當得很是稱職，就連何文這樣的遠支堂弟也很敬服，聽她這麼說，也不敢反駁，只是道了謝就罷了。

會試的成績一出來，明義就悄悄跟何貞說：「何文哥這成績，雖說上了榜，可我瞧著，只怕要落個同進士了。」

同進士跟進士的地位和待遇差別可就大了去了，特別是他們這種沒有什麼背景的寒門學子，頂著個同進士的名頭進了官場，將來的前程也就非常有限。別人不說，現成的有個例子，老黃里正的大兒子，都多少年了，現在還是個七品縣令呢，好不容易才熬得去了湖廣一帶，算是脫離了窮山惡水，可是歲數都夠當祖父了，這輩子可能也就這麼著了。

不過何文非常想得開，或者說他對自己的水準和前程有清晰的認識規劃。「大姊、明義，我已經覺得滿意了。我這腦子畢竟沒你好用，同進士也比舉人強不是？最起碼家裡能多幾百畝不上稅的地呢，就算不做官，往後有家產留給兒孫，也算是個鄉紳了。若是我真的能考上個同進士，我就回去試試謀咱們縣的教諭，現在的教諭大人身子不大好，正說要告老呢。」

何貞很欣賞他這一點，不管在什麼時候，都不抱不切實際的幻想，對自己有清楚的認識，然後實事求是地做出最優的選擇。這樣的人，即使不是站在金字塔頂尖，也一定能把自己的生活經營得很好，絕不會眼高手低一事無成。

殿試之後，何文果然考上了同進士。跟別人滿臉遺憾不甘不同，他得了消息，倒有幾分如釋重負的放鬆，跟明義說：「我讀了一回書，這就算是有個交代了。我也不多耽擱，這就準備回去了，來前你嫂子已經診出有孕了，正好回去看著孩子出生。」

何貞聽明義說了這事，因著時間緊張，也沒功夫現打，就趕緊去首飾鋪子買了一套給孩子的金鎖片和小金鐲子、金腳環，在何文臨走的時候交給他。「你可真是的，早也不說，差點誤了事情。這是我們當姑姑叔叔的一片心意，可不能推辭的。」

他們兄弟姊妹幾個人已經從那個小山村裡走出來了，可是那卻是他們相依為命長大的地方，有那麼多關懷過他們的長輩親朋，有他們割不斷的羈絆。現在靠著油坊，經濟有了發展，村子又有了兩個年輕進士和一個將軍的庇護，大家的日子一定會越過越好的。這是他們的驕傲，也是他們的退路。

何文歸心似箭，何貞幾個也不能攔著他，準備了不少京城特產讓他帶著，就送他回鄉了。現在他有了同進士身分，沿路可以住驛站，有事情也可以找官府協助，很是穩妥。

他前腳離開，明睿帶著人後腳就回到京城。「碰上了，何文哥中了同進士，我知道了。我們還在一起吃了一頓飯呢。」

小伍子等人又把明睿誇了一通。「三少爺過了這個年，越發懂事了，考試自己有章程，什麼都沒讓屬下們操心。屬下們在沂州府逛了幾日，咱們少爺就考上秀才了！」

何貞跟他們道了辛苦，讓胡嬸給他們幾個做了飯，先下去休息，這才誇了明睿一句。「咱們明睿真棒，往後也是秀才老爺了。」

明睿搖搖頭。「大姊，有二哥在那比著呢！我考了第九名，根本就沒啥好誇獎的，往後還得好好學才是，再過兩年還得考舉人呢。不過大姊，妳可以再買二十畝地，不用交稅了！」

何貞捂臉。「你們是不是覺得我買地都要買魔怔了？」

因為明睿已經中了秀才，在原來的普通學童讀的書院讀書就有些不夠了。明義說：「我去問問先生，試著給你換間書院，你要加倍用功才是。」

明睿恭聲應是。

明義的動作很快，沒過幾天就把明睿送到了京郊鼎鼎有名的白雲書院。「大姊，妳也別擔心，一句會回來一日，況且就在京郊，原本也不遠。妳忘了當年妳還讓我特地住到縣學裡去，說除了做學問，還要學習與人相處的。」何貞對明睿多少有些溺愛，捨不得他離開身邊。

剛送走了明睿，京城裡的氣氛就緊張起來了。本來已經病勢沈重的北戎老王居然好轉了，新年期間用雷霆手段收拾了自己的兄弟之後，又把幾個兒子狠狠修理了一通，而之前沒有逼宮的三皇子則被委以十萬大軍，出兵宣府大同，現在已經攻破了前兩道防線，很快就要兵臨城下了。

「怎麼會去了宣府？那不是離咱們中原很近了？」何貞十分驚訝。

明義神色凝重。「大哥他們守得嚴，又新換了布防，北戎人一時攻不下西北；三皇子又急於立功，根本沒有時間久攻，所以乾脆繞過了西北，就打了宣府一個措手不及。而且現在朝廷裡有人質疑，要不就是宣府布防洩漏，要不就是宣府兵力渙散，將領一直在欺瞞聖聽，皇上又發了很大的火。」

雖然說很不應該，但是何貞還是覺得放心不少——畢竟死道友不死貧道，出事的是宣府，總比出事的是肅州好。何況，對於自己的弟弟和男朋友是什麼樣的軍人這一點，她還是有絕對的信心。

「所以，現在的情形是，宣府那邊的守軍必然有問題了是嗎？」何貞問。

明義說：「就現在報回來的軍情來看，不是有人叛國，就是整體軍紀鬆弛，防守渙散。否則就算敵人再來勢洶洶，也不至於短短幾天的時間都撐不住。」

何貞想起了她所知的歷史中，確實有皇帝都被擄去的時候，而且還是發生在王朝穩定的中期，可見這種異族南侵有時真的會造成十分可怕的後果。她問：「朝廷裡怎麼說？皇上會御駕親征嗎？」

明義有些驚訝地看著她。「怎麼會？大姊，御駕親征都是說書唱戲的編出來的，朝中那麼多武將，還有皇子王爺能領兵，陛下怎麼可能離開京城呢？」

好吧，何貞想，自己露怯也不算什麼，總比真的發生了那種御駕親征的皇帝被抓了俘虜的荒唐事要好。

全京城的官宦人家都在等著最新的戰報，可是日子還是要過下去。何貞在小雨和胡大叔的陪伴下去了平南縣的莊子，春耕已經結束，她作為東家，也該去看看地裡的情況。

自從出了門，小雨就一聲不吭。何貞發現了，也沒多問，那畢竟是這個丫鬟的私事，她既不能讓人家不去想了，也不能因為一個丫鬟的個人情緒而改變自己的計劃。

因為來過兩次，胡大叔對路線已經熟悉了，所以過來得還算是順利。沒到晌午吃飯的時候，他們就到了莊子外。只不過二十畝地而已，穆家在何家村老家也有二十畝地呢，還不是跟其他村民的地連在一起，可是京城周邊就不一樣了，就算沒有蓋起院牆，也都隔著有籬笆之類的記號，各自分開，看著就一塊一塊的。

何貞只買了地，並不包括租種這些土地的村民，所以她到了地頭，有在地裡耕作的農人認出胡大叔的，知道是東家來了，卻也沒人組織大家湧上來行禮什麼的。這樣更好，如果真是一幫子人跪在地頭上，那樂子才大呢。

何貞就叫小雨。「不是三家人種著這些地嗎？妳過去問問，叫他們每家叫一個人來，我想知道地裡的情形。」

小雨應聲去了。她是農家長大的女孩，並不像那些大家族裡的丫鬟那樣踩不得土，疾步走到了地頭，給了一個在地頭玩耍的孩子一塊糖，叫他去叫人。等那小孩答應著跑遠了，她才走回何貞的車邊，也不上車，就在外頭等著。

何貞掀了車簾看著呢，就笑著說：「妳怎麼想得這麼周全，還隨身帶著糖呢。」

小雨卻抿了抿唇，說：「回姑娘，奴婢從前訂親的那人有個兄弟，如今才六歲，奴婢想著萬一見到了就給他。」

何貞不置可否，問：「妳從前訂親的那人姓什麼叫什麼？他家種了幾畝地？」

「他姓王，叫王鐵。他家種的地不多，有七、八畝吧，家裡就他跟他爹兩個勞力，多了也種不了。現在他爹沒了，他弟弟還小，奴婢也不知道還能種幾畝。」小雨望著遠處，顯然還是盼著見到那個人。

「另外兩家呢？」何貞又問。

小雨搖頭。「奴婢不認得。」

等了一會兒，三個年紀不等的鄉下漢子就匆匆趕來，在離馬車三步遠的地方，就被胡大叔吆喝著站住了。何貞看了看，有兩個人歲數大些，三、四十歲的樣子，還有一個明顯年輕許多，也就是十七、八歲，身形也比那兩個略微有些佝僂的中年男人挺拔。他一看到小雨就再挪不開眼的樣子，也讓何貞確定，這個就是那王鐵了。

他這個樣子，別說何貞了，就是胡大叔也瞧出了不妥，便重重咳嗽了一聲。

何貞也沒下車，就在車裡問了問他們的姓名，分別種了多少畝地，種的是什麼。這才知道，這三戶都姓王，兩個中年人是親兄弟，跟王鐵的父親是堂兄弟。不過如今王鐵家是他當家，每家種的也都差不多，六、七畝地的樣子，現在地裡都是冬小麥。她問：「夏天麥子收了，你們種什麼呢？」

王鐵的一位伯父就說：「東家，麥子是朝廷讓種的，不種不行，收了麥子以後種啥都行，反正照常交租。早前一直都是種豆子，有的時候種棉花，這兩年南邊有些地方有種花生和玉米的新鮮東西的，產量也大，俺們也商議著今年試試。」

原來花生和玉米慢慢興過來了啊？何貞沒想到這新鮮東西已經傳得很遠了，她饒有興趣地又問：「那種了這些，你們怎麼賺銀子呢？賣到哪裡去？」

那人接著說：「賣給販子唄。有人來收，說是能打油，京城裡的大戶人家不都吃那花生油嘛。也能留著吃，特別是玉米，那玩意兒飽肚子，留著它，麥子就能都賣了，也多換個錢。鄉下人吃粗的就行，用不著吃白麵。」

何貞知道了情況，沒有當場做什麼決定，而是換了話題問：「這塊地東西挨著的都是什麼人家的地？你們可見過他們東家嗎？」

那人沒說話，倒是王鐵說：「東邊那塊地是京城裡當官的人家的，西邊的地是村裡趙財主家的。」

「行，我知道了。年前買了地，咱們也都沒見過面，這會兒也就算是認識了。往後有什麼事，可以往京城裡捎信，或者直接到府上找我。種地的事先這麼著，收了麥子以後的事，我到時候給大家個信。」何貞叫小雨把提前準備好的裝著五十文錢的荷包分別交給三個人，就叫他們散了。

小雨一邊遞荷包一邊說：「各位大爺們別忘了，咱們是翰林院何侍讀府上，這位是咱們大姑娘，何侍讀是二少爺。咱家大少爺是甘陝衛的從四品宣武將軍，咱家三少爺才十一，已經是秀才老爺了。咱們都本本分分的，東家不會虧待大家，可要是有啥歪心思，也要好好掂量掂量哪。」

王鐵的兩個伯父都保證好好幹活，又給何貞作了揖才走。王鐵卻不接那個荷包，只是死死看著換了打扮的小雨。「陳家妹子，真的是妳？」

「王大哥，是我。」小雨又往前送了送。「快拿著，這是東家小姐給的。你先拿著再說話。」

「年前我沒在家，回去鋼子說妳去過，還給留下了錢，妳哪來的銀子？」王鐵目光沈痛，捏緊了手裡的荷包。「妳爹說他把妳賣了，妳……妳如今可好？」

「王家小哥，小雨姑娘是咱們姑娘的丫鬟，你可別放肆。」胡大叔在一邊瞧著，自然看出裡頭有故事，便打斷了他們倆的對話。

小雨已經退回了何貞的車邊，低了頭抹淚。

何貞冷眼看著，等了片刻，才開口，卻不提眼前的事。「王鐵，我問你一件事。方才我問東西地塊的時候，你那兩個伯父為何都不出聲？難道真的只有你才知道？」

王鐵顯然心情激蕩，只是並沒有喪失理智，他扭了頭去看地上。「東家，東邊並沒什麼特別的，都是京城裡當官的人家，一年到頭也只派個管家來收收租子，其他萬事不管。是西邊的趙財主，他家的兒子在京城惹了是非，家裡正不消停呢，說不定要賣地賣宅子，往後的主家還不一定是誰呢。」

「他家的地賣了嗎？」何貞問。

「還沒聽到信呢，他家地多，有二百多畝，不曉得要賣多少。」王鐵說。

何貞想了想，吩咐了一句。「這樣，你給我盯著些，若是他家放出風聲賣地了，你就去跟他說我買，然後到京城水井胡同何府來找我，能做到嗎？」

「能！東家只管等消息就是。」王鐵想了想，又補充了一下。「等到割麥子的時候若是他家還不賣，小人也去府上送個消息，省得東家空等。」

何貞答應了，王鐵卻還有問題。「東家，小人想給她贖身，需要多少銀子？」

不等何貞開口，小雨就連忙喝住他。「王大哥，你別胡說！姑娘，他是鄉下人，不懂得規矩，您莫要生氣。奴婢是姑娘的人，自然對姑娘忠心不二，再沒別的想頭。」

何貞抬了抬手，說：「王鐵，銀子並不多，只是你可知道，若要奴婢放良，必須得主家同意，不然你拿多少銀子都沒用。」

「那東家如何才會同意？」王鐵站在馬車外頭，看不清何貞的神態，他也不敢抬頭盯著何貞看。可是他頭腦也算是靈活，一聽何貞沒有一口拒絕，便知道事情未必沒有轉圜的餘地。

何貞就說：「若你能辦好我交代你的事情，讓我看到你的價值，一切都好商量。」

她是願意幫助別人，但是也要被幫助的人有自立奮鬥的心才行，自助者人助。

「小人一定為東家辦好差事！」王鐵立刻保證。

說到這兒也就沒什麼別的話要講了，何貞便叫胡叔打道回府，小雨也上了馬車，陪在何貞身邊。

「姑娘，王大哥是個好人，他對奴婢好，不是故意在您面前放肆的，您別生他的氣。」小雨猶豫半天，才說。

「妳的那小包糖塞給他了？」何貞看著她空空的腰間。「妳心裡也還念著他吧？」

小雨沈默半晌，搖頭。「奴婢是姑娘的人，沒有想念了。」

「他若真的做事得力，過個幾年，我把妳許給他也不是難事，前提是他不能嫌棄妳當過奴婢。」何貞說：「現在不行，且不說他拿不出贖身銀子，就你們現在這樣，保不齊妳今天回去了，明天就能被妳爹再賣一回。」

小雨落下淚來。「姑娘的大恩大德，奴婢一輩子都報答不完！」

「說這些做什麼？家裡事情多著，可不能哭兮兮的，兆頭不好。」何貞故意板著臉。

第七十二章

到家沒多久，明義就回到家裡，神色怪異地盯著何貞。「大姊，真被妳說中了，皇上居然真的要御駕親征！」

「不是，你不是說這有些荒……嗯，不可能嗎？」何貞差點就要直接說皇帝荒唐了，連忙改了口。

「今天報回來的戰報，大哥已經抵達宣府了。他不能帶太多人，防備調虎離山，只有三萬人，現在只是在幫著宣府參將守關，還沒有能力收復失地。皇上今天在朝上提了要御駕親征，不過大人們都在勸諫。」明義做了判斷。「這次就算皇上不親征，恐怕至少會有一個皇子王爺去宣府了。」

明輝和穆永寧在肅州、寧夏衛和蘭州衛的軍中算是掌握了絕對的主動，一番整理整頓之後，原本就不算特別疲弱的十萬西北軍戰力越發強大；再加上他們兩個人親密互信，軍中也不容那些勾心鬥角的內耗，自然把西北地方防守得滴水不漏。相比之下，宣府一帶的防守就懈怠得多了。

布防有沒有洩漏，現在還是一樁懸案，但是長久以來的布防不輪換、不操練、不查漏補缺，早就讓宣府一帶的防衛跟風化的石子一樣，看著堅硬無比，其實一碰就都碎了。之前看著還好，是因為西北一帶給他們當了一道屏障，對抗著從西北草原深處奔來的侵略者。

可是這一次，北戎人來勢猛烈，還專門繞開了西北軍，直接殺了宣府守軍一個措手不及。宣府二十萬大軍損兵折將，連丟三鎮，幾乎要把中原腹地暴露在敵人面前。皇帝震怒，調集了五十萬大軍北上，準備收復宣府內外所有失地，並且給北戎人一個教訓。可是老皇帝畢竟老了，再是英武蓋世，也已經年過花甲，更何況他年輕的時候就沒有什麼武功建樹。

這樣緊張的局勢下，火鍋店裡的客人聊得最多的也是邊關的情況。京城裡老百姓對這些天下大事，天生比別的地方的人敏銳，再加上他們往往不是有親友在京城高官人家當差，就是本人跟這些達官顯貴們有所接觸，所以各種真真假假的消息知道得格外多些。前方戰況不明朗，朝中爭議也大，大家普遍覺得可能形勢要緊張上些日子。

「這些日子生意受了多少影響？魚頭豆腐的鍋子賣得如何？」何貞問林掌櫃。

林掌櫃倒是很淡定，一點也不擔心的樣子。「東家有所不知，生意反倒是更好了。如今這個時候，誰心裡不犯嘀咕呢，最好的排遣法子，就是約上三兩個人吃頓火鍋，喝一杯，聊上一聊。魚頭豆腐的鍋子起初不行，這兩日開始見好些了，倒是東家找來的那個辣醬炒的麻辣香鍋，火爆至極。這個月的下旬，在下算了一算，每日淨利都能夠到五兩銀子了。」

何貞點頭。「既然這樣，林掌櫃，下個月起，您每個月就拿三兩半銀子，夥計們每人再漲一百文，您看如何？」

林掌櫃拱了拱手，笑道：「多謝東家慷慨，在下自當盡心竭力，也會盡力督促夥計們。」

「安掌櫃那邊的辣椒和辣醬您多盯著些，千萬不可斷貨。必要的時候，囤積一些原料也可以。」何貞想了想，覺得林掌櫃處處周全，實在也不用她過多插手，就帶著小雨離開了後堂。現在她已經很注意了，儘量不出現在人來人往的大堂裡。

回到水井胡同的時候，何貞就聽見胡大叔在車外道：「大姑娘，平南莊子上的王鐵來了。」

「叫他跟咱們進來。」何貞沒下車，等車趕進了院門，就在前院的小花廳見了他。

王鐵這次可能是有備而來，再見到站在何貞身邊的小雨時，並沒有十分失態，反而衝著她笑了笑，才垂了眉眼，向何貞作揖道：「東家，小人已經跟趙財主說定了，他家要賣一百五十畝地，十兩銀子一畝。因為聽說您是將軍大人的家眷，他很願意給您留著，暫時沒答應旁人。」

「這樣啊。」何貞知道，這個價格就是正常的市場價。一百五十畝地是一千五百兩銀子，她手上現在大概有三千多兩，沒有什麼急用銀子的地方，倒是可以拿出來買地。現代人的思維讓她不願意揣著那麼多銀票，總覺得投資出去才有流動收益。

「這麼樣吧，小雨，妳帶王鐵去廚房，先吃飯休息一會兒，等二少爺回來，我讓長樂跟著跑一趟。」何貞拿定了主意。「對了，王鐵，你們村子裡可有什麼空地？大致一、兩畝地那麼大的。」

王鐵想了想，說：「東家，小人家後頭有一片空地，因為挨著村口官道近，大家都覺得吵鬧，又怕人來人往地帶走了財運，就沒人要。大概有兩、三畝地大小，不過不是田地，乃是宅子地，要買得四十兩一畝。」

「好的，你去吧。小雨，人帶到廚房就趕緊回來，跟我出去一趟。」何貞吩咐道。

縱然王鐵有很多話要跟小雨說，可他也知道，如今小雨是主家的人，不可能想怎樣就怎樣。唯一可慶幸的，大概就是她伺候的主人是個姑娘，不會被主人占了去。

何貞去見安掌櫃，開門見山地問：「安掌櫃，我想在平南開油坊，也做花生油，不知道您這裡能收嗎？」

「收啊！」安掌櫃一拍掌。「不瞞您說啊，現在大名府已經有油坊開始打花生油了，不過量不大，咱們也不夠進貨，還是統一走著『何記』的油。問題是不夠賣啊，您要是在京城裡弄了油坊，旁的不說，京城這一塊有多少賣多少。」

「那成，爭取今年臘月裡咱們賣上。」何貞問明了情況，也不遲疑，回府去交代事情。

長樂不是第一回辦這樣的事情了，對於主家在老家有花生油作坊的事情也了解，聽了何貞的交代，雙手接了銀票就跟王鐵一起離開了。王鐵有些戀戀不捨的，還是小雨說「你好好給東家辦事才能說將來呢」，把他給勸走了。

隔了一天，長樂才回來，把一百五十畝的田地地契和兩畝半的宅子地契交給何貞。「回大姑娘的話，地契都上縣衙蓋了紅章的。因為咱家是官家，縣衙裡也沒人難為，一共花去了一千六百兩，並二兩給官府的手續銀子。因為您吩咐了要建油坊，小的叫王鐵找了人來蓋屋，打油的家什卻還沒造。」

「這事不急，現在地裡都還種著麥子呢，等割了麥子，吩咐大夥種上花生之後再打也不晚。」何貞想了想，發現還是人手不足。「這樣，我支給你銀子，你跟你少爺說一聲，哪天下了衙再去買個人來跟著他伺候筆墨什麼的，家裡頭這些要緊的事情還得靠你多跑著些。」

長樂愣了愣，把這話在腦子裡迅速過了一圈，想到了一種可能，不由得大喜，連忙躬身應了。「小的明白了，必定跟少爺挑好妥當的人來。」

「你是個明白人，在咱家年頭最長，多的話我也不用說了。往後要辛苦你的地方還多，你二少爺也絕不會虧待你。」何貞讓小雨取了銀子來，遞了三十兩銀票給他。「連買人帶平南的油坊，你去辦吧。」

明義對家裡的這些事情是一貫的不干涉，聽了長樂轉述何貞的話，就跟他一起去牙行，挑了一個十三歲的本分少年，起名叫長喜，讓長樂教了幾天之後就帶在身邊，把長樂替換出來，打理府中的庶務。

「新來的那個長喜還得用嗎？」何貞見過長喜兩次，是個很好看的少年，一張娃娃臉，腮上有道傷，剛剛結痂。也許是這個原因，這孩子總是沒什麼表情，不問他話的時候，一個字都不說。

明義說：「挺好的，很守規矩，也勤快。」他沒說的是，他們去的時候，這少年差一點就要被南風館的人挑走。這孩子想盡辦法避免，甚至不惜毀了臉，讓他跟長樂都有些看不過去，才買了他回來的。

「反正能蒙住你的人也不多，你自己看著辦就是。家裡的銀錢我用了有一半，你可心裡有數。」何貞說：「如果接下來要用銀子，你知會我。」

明義搖頭。「用不著什麼銀子。我到秋天八月裡才做滿三年，等著上頭安排。畢竟我已經到了御前，也用不著上下花銀子活動什麼的，等著便是，反正我還小，不急著升官。如今看著，我大哥這次的仗若是打好了，只怕還要升一升，我再往上升，就怕落了人眼。」

「那這仗到底如何打法？」何貞問。

「軍情緊急，耽擱不了幾天，估計最遲三兩日，朝廷就要有個說法了。」明義說。

果然，兩天後，皇上下旨，大皇子齊王因十年前參與過抗擊北戎，有領兵經驗，令他帶十萬大軍並遼東調兵五萬，和明輝所率西北軍三萬，合力支援宣府，收復城池。

「他有帶兵經驗？不是說惠郡王才是在軍中歷練多年的嗎？」何貞第一反應就是裡面有問題。

而在穆家，穆夫人也提出了這樣的疑問，卻是帶著幾分怒氣。「旁人不知，你我卻是知道，當年的事情裡，他究竟做了什麼還說不清楚呢，如今居然叫他在此領兵？惠郡王呢，難不成這個時候還在韜光養晦？」

穆靖之卻想著剛剛得到的消息。「夫人稍安勿躁，我這裡還有另外一個消息。若此事得成，大姪子的那口惡氣至少能先出了。」他說著，就把手裡的信遞給妻子。

穆夫人快速看完，神色凝重。「茲事體大，不能讓何家的兩個孩子捲進去。夫君，他們既然想用商人這條線，不如給父親遞個消息，讓他不要攔著那些有上進心的手下。」

「如此，夫人，妳先休息，我出去一趟。」穆靖之站起來，匆匆離去。十年過去了，縱然不能讓老皇帝自打嘴巴徹底翻案，也要撕出一條口子，讓世人看看，皇子龍孫是怎麼對待在邊關流血拚命的將士們的！

京城裡的氣氛已經是雲波詭譎，就連遠在書院的明睿都得了不少消息，旬日回到家裡的時候拉著明義問東問西。明義也不拿他當小孩子對待，凡是無須保密的，他幾乎是有問必答，讓弟弟思考其中的學問。若想入朝為官，滿腦子天下大同的理想是不行的。

皇帝的長子到底和別人不同，他率軍出發之後，京城裡關於前線的軍報就多了起來。大軍行進到哪裡了，遼東軍到哪裡了，西北軍何明輝部什麼時候發動了一次小規模的反擊等等，八百里加急軍情，每日都有新消息傳來，再沒人敢壓著摺子不報了。

儘管如此，戰局仍然沒有轉機。

在齊王奔向宣府後的第五天，皇上看到了一道奏摺，是宣府守將上的，要求糧草增援。奏摺裡說，他們沒有在糧草該來的日子收到東西。他們還說，西北軍千里馳援，不能沒有糧草，他們自備的糧草已經用盡，只好向陝甘指揮使求救，緊急借調糧草。

皇帝大怒。兵馬不動，糧草先行，戶部組織的糧草比大軍還要早上路十幾日，怎麼可能現在還沒有到呢？與此同時，京兆府接到了一起報案，商戶陳宣狀告單家商行不守運河航運的規矩，造成他們的船舶受損。單家卻說他們運送的乃是軍需，非常時期行非常之策，陳宣卻道，單家船上的東西決計不是軍需，而是一過水就爛的低劣棉布。

這件事實際上根本就是一件小事，因為船隻在通州碼頭發生爭執，就報到了京兆府這裡。再大的商戶，見了官都一樣，只能隨京兆府判決。可是要命就要命在單家夥計聲稱那是軍需，而單家也確實名列戶部和兵部呈送的軍需供應商之列。在這個時刻，這個小小的案子就立刻被升級了。

平常可以睜一眼閉一眼，可是現在人家皇帝的親兒子也在前線呢，這誰敢馬虎？

京兆府尹能在這個位置上坐穩當，那也是早就積累了豐富的應對經驗。他一道摺子送到御前，說了茲事體大，需要戶部派人協助調查，同時給戶部送了公文，要求核實情況。這件事情，他一點也沒藏著掖著，而是格外高調，任由消息散播出去，於是戶部還沒給他回函呢，就先被御史彈劾了。

御史這些人吧，那是立志靠罵街流芳百世的，平常沒事都要戴上西洋眼鏡找事，更別說現在遇上已經讓民間和官場上議論紛紛的大事了。尤其是這次督察院的夏老爺子難得沒修理那些刺頭，看見了彈劾摺子也沒理會，大家更是抓住了難得大展身手的機會，把個戶部和兵部罵得狗血噴頭，直指他們官商勾結藉機牟利，無視前方將士性命，貽誤戰機，居心叵測，更要求皇帝嚴查此事的背後主使之人，矛頭直指各位皇子。

「先生果然出手了。」明義看著窗外，慢慢嚥下口中的茶水。這仇，總是要報的。

他在屋裡坐了一會兒，不打算把這個隱情告訴何貞，只帶了最新的捷報回來。「大姊，大哥主動出擊了一次，退敵二十里，現在正在整修工事。」

「這麼說，這是齊王到宣府之後的第一個勝利？」弟弟打了勝仗，何貞最是高興。

明義搖頭。「不是，這是齊王到達宣府之前。準確地說，是大哥他們打了勝仗的時候，齊王帶著人正好進宣府。」

「這不好吧？」何貞犯了愁，就當她是小人之心好了，齊王還沒到，明輝先打一場勝仗，這是鼓舞士氣呢還是給齊王壓力呢？

明義其實更為擔憂。他比何貞知道的事情多，這位齊王可不是什麼心胸寬大的主，又對軍權格外看重，這次本就是衝著立功鍍金收攏兵力去的。要是被大哥奪了風頭，誰知道會發生什麼事情？鎮國公家的事情也才過去十年而已。

可他不能多說，只好安慰姊姊說：「不要緊的，別忘了軍中可不是他的天下。遼東的五萬人這次是勇毅侯世子領軍，勇毅侯父子都是正直之人，難得的是極得皇上信任。有這位世子在，沒人敢構陷大哥。」

他們頭一天還在擔憂齊王會給明輝背後裡下刀子，結果後一天就傳來了一個匪夷所思的消息——齊王殿下帶著五萬人突襲敵軍，被北戎人抓去俘虜了。

「簡直是荒唐！」皇帝拍著御案。「齊王身邊那麼多人，怎麼就輪到他去孤軍深入了？」

消息是勇毅侯世子送來的，他在奏報裡面寫得簡略而隱晦，但是還是透露出了齊王一意孤行做意氣之爭的意思。皇帝身邊的大臣們噤若寒蟬，誰也不敢開口去觸皇帝的霉頭。

皇帝皺著眉頭，聲音有些嘶啞。「朕知道那梁波是個酒囊飯袋，守不住宣府，可是勇毅侯世子怎麼不行動？還有何明輝，不是說剛小勝一場嗎？老四，你在遼東多年，你來說說！」

「回父皇，兒臣在遼東多年，對勇毅侯世子也有所了解，他不是這般冒進之人，恐怕並不贊成齊王倉促進攻。」惠郡王眉眼沈穩，拱手回答。他看不到皇帝手裡的奏摺，可是不代表他不清楚前線發生了什麼。

「四皇弟此話何意？難不成是在說大皇兄貪功冒進？」三皇子秦王冷笑著質問。他臉上的刻薄和幸災樂禍過於明顯，生生折損了他刻意堆砌出來的儒雅氣質。

惠郡王並不搭腔，垂首看地。

皇帝之所以震怒，主要還是因為齊王被俘這件事太過令皇室難堪，也會動搖軍心，對當前的戰爭形勢產生非常惡劣的影響。當然，也多少還是有一些身為父親對兒子處境的擔憂。惠郡王的話也是暗指齊王自己作死，可是他就事論事，是他一貫的風格，皇帝聽著不順耳，卻也說不出責備的話來。秦王就不一樣了，還沒怎麼樣呢，就見縫插針地給老四上眼藥，著實可厭。

想起昨天被他留中不批的那些彈劾摺子，皇帝的眼神越發晦暗。這個老三，沒本事做事，就知道打這些嘴皮子官司，做些挑三撥四的婦人行徑。他心裡厭煩，嘴上就道：「老三，朕叫你在刑部觀政，你就好好學著審案，這御史的活計就別幹了。」

秦王馬上閉了嘴。他知道，皇帝這是一語雙關，既是不滿他當場指摘兄弟，又暗示了他勾連御史的事情，而後者才更讓他背後起了冷汗。十年前，他結交安插的那一批御史，後來基本上被夏家的老頭給收拾得差不多了，這兩年他好不容易才重新培養了幾個人，居然又被父皇看穿了！不，不一定是看穿的，說不定是父皇的人早就盯著自己呢！

第七十三章

朝廷上爭執不休的時候，宣府卻情勢緊張而沈重。

「世子，不論如何，齊王殿下出兵也算是與末將有幾分關係，末將自當救回齊王才是。」明輝對著沙盤看了半天，向勇毅侯世子抱拳請戰。在場的武將中，勇毅侯世子是職位最高的，至於原來的宣府守將梁波，則是縮在一邊，無人理會。

勇毅侯世子雖說還只是世子，卻不年輕了，大約三十七、八歲的年紀，面貌英武端正。他看著明輝指的幾個地方，點頭。「如此倒也有可為之處。不過何將軍，我等報效朝廷，守護皇族，乃是忠義之本分。齊王不聽勸諫、輕敵貪功，卻不是你的錯處，你莫要攬罪上身才是。」

何明輝抱拳不語。他抓住時機，打個小小的勝仗，齊王居然覺得這是在搶他風頭，所以為了勝過自己就草率出兵，損兵折將不說，還把自己陷進去，弄得他們現在軍心渙散不說，肯定還要面臨皇帝的怒火和朝廷的申斥。若說沒有怨言，那是不可能的，好在勇毅侯世子能夠秉公直言。「不論如何，齊王殿下不能久在敵手，末將還是先行把人救回來要緊。」

勇毅侯世子凝眉想了一會兒，說：「今夜四更你動手。我這裡也借你一萬人，你們兵分五路，滋擾突襲，不可戀戰，趁亂救出齊王之後便放信號，立刻回營，我親自接應你們。」

後來的歷史上提到靖和、豐泰兩朝名將的時候，都會評價何明輝「善奇襲」，說的就是他擅長出其不意地制敵。這次也是一樣，明輝自己帶了兩萬人，並勇毅侯借給他的一萬，兵分五路之後，每路又分兩路，分別攻擊北戎人大營的不同方位和功能區域，搞得對方營中一片大亂，就算是齊王被重兵把守，也還是讓他們找到了可乘之機。

回到宣府的齊王臉色陰沈，卻無法說出將明輝治罪的話——昨天剛被人家拚死救回來，若恩將仇報，往後軍中不會再有人能為他所用了。至少勇毅侯這邊的遼東軍和穆永寧的西北軍是不會的。

「他太著急了。」魯郡王和惠郡王對坐著喝茶。一向不喜軍事的魯郡王得到了最新的戰況，也是搖頭。「那何明輝不過是個沒有根基的年輕武將罷了，這也值得爭個長短？下馬威不是這麼立的。」

惠郡王放下茶盞，看著對面的弟弟說：「你們這些沒去過邊關的人，永遠不懂什麼叫『一將難求』。即使是市井混混打群架，若是帶頭的是個好手，那贏的次數也會多些，更何況兩國交戰。軍中以實力說話，將士們只認戰功，不服身分。我敢說，現在在宣府，那何明輝下的命令一定比他的管用。」

「所以才會有當年的事情……」魯郡王沈默了一會兒，長長嘆息。

「琪兒過來了，你也早些回去吧，待久了於你無益。」惠郡王扭頭看見兩個少年結伴而來，露出幾分笑意。「安心做你的學問，也不用理會老三，他得不到好處。」這說的就是魯郡王想要聯繫跟他相熟的文臣和秦王一系打嘴皮子官司的事了。

結伴而來的兩個少年正是八皇孫和九皇孫，兩個人相約在惠郡王府的演武場練功夫，魯郡王就是來接兒子的。滿京城裡都知道，魯郡王身子不好，府中只有一位正妃，子嗣也不多，只得一兒一女，故而平常對九皇孫就甚是看重。他借著這個機會跟惠郡王說幾句話才不會引人注意，只是若待的時間長了，難免讓人疑心他二人在謀劃什麼——雖然事實確實如此。

魯郡王依言，由九皇孫扶著手臂告辭。惠郡王回頭一看，就板了臉。「多大的人了，還擠眉弄眼的，成何體統！」

八皇孫笑嘻嘻地問：「父王，兒子想去拜訪拜訪何侍讀，行嗎？」

「什麼何侍讀？」惠郡王瞧著他這憊懶樣子，沒好氣地瞪他，卻也沒真的要打罰他。這是次子，不比長子要緊，就是調皮些也無妨。若他的籌謀成真，這個孩子這樣沒正形也是好事。

「就是何明輝將軍的弟弟啊，兒子聽說他又打了勝仗，還深入敵營把大伯父救了回來。可是軍報上哪裡寫得清楚，兒子就想去找他家人問問詳情。」八皇孫早就知道老爹沒有真的生氣，也不害怕。「我都跟九弟約好了，到時候要一起去的，您就准了吧。」

「胡說八道！琪哥兒怎麼會跟著你胡鬧？」惠郡王又瞪他一眼。那個姪子說是習武，不過是為了強身健體罷了，既沒天分也沒多少興趣，跟他父親一樣，是個標準的讀書人。

八皇孫笑得神秘兮兮的。「父王，您也有不知道的事啊。這個兒子可不能告訴您，反正您允了我吧。」

惠郡王並不懷疑他的話，這個孩子看著調皮，其實很老實，從來不撒謊。他說：「想聽就去找你皇祖父，問問何侍讀何時在宮裡，你想打聽打聽你大伯父被抓俘虜的事。」

八皇孫臉色一僵，苦著臉問：「父王，您是不是覺得兒子是個傻子？」

惠郡王扭臉偷笑，接著又轉回來，訓誡道：「此事不可再提。惹你皇祖父震怒，我也救不了你。」

「那，兒子也要從軍，父王，您把兒子送到西北軍中吧，跟著何將軍，兒子也歷練歷練，行不行？」八皇孫對英雄的仰慕和嚮往簡直要突破天際了。

「先去練功，我會考慮的。」惠郡王擺擺手，懶得理他。他也想過把這孩子送到軍中，只是現在時機不對罷了。

八皇孫暫時無法達成心願，很失望地退下。

「等一下。」惠郡王叫住兒子，問：「琪兒也要從軍？」

「那怎麼可能，他連兒子三招都接不了。」八皇孫撇嘴，滿臉嫌棄。

「那你拿什麼賄賂他，讓他陪你一起去聽故事？」惠郡王不動聲色地套話。

八皇孫搖頭。「哪裡用得著賄賂，他想去得很。」

惠郡王覷著他，一副看傻子的表情。也對，人家又對你要聽的故事不感興趣，又沒拿你的好處，憑啥想去得很？

「他想見的不是何……嘿，父王，這您就不仗義了，兒子告退了，可別再問了，兒子什麼都不知道。」八皇孫跑掉了。

惠郡王雖然是行伍出身，卻心機深沈，一下子就明白兒子藏著掖著的意思了。何家的情形他是知道的，若不是去見何明義，那麼剩下的人一排除，雖然最後的答案有些出乎意料，可也再沒別的了。

他搖頭失笑。姪子的事情，他怎麼好多過問呢？

「大姊，妳這幾日總是出門，鋪子裡忙嗎？」明義回家，沒見到何貞，問了下人，說大姑娘出門去了，等到很晚，他才見到人。

何貞搖頭。「不是，幫忙遞了幾封信而已。」穆靖之明面上不能跟惠郡王一系有什麼聯繫，而陳宣跟惠郡王的關係也是保密的，雖然她拒絕了直接出面，卻也為他們傳遞了幾次消息。畢竟她跟陳家一直有生意往來，而她同時又是穆家的準兒媳，看看鋪子，再串個門子，再自然不過。

以為明義不贊成自己的舉動，她又解釋說：「你放心，我有分寸。畢竟我只是一個女子，不比你們那樣引人注意。」

明義讓她坐了，又因為早就打發走了服侍的人，所以親手奉了茶給她，才說：「大姊，我沒別的意思，只是有好消息要告訴妳。」

「你大哥打了勝仗？」何貞有些疲憊的臉上立刻綻開了一抹亮色。

明義說：「因為大哥出其不意襲擊了敵營，救下了齊王，皇上加封了大哥正四品的明威將軍。軍中實職倒是沒變，但是等到仗打完，大哥很有可能還有封賞。」

何貞明白了，這就是實際職務不變，但是待遇漲一級。「這自然是好事，只是也不知這仗要打到何時。」

「本來雙方對峙，兵力相差不多，我朝還要占些優勢的，不過現在就不好說了。齊王走了一步昏棋，如今的戰局很難預料。」明義確實讀過一些兵書，但是對行軍打仗的事情還是很外行，他所說的也不過是當前大家都能看出來的情況罷了。

「齊王闖了這麼大的禍，難道還能在軍中擔當主帥？」何貞皺眉。

明義搖頭。「現在陛下未有明旨下發，齊王肯定還是主帥。至於他還能不能號令全軍，那就不好說了。過些日子應該會見分曉。」

他所謂的過些日子的分曉，不過是等著皇帝把自己丟了大臉的兒子從前線召回來罷了。這次的被俘，不光給戰局帶來不利的影響，也讓老皇帝面上無光，更可以說基本上毀掉了齊王日後問鼎龍椅的可能性。別看是發生在宣府的事，影響的卻是京城的權力格局。

可是齊王還沒出事，二皇子魏王殿下先出事了。

單家在軍資上以次充好的尾巴被揪住之後，京兆府把案子送到了皇帝案頭，因為御史紛紛進言，一時群情激憤，皇帝責令大理寺和刑部聯手徹查。

在刑部觀政的秦王殿下謹記皇帝的教誨，對案情十分上心，一路查到了戶部侍郎頭上，還把被服的事情和之前前線糧食告急的事情連在了一起，直指戶部監守自盜，以次充好，把皇帝御筆親批的物資高價賣掉，然後把粗糧粗布送到前線；甚至因為實在來不及購買足夠的粗糧，乾脆押下運糧車隊，以至於前線遲遲收不到糧食。更重要的是這已經不是第一次了，之前的西北軍棉衣變單衣、軍糧斷糧的事情就是他們所為，其膽大貪婪觸目驚心。

事情到這裡早就不能善了，尤其是前線戰事膠著，滿朝都在關注戰局，戶部便是查到了侍郎頭上，也未必能夠收住，更何況有心之人也絕不允許事情就此打住。單家區區商戶，為何能如此大膽？這時候就有人查出來了，單家嫡支的一個女兒，正是魏王府上的一名侍妾，且頗得魏王寵愛。

刑部的人甚至還找到了已經流放關外的前戶部主事，得知魏王在這件事情上謀利已經長達十年，當年鎮國公世子的嫡子在西北困守孤城得不到糧草，也是他的主意。

京城的形勢急轉直下，好像一夜之間那些巧取豪奪和貪腐的證據就被人找齊了，這次別說一心出名的小御史了，就是很久不出來彈劾人的夏老大人都上了一本，要求皇帝徹查此等蛀蟲。

他們的焦點在貪腐，可皇帝心知肚明，作為皇子，要那麼多銀子，能有什麼用處？

「魏王廢了封號，貶為庶人？」何貞瞪圓了眼睛，剛剛初夏，她的鼻尖卻一下子見了汗。

明義看著大姊這副樣子直笑。「嗯，沒錯。不論穆家當年的事情有多少爭議，穆大哥的大堂兄是苦守城池彈盡糧絕而死的，這件事沒有任何人有異議，皇上都嘆息過的。如今連這件事也被翻出來，二皇子好不了了。畢竟他的府上抄出了巨額的金銀也是事實。皇上把他圈禁到皇陵，永世不得外出了。」

穆府裡，穆靖之從衙門一回來就把自己關進了書房，直到漫天星光的時候，才打開門出來，看到守在門外的妻子和年幼的兒子，他微笑。「放心吧，我高興。」

端午節原本是個重大的節日，可是今年西北戰事緊張，朝廷又剛剛查處了二皇子及戶部的貪腐窩案，皇帝心情不好，一切慶祝活動也都從簡。

何貞去穆府和夏府分別送了自己做的粽子和一些時令節禮之後，就帶著小雨和長樂去木匠鋪子定了一套打油的工具。長樂對何貞的生意有了解，但並不十分熟悉，畢竟當初少爺就跟他說過了，這個家裡所有的產業都是大姑娘一手一腳賺出來的，將來他也不會要。可是何貞卻在長樂正式成為何府管家的那一天就告訴他，她所做的這些都是為了弟弟妹妹，將來她會拿走自己需要的部分，留給弟妹的就需由他來打理妥當。長樂聽了很受觸動，做起事來也更加用心。

「大姑娘，這作坊裡幹活的人您打算雇還是買呢？」長樂想了想，問道。

「你怎麼看？」何貞還沒想好，買人僱人都有利弊。

長樂道：「依小的看，不如就僱人吧，雇莊子上的人。姑娘有一百七十畝地在呢，那麼多佃戶裡怎樣也能抽出四、五個人來幹活。他們多一份營生，又種著咱們府上的地，應當也不至於會出岔子。小的也多跑幾趟，先盯著些。」

「你也去過幾趟莊子上了，你看那王鐵堪用嗎？」何貞問。

長樂瞟了小雨一眼，說：「倒還算是頭腦清楚。小的也打聽過，他在村子裡風評不錯，算是品行端正的。」

「行，這事你看著辦吧。正好現在收麥子，收了麥子再統一種花生。你辛苦幾天，先去莊子上盯著這事，也順便看看人。」

他們說話的時候沒有支開小雨，但是小雨完全沒有神情波動，就像不認識王鐵一樣。等長樂出了門，何貞沒開口，小雨也不提，一派坦然沒必要單獨提起的樣子。何貞瞧著，也沒特意說什麼。

因為戰事緊張，明輝許久都沒有往家裡送過信了，好在前線的戰報頻繁傳過來，家人們也由此得以知道一些他的近況。何貞有時候也會想，不知道這場仗什麼時候打完，也不知道穆永寧說起的那位姑娘和明輝相處得如何了。可是想到這裡，她猛然發現，自己也已經很久很久沒有收到穆永寧的消息了。

這次北戎人攻打的是宣府，穆永寧帶著他的人駐守在肅州，並沒上前線參戰，只是高度戒備防守著，按理說應當是沒什麼太大危險的，可是怎麼就連寫封信的功夫都沒有了呢？

何貞不好意思去穆府問消息，只是忍了很久之後問了問明義。明義也不知情。「大姊，我最近一陣在御前當值的時候少，很多摺子看不到，也不好去打聽這個。不過肅州涼州這些地方都沒有戰事，穆大哥應該是平安無事的。」

「想來也是。」何貞有些不好意思，便不再提起這個，而是問起他的職位來。「已經到八月了，你也在翰林院做滿三年，可有什麼任職變動下來嗎？」

明義搖頭。「還沒有定論。」其實他已經聽說了一些風聲，不過因為還沒有確實的公文下來，他還不好說。京城裡的形勢每天都在變化，他官職低，換個地方會怎麼樣還很難預料。

如今二皇子倒臺了，大皇子齊王雖然還待在宣府不回來，可已經沒什麼號召力了。宣府現在是勇毅侯世子為主、明輝為輔，皇帝都默認了的。至於秦王，前一陣子上躥下跳得太過得意忘形，雖然扳倒了二哥，卻也惹了皇帝不喜，已經申斥過他好幾次。這個時候，原來一直傳說為皇帝不喜的惠郡王開始引起了更多人的注意。大臣們一盤算，這位雖說出身不好，沒有母族，妻族也一般，可是不論為人還是辦差，居然沒什麼太大的毛病。

「一個沒有太大毛病的皇子，對大位就很有一爭之力了。」穆靖之對自己唯一的一個學生毫不隱瞞。「往後這位就要走到臺前來了。」

明義敏感地察覺到，先生對這位皇子似乎也有幾分疏遠，並不是他一開始以為的那種君臣相得。他不知道這是針對惠郡王這個人，還是先生對整個皇家都不信任，不過他也沒問，而是提出了自己的疑惑。「可是皇上健在，這位沒有帝寵，本身就是最大的毛病了吧？」

穆靖之微笑。「你說得有道理。可是他要的不是太子位，而是皇位，這樣帝寵也就不那麼重要了，不是嗎？畢竟咱們這位皇上，權欲雖重，卻不糊塗。」

這樣大事說多了不好，他又問：「先生，最近穆大哥有送信回來嗎？我們很久都沒有收到他的消息了。」

穆靖之知道他是替何貞問的，可是他也沒有什麼消息，就搖頭。「許是軍中有什麼大動作吧，事涉軍機，咱們收不到消息也正常。」

第七十四章

八月裡，明義的調職公文下來了，居然不是一開始他聽說的正六品翰林院侍講，而是正六品戶部主事。兩個月前的戶部貪腐風暴之後，確實有不少職缺都空了出來，翰林院裡好幾個翰林都被調進了戶部，明義在裡面也不算是最顯眼的，畢竟還有老資格的翰林升了從五品的員外郎呢。

對這個結果，明義也沒什麼不滿意的。「大姊，我覺得這樣也挺好的。我以後就負責查帳冊算算術這些，如今正好剛出了事，一時半刻也沒人敢亂來，我就按規矩當差，卻比在御前侍奉更自在些。」

何貞叫小雨去找相熟的繡莊老闆，約好明天叫繡娘到家裡來給大家量身做衣裳。「你也算是升官了，衣裳樣式上有什麼忌諱的沒？今年你們幾個都長了不少，冬裝都得做新的了。」只要太平安全，弟弟覺得自在，別的她都不在乎。

九月裡，平南縣的一百多畝地裡花生收穫，油坊也正式開工。經過長樂的考察和培訓，王鐵正式當上了油坊的管事，當然銀錢和帳本還是每個月都要送到府裡的。因為何貞對油坊生產線每天的產能很了解，又跟安掌櫃那邊聯絡密切，她也不擔心自己不在，油坊裡出什麼問題。

明義來到後院的時候，何貞正好剛收到四海錢莊送來的一千五百兩銀子的銀票。她心情不錯地說：「五叔寄來的。家裡的產能不錯，收益也穩當，如今你漲了薪俸，每個月就往家裡也交二兩銀子吧。」

明義真的從袖子裡掏出兩塊銀錠遞給小雨。「這是二十兩，是我攢下來的，大姊收著吧。」

何貞本來只是跟弟弟開玩笑的，沒想到他還真拿了銀子出來，看這樣還是早就準備好的，頓時有點詫異。「你怎麼還真給我啊？家裡頭不差你這一點。」

明義搖頭。「不行，大姊，妳得趕緊攢嫁妝了。」

「你這是怎麼了？莫非你的同僚又嘲笑你了？」何貞雖然不知道之前彈劾的事，可是到底還是從別的地方聽說了幾句風言風語，不外乎就是說何府裡有個不出嫁的老姑娘之類的。

明義說：「大姊，西北戰事基本上結束了。穆大哥帶著人抄了北戎人的老窩，直接打進了王庭，老北戎王在撤退的時候死掉了。北戎三皇子已經自立為王，率兵回去重整王庭去了。」

「這就結束了？」這場仗打的時間很長，後來北戎還先後增兵三次，戰況一直膠著，可是忽然就結束了。

「結束了，大軍正在班師回朝。穆大哥也在回京受封之列。」明義說：「這次穆大哥立了這樣大的功勞，恐怕會留在京城裡了。」

這點倒是好理解，他在西北打了那麼大的勝仗，戰後若繼續留在西北，那皇帝就該睡不著覺了。可是——「他這樣出兵，回到京城皇上不會罰他嗎？」

明義笑了。「穆大哥並不是蠢人，他早就給皇上上了密摺，是皇上御筆親批讓他動手的。所以真的，大姊，穆大哥回來，你們的婚期也就該近了。」

「再說吧，還有好多事情沒辦好呢。」何貞搖頭，可心裡還是歡喜的。他沒事就好。她想的是雙胞胎還小，明輝明義都沒娶親，她還不能離開何家，卻不知道，穆永寧回來也沒打算第一時間成婚，而是在朝堂上掀起了一股滔天巨浪。

穆永寧回京，第一時間進宮面聖。收復宣府的大軍回朝，偏將以上的將領們包括齊王都一起進了宮。

這一仗拉拉雜雜地打了很長時間，折損了七、八萬兵士，戶部基本上也掏空了，可以說勝得非常不容易。皇帝越發衰老，眼神也渾濁了許多，只是當大殿上跪滿了鐵血武將的時候，他似乎也被提振了精氣神，還是展露出一個帝王的威嚴和魄力。

齊王的事情皇帝不會在朝臣面前公開說，至少不會一回來就說，所以這次的面聖主要還是以詳述軍情戰況和皇帝的封賞鼓勵為主。明輝是第一次面聖，緊張是有的，不過跟自己的同袍們站在一起，又經過了這些年的歷練，也應對得宜。皇帝其實早就知道他，畢竟對明義很是熟悉，現在一看，下頭的年輕將軍個子魁梧，相貌中正，跟眉清目秀的狀元郎雖說有那麼些相似，可是氣質上還是很有些區別的。他難得地對臣子有了幾分真心的喜歡，於是封賞就更大方了，大手一揮，一個正三品輕車都尉的爵位就賞了下來。

因為此次征戰有功的將軍們各有封賞，所以明輝得到這個三品的散爵倒也不算刺眼。畢竟最重要的還是數日之後的軍職調動，到時候還能再領兵權的才是軍中的少壯實力派。

輪到穆永寧的時候，皇帝卻主動開口詢問。「穆愛卿立次大功，可有什麼想要的啊？朕賞給你。」

文武大臣們雖然不會立刻就議論紛紛，但是聽到皇帝這樣問話，還是十分驚訝，有些站得近的大臣們甚至開始互相打眼色了。

穆永寧低眉斂目，先是感謝了皇帝的聖恩和信任，然後又說他此戰都是受了皇命，是皇帝陛下英明神武云云。皇帝當然知道他是在拍馬屁，可是這無疑是給自己刷功績的時候，自然來者不拒。

穆永寧結束了吹捧，這才話鋒一轉，跪地稟奏。「回稟陛下，臣有兩本要奏。其一，此次大勝北戎，我大燕兵士折損巨大，大好男兒埋骨沙場，僥倖活下來的，也有許多身有殘疾，無法繼續從軍。這些為我大燕朝盡忠流血的大好男兒，最後卻因傷殘衣食難以為繼，甚至為親人所不容，實在令人痛心。因此臣請求陛下，在西北軍戶屯田之外再設傷殘兵士之榮養田，允許兵士們結伴互助，開墾荒地，自食其力，或者也可以建些作坊飯莊之類，招用這些人做力所能及的活計，給付薪酬，也能為朝廷多分收益。」

「此事，戶部尚書，你覺得可否？」皇帝聽完，就問旁邊站著的文官。

之前戶部大案之後，原來的戶部尚書就告老了，現在這位是當時沒牽涉進去的侍郎提拔出來，年紀剛過半百，在一眾高官當中也算年輕的，尚且還有些要做實事的熱情。他被點了名，就立刻出列，躬身回答。「回稟陛下，穆將軍所言有理，西北地方地廣人稀，此事若認真籌劃，應當大有可為。」

「好，兵部戶部合作，拿出個章程來，朝議過後就實施吧，於國於民皆有益處的事情，朕不希望有差池。」皇帝拍板。

於是兵部尚書也出列，跟戶部尚書一起領了聖旨。

皇帝再看穆永寧跪得筆直的身影，渾濁的眼中也多了幾分笑意。「穆愛卿關心兵士，甚好，起來回話吧。還有一本呢？也一併奏來。」

穆永寧卻沒動彈，而是又磕了一個頭，雙手捧著另外一份奏摺，氣沈丹田，說：「臣不敢。臣要參齊王殿下十一年前通敵賣國，與北戎勾結，洩漏軍機給北戎王，導致西北軍當年戰事慘敗。」

這句話一說完，在場的所有人心裡都像熱油鍋裡倒進了水一般炸起來，可是大殿裡卻安靜得彷彿瞬間被冰封了。

皇帝的笑意早就消失無蹤，他死死盯著穆永寧的後腦勺，眼中迸射出殺意。

站在文臣隊伍中的夏老大人也擰緊了花白的眉毛。

「你好大的膽子！」皇帝還沒說話，秦王先跳了出來。「誣衊當朝親王，你要幹什麼？」

別看他指責得義正詞嚴，可是臉上的狂喜卻是遮都遮不住。當年他就覺得有問題，果然啊！這小子可是穆家人，現在翻出來當年的事，肯定是有證據了，這次老大就是不死也得脫層皮，說不定就能跟老二去皇陵作伴了！本來以為老大被抓了俘虜的事就夠他好好運作運作的了，沒想到還有這麼一份大禮！

「父皇！兒臣冤枉！」齊王立刻跪倒在地，也顧不得面子了。「兒臣輕敵冒進，確實犯了大錯，可是兒臣是大燕的王爺，絕無可能做這出賣祖宗的事情！」

皇帝始終沈默。

「陛下，臣有證據！」穆永寧又從懷裡掏出幾封書信。「臣在攻破北戎王帳之後找到了這些書信，均是齊王殿下親筆書寫。另外還有幾封信件是齊王府的幕僚所寫，此人現在應是王府長史，陛下一審便知。另外臣還抓到了當年負責接頭的北戎國師，也已經將人帶回來了。」

齊王低垂的臉上滿是驚慌。他就說，回來的隊伍裡為什麼還有一個從來不出來見人的俘虜，怎麼問都問不出來，居然是在這裡等著他！穆家的崽子果然不好對付，這是打定主意要給祖宗翻案了！

「刑部、大理寺、宗人府，」皇帝慢慢說：「接了這些證據，並人證，連齊王一起關起來，好好地給朕審清楚！」

最後幾個字，皇帝說得咬牙切齒，說完，甚至不顧接下來的各項事宜就拂袖而去了。滿朝文武噤若寒蟬，直到大太監宣佈散朝，這才各懷心思地離去。

等人都散得差不多了，穆永寧才從地上站起來，朝著站在原地等他的夏老大人走去。畢竟是皇帝的金殿，他不能在這裡跪自己家親戚，就躬身長揖。「外祖父，寧兒回來了。」

此處不是說話的地方，夏御史拈著鬍鬚道：「回來就好。先回去見見你爹娘，改天再跟你娘他們一起回來看看你外祖母，她很想你了。」

穆永寧應下，扶著老人家慢慢走出宮門，卻對剛才發生的事情隻字不提。

打了場勝仗，西北安定，本來是普天同慶的大喜事，至少京城的普通百姓們都很歡喜，畢竟誰不想生活在太平年月裡。可朝中有人做官的人家卻都十分緊張，齊王已經被羈押多日了，案情調查得也不知結果如何，再加上不久前剛剛被廢黜的魏王，總讓人有種風雨欲來的感覺。

這些事情也可以說跟何府並沒有什麼直接的關係。在新的任命沒有下來的時候，明輝就待在京城的家裡和兄弟姊妹團聚。這還是他第一次回自己的家呢。

「在前院住得習慣嗎？」何貞一邊問，一邊盯著明輝看。許久許久不見了，弟弟都成了有爵位的大將軍了，也不知道在外頭受了多少苦。「身子找郎中看過了嗎？」

明輝笑著回答。「住得很好，這宅子打理得很舒服，我也帶了人伺候，妳放心吧，姊。

我身上都是皮外傷，沒什麼大不了的，都好了。」他身邊沒有伺候的小廝，只帶了兩個親兵回來，倒也是熟人，小伍子和王二牛。

明義幫著他說話。「大姊，我都看過了，大哥身上只有幾條疤，現在沒有傷，好著呢。」

何貞還沒說什麼，何慧卻拿手帕抹了眼睛。

「小妹別哭啊，我都好了，真的，不疼，沒事。」明輝總覺得小妹妹還是當年那個讓自己抱著的小娃娃，這回猛地發現她已經長成了十一、二歲的嬌俏少女，便很有些不知所措。這個怎麼看都是大家閨秀的漂亮妹妹眨巴著大眼睛看著自己哭，他就更是拿她毫無辦法了。

「我知道你有本事，那話怎麼說的，傷疤都是功勳，可是你永遠都別忘了，咱們幾個只會因為你的傷疤流淚心疼，不會因為你的功勛得意洋洋。」何貞說：「所以你以後也要更加小心才是。」

明輝肅容。「是，大姊。」

因為大哥回來了，何貞還破例允許明睿告假一句，回來跟大哥團聚。胡嬸特地叫了小雨去幫忙，做了一大桌子的菜，兄弟姊妹幾個圍坐在一起，慶祝這難得的團圓。

「父母過世的時候，我連能養得活你們幾個都沒有信心，如今這樣，真是太好了。」何貞的視線從幾個人臉上一一掃過，眼眶不自覺就紅了。「爹娘在天有靈，看到今日也該放心了，咱家的孩子，文成武就，個個都是好樣的。」

她因為情緒激動，說話的聲音也有些顫抖，明明是高興笑著，一句話說完，眼淚卻掉了下來。

何慧站起身，用乾淨的手帕幫她拭淚。「大姊，謝謝妳養大了我們。」

「是我要謝謝你們，讓我有了這份相依為命的手足情分。」何貞摟過她，看著弟弟們。按照從前的慣例，像明輝這樣打了勝仗回京領賞的將領，應該是一段時間以後就會等來新的任命，或者調派到燕朝其他地方的軍中，或者留在京城的三大營裡。當然如果皇帝格外信任，就可能成為御林軍或者禁軍的統領；如果皇帝忌憚呢，也可能封侯封爵，解甲歸田。反正基本上不可能再回到原來的地方了，畢竟皇帝會擔心他們在立了大功的發跡之處收買人心，擁兵自重。

可是這一次不一樣。穆永寧的兩道奏本一上，幾乎要把天捅出個窟窿，皇帝除了震怒之外，還更加陰晴難測，也顧不上解決下面的人員調動問題，連個大致的思路方向都沒給。茲事體大，兵部和吏部都不敢隨便安排這些將軍，於是一大幫子將軍就滯留在了京城裡，處於待業狀態。

「傷殘兵士安置的事情還好，我們這些日子也都在忙這件事。」明義很想抓住這難得的機會跟大哥多相處一些，可是戶部裡頭忙得昏天黑地，他回家的時候比從前還要晚上許多，也只有在臨睡前跟同住在前院的大哥說幾句話了。

明輝對下一步的任命並不著急，他少年離家，難得能無憂無慮跟弟弟妹妹們相處，多待幾天再好不過。「我在邊關多年，最知道那些人的苦處。此事若是做得好了，無數的將士們受益，你們多上心吧。我看穆大哥上這道摺子，也是受了大姊的影響。那些軍士晚景淒涼，我們都難過，可是也許是男人心粗心硬吧，除了難過竟也無計可施，還是大姊的法子好。」

「是。我跟上峰提過咱家裡孟叔他們的例子，也說了陳家的做法，他說這些都是極有價值的，現在很大可能就是這樣仿效行之。」明義說著，又嘆息。「大姊總說自己不懂朝政，終日都擔心會給咱們扯了後腿，其實她不知道，咱們不光是被她撫養長大，還受著她的諸多恩澤啟迪。

「大哥，那秦嬤嬤你也見到了，原本也是名門千金，後來又做了齊太妃宮中的掌事女官，人品學識俱是頂尖的。你看慧兒被教導得多好，瞧著都不像咱們這樣家庭出身的姑娘。可是你知道嗎？每每我看見她又學會了什麼、練好了什麼，我心裡就難過。大姊若是有這個條件，不會比慧兒差的，可是她只為了我們幾個操持奔波，拖到年紀老大了還被人嘲笑。」

明義仰頭看著黑沈沈的天，難得的跟大哥吐露心情。

明輝低下頭，沈默了好一會兒，才說：「其實我一直對你們有愧。當年我去從軍，其實就是把你們三個扔給了大姊，還要額外讓她為我擔驚受怕。我總想著能出人頭地，給你們撐腰，卻不知道那想法實在是幼稚可笑。甚至就算是我在軍中站住了腳，有了官職，還要大姊操心我吃不上飯的事情。要不是你向來是個妥當的，大姊還不知道要被這個家拖累成什麼樣呢……」

明義搖頭。「大哥你別說這些，過去的事情就過去了，現在不是很好嗎？你我都有官職在身，明睿已經中了秀才，也不算白身。往後咱們撐住這個家，大姊和小妹嫁了人也有依靠。穆大哥對大姊的心意咱們都明白，先生一家也都是明理的，只要大姊後半生過得幸福就好了。」

「穆大哥此番也是衝動了些。」明輝皺眉。「我只會打仗，不了解京裡的是非，你看這事情能善了嗎？」

明義又搖頭。「齊王會怎麼樣還不好說，皇上聖心難測。不過穆大哥應該不會有什麼大事，我悄悄打聽過，他呈上的證據非常充足有力，絕不可能被判成誣陷，所以他不會有事。最多就是惹了聖上不快，有功無賞罷了。」

「賞不賞的倒無妨，我手上有聖上賞下來的東西，再加上咱家自己攢的，給大姊置辦嫁妝是不愁的。」明輝還沒說完，就朝門外掠去。「什麼人！」

房頂的人跳到院子裡，居然是穆永寧。「你功夫長進不少啊，是鏢局那個誰教的？」

「穆大哥，你怎麼這時候來了？」明輝不理他的調侃。

明義沒有武功在身，出來慢了些，一看這情景，就沒好氣地說：「穆大哥進來坐吧，我大姊在後院睡了。」

第七十五章

以前只翻過一次牆，穆永寧身手不大熟練，本想直奔後院的，卻計算錯了。一進院子，被明輝抓了個正著，就知道今天肯定是見不到何貞了。他有些遺憾，不過跟這兩個小舅子兼好兄弟聊聊天也好，便從善如流跟著進了房。

穆永寧很惦記何貞，也打算這次回來就讓爹娘給操辦婚事。之前他上摺子要求主動出兵，為的就是立個大功好回京完婚，可是沒想到在北戎王庭裡有了那樣的發現。這件事事關重大，又牽扯到自己祖父的冤案，他只能把娶媳婦的心思先壓下來了。

「我知道這次衝動了，可我實在等不及仔細籌謀。而且，只有我一回京城就呈上證據才最合情合理，不然將來的時機越好，越容易被人認為是我早有預謀，主動構陷齊王。」說起這次的事情，穆永寧這麼解釋。「不過不管最後是個什麼結果，只要我不是下了大牢丟了性命，我就肯定不會放棄你們大姊的。我可不是那種為了不拖累她就放棄她的聖人。所以你們心裡要有個譜，準備送你們大姊出嫁吧。唔，這都秋天了，我趕緊點，娶個媳婦好過年。」

穆永寧見不到人，只好把話跟小舅子們挑明。反正像何家這種情況，世人眼中做主的肯定是已經成年當官的兄弟，禮數也是要跟他們走的。

穆永寧是被何家兄弟毫不留情地轟走的。雖然他們並不是捨不得姊姊出嫁的小孩子，可時間這麼倉促，難免會委屈了姊姊。

何貞知道這件事的時候也是搖頭。「不行，家裡的事情都沒料理好，我不能出門。行了，這件事今年就別提了，我這兒想準備再置辦些產業呢。」

明輝的賞賜一送到府上，他轉手就讓人送到了何貞房裡。「大姊，妳要置辦什麼產業就去辦吧！穆家在京城，就算穆大哥在外頭帶兵，你們的家肯定還是在京城的，以後陪嫁過去也好打理。」

何貞並沒拒絕，收下東西看了看，是黃金百兩、東海珍珠一斛，還有絲綢布疋若干。黃金百兩也就是白銀千兩，其實也不是很多。她說：「這些東西我就留下了，珍珠留著給你將來娶媳婦當聘禮。布料這些咱們做衣裳用了。我聽說你的這個爵位一年下來有二百兩的俸祿，你一個人倒是應該夠用的了，也別太苛刻自己，該花的就花。」

「大姊，我娶媳婦的聘禮妳就不用操心了。」明輝雖然有些不好意思，卻也跟大姊說了實話。「我自己都準備好了。」

看著何貞一點也不驚訝的樣子，他就知道，穆永寧肯定出賣了自己。然而大姊是他最信任的人，也沒什麼不好說的，就把祁二娘的事情說了。「雖說她是江湖人，可也是正派人家，兄長又很疼愛她，所以我打算這次官職下來之後，上任之前正式到她家提親。正好陛下賞賜的東西裡面有一把水心劍，那個我沒給妳，準備拿來下聘用。」

何貞恨鐵不成鋼。「就算人家是江湖人，你也不能只拿一把劍去下聘啊！那位姑娘喜歡什麼，你就去準備什麼啊！就算人家只喜歡刀劍，可人家也是姑娘，首飾頭面、綢緞衣料，難道都不用的嗎？她難道沒有長輩在堂？補品古董，不需要買嗎？就算什麼都從簡，金銀總是要的吧？人家大姑娘陪你刀光劍影的，往後還跟你過日子呢，你怎麼這麼實在？你到底重不重視人家？」

明輝一心為姊姊著想，卻被姊姊劈頭蓋臉給訓了一通，頓時哭笑不得，大姊的嫁妝問題也就不了了之了。正好對齊王叛國一案的審理也快要有個眉目，他跟明義也都把注意力集中在那上頭。

何貞就不一樣了。她不是不關心那件大事，只是這件事情不會因為她的關心而有任何改變，所以她現在要忙的就是自己能辦到的事情——明輝的婚事。為了這個，她特別去了一趟穆府，向穆夫人討教，只是若是官宦人家或者一般的市井人家，穆夫人都能有個章程，但江湖上的規矩，她也不清楚。

「江湖中人看的是義氣和誠意，搞那麼繁瑣反而讓人家覺得你們在給下馬威。」穆永寧惹的官司還沒判，正好在家賦閒，聽說媳婦兒上門了，立刻跑過來出主意。「弄點好兵器、好藥材，然後給銀子就行了。」

「你這孩子，怎麼說話的，什麼叫給銀子就行了啊？」穆夫人嗔怪。

何貞卻覺得還真是這麼個道理。「咱們不是拿銀子砸人，而是透過聘金表達一下咱們對姑娘的重視，是這樣吧？」

「聰明，就是這話。」穆永寧毫不吝惜地誇了何貞一句。「反正她家估計比妳家有錢，也不會圖你們的銀子。明輝救過那姑娘的命，救命之恩以身相許，這是人家的做派，你們表現出個態度就是了。」

嚴格地說，何家現在算是官宦之家，祁家在江湖上或者商場上再有名望，也是普通百姓，祁二娘一個江湖女子嫁給明輝做了將軍夫人，其實是高攀了。但是何貞不這麼想，明輝的性格有些木訥，這個姑娘聽來聽去都是乾脆俐落的性格，也活潑些，正好跟明輝互補。她又有功夫在身，跟在常常要上陣廝殺的明輝身邊，也讓人放心。最重要的是明輝喜歡她。這一點，何貞看明輝的表情就足以確定。既然這樣，她自然要盡己所能來操辦這樁婚事。

她也跟穆永寧確認了一下，那把皇上賞賜的什麼水心劍確實是名劍，價值千金，作為聘禮非常夠格，這才放心去準備別的東西。

歸攏了目前為止所有能拿到的銀子，何貞手裡一共是五千一百多兩，按照穆夫人的說法，一般的官宦人家娶嫡子媳婦的聘禮也就在三千兩到五千兩不等，當然了，公侯之家肯定要數倍於此的，但那跟他們也沒啥關係，不用考慮。

「那就依照這五千兩銀子花就是了。」何貞想了想，又從之前穆永寧給她的那個裝滿了珠寶的匣子裡取了幾顆紅寶石和綠寶石出來，準備打兩套上好的頭面。

這就看出她平常跟陳家合作往來的好處了。她跟安掌櫃見了面，聊了聊目前花生油的供貨出貨情況，又請他幫忙尋些珍稀的藥材乾貨，回頭幫弟弟下聘用。安掌櫃一聽，先是滿面堆笑地道了喜，又主動介紹陳記銀樓的掌櫃給她認識，自然價格也都是最優惠的。

「姑娘，這安掌櫃怎麼瞧著越發和氣了？」回來的路上，小雨忍不住笑。「原先是笑咪咪的，現在總覺得他是咱家雇的掌櫃一般。」

「我跟他們東家的交情越來越好了唄。」何貞隨口道。估計還是之前二皇子的事情，她畢竟跑了腿幫過忙，陳宣，或者說他背後的主子惠郡王估計會領她的人情吧。這次穆永寧告了大皇子，很顯然也是幫了惠郡王的大忙，他們自然會樂意幫自己一個小忙了。

有銀子就能辦事，有關係也能辦事，有關係又肯出銀子，事情就能辦得又好又快了。也就半個月的光景，何貞就收到了成品：足金鑲紅寶頭面一整套、足金鑲綠寶頭面一整套、百年人參兩對、上品鹿茸血片一斤，總共花去了一千六百兩銀子。另外給祁二娘買的布料、皮草等物也由布莊商行送到了家裡，這些又去掉了五百兩。

何貞剛把東西收好，就聽到了關於齊王一案的最終查核結果。齊王通敵叛國、洩漏軍情一事查有實據，皇帝震怒，廢其封號，賜鴆酒，相關從屬人員一概按律論罪，重懲不寬待。

因為已經進了十一月，朝廷要趕在過年之前把積壓的事務處理完畢，所以齊王的事情一了，剩下的將領的職位安排很快也派發下來了。明輝果然不能再去西北了——宣府的防務混亂，朝廷讓勇毅侯父子換防宣府，整頓防務，而把明輝和幾個西北軍的將領調去了遼東，年後到任。

明輝神色平靜領了旨，回頭就上了道摺子，說要去寧夏府完婚，請個婚假。因為他已經是新出爐的從三品遼東指揮同知，身上又有個輕車都尉的爵位，京城裡也沒仇人，兵部自然沒人為難他，很痛快地就給了批覆。

穆永寧倒是也有安排，正四品的驍騎營副參領，官職毫無變動，別的封賞也沒有。

「我覺得沒什麼不好，這樣我就留在京城了，省得我娘老想我，也能趕緊把你姊娶回家了。」穆永寧聽說明輝要回西北去娶妻，趕著過來送他。「那位祁大當家的同意你娶他妹子啊？」

「當然同意，我跟他有過擊掌盟誓。」明輝笑笑。「咱們練武的人，說話肯定都是算話的。」

因為明輝娶了妻就要去遼東上任，可能一住就要很多年，而且當地有指揮同知府，所以何貞也就沒再置辦什麼別的東西。之前買好的東西雖然貴重，卻不太占地方，幾個箱子就夠了。決定了出發，明輝也不拖延，反正按照江湖上的禮數，成婚也很快，他請了新任的甘陝指揮使當媒人，而勇毅侯世子也很給面子地主動提出要當主婚人，這樣他雖然沒有父母在堂，卻也足夠鄭重體面了。

穆永寧塞了幾張銀票給他。「給你的賀禮。」

明輝推回去。「賀禮等我帶她回京你再給也不遲。」

「你笨死了！這給你下聘用的。你也不看看，你姊為了你肯定是把家底都掏光了，還覺得不夠好呢，你就不心疼她？」穆永寧不容他拒絕。

這些日子，何貞的盤算明輝也看在眼裡，這樣一想就不拒絕了。「行，算我跟你借。」

「算你姊借你的，回頭添到她的嫁妝裡，知道嗎？」穆永寧不給他好臉色。「你姊不把你們安排好，就是無論如何都不願意出門，那你就麻利點辦了。以後幾個小的嫁娶，都讓你媳婦操心，別耽誤我媳婦嫁人。」

這事兩個人都瞞著何貞。何貞來給明輝送東西的時候，很有些愁眉苦臉。「金貴點的東西我都給你備好了，就是這聘金有些為難。正好陳姨那邊從四海錢莊給我送來了今年的一千兩分紅，可是這樣就是四千兩銀子，不好聽啊，要是再有一千兩就好了。」

明輝把穆永寧給的銀票遞給她。「大姊，這是一千兩，我平常攢的，還有些同僚送的，妳加在裡面吧。」他不能說是穆永寧給的，可是他自己確實攢不了那麼多銀子，就平生第一次對何貞撒了謊。

何貞確實覺得他的語氣有些不大對，不過想著可能是他們在外頭打仗時有些灰色收入，比如昧下點戰利品什麼的，便也沒多問，畢竟這也是解了燃眉之急。「那就好，這樣就有五千兩整了。再加上東西和你那把劍，應該差不多了，我再給你三十兩散碎銀子，到時候下聘的時候採買果子點心之類的。務必跟你岳家解釋清楚，咱們不是不重視她，實在是太遠了不好出門。」

「大姊，我知道，我娶個妻把家底都掏空了，我不能硬說我不要，只是往後我的銀子還是往家裡交。明義他們幾個跟妳的嫁妝，我都會努力的。」明輝看著何貞說：「從前我沒有能力，往後我總得承擔起家裡的擔子。」

何貞點頭。「那是當然，前幾年你沒銀子，往後你官做得大了，怎麼也要多貢獻些。」她沒說不要，就算是一家子骨肉之間，也要有來有往，這才不會讓有的人心寒，有的人愧疚，尤其是如果以後大家各自成家，更要有個長遠的相處之道。

明輝是十一月裡走的，臘月初再回來，一起去的同僚們就沒人同行了。可是何貞私底下還真是慶幸，好在他們要臘月裡回來，能讓她取了火鍋店的十一月收益，不然她手上一分銀子都沒有，連見面禮都準備不出來。

因為已經在西北辦過了婚禮，明輝夫妻倆回到京城也只是直接去了相熟的人家拜訪而已，並沒有再走一遍婚禮。早在明輝出發之前，何貞就跟他說好了，如果各家長輩給了見面禮，那自然是由新娘子收著，但如果是給賀禮，那就是她這邊收著了。平常的人情往來明輝也是一概沒有參與的，同理，他外頭的同僚朋友給的，她也不要。

祁二娘跟明輝回來就住在後院裡。她對何貞很尊重，對吃住都不挑，主動拉著明輝挑了後院的西廂房住下，還給弟弟妹妹們都帶了見面禮，收到何貞送她的護身軟甲的時候，更是高興得眉開眼笑。「大姊，我聽夫君說了好多你們的事情，妳真了不起！這副軟甲太好了，比什麼珠寶首飾都實用！」

她的嫁妝單子何貞也看了，只能感嘆一句，果然是江湖人不拘小節。她的父母都過世了，家中只有大哥大嫂和一個姪子。這位祁大當家的就說了，既然妹子要跟著去軍中，那也別陪送什麼家具了，根本用不上，就給了她一萬兩銀子和虎威鏢局的三成分紅，年年給她送銀子。聘禮裡的衣裳首飾什麼的都給她帶回來，不過那把寶劍跟藥材他還是留下了。沒辦法，他太喜歡、太得用了。

「弟妹的嫁妝銀子是她的，你的俸祿你自己安排好。養活妻子是你應當的本分，不過家裡頭該給的你也得給。至少你們兄弟幾個成親分家之前，你都得給，別忘了你下聘的銀子也是從這裡頭出的。」關係到銀子，何貞難得肅容多說了幾句。「多少人家，好好的手足情分都毀在銀子上，所以我把醜話也說在前頭。」

她說這話的時候並沒有避著祁二娘，而是專門挑了全家人全部在場的時候。明輝認真應了，祁二娘也連連點頭。「應該的應該的，家裡的情況我都知道，大姊放心！」

以後能不能放心，何貞也不知道，不過現在看上去，一切都還不錯。下面要發愁的就是明義的事了。

明義的歲數其實還不算大，現在也剛十七歲，只是他考功名早，出仕也早，成熟沈穩，老讓人不經意間會忽略他的年紀，忘記他只是一個未及弱冠的年輕人。

何貞其實不是很想給明義「做主」，一來她也覺得明義的歲數還小，並沒到一定要談婚論嫁的時候，二來明義很有自己的主見，他應該很清楚自己想要的是什麼。

果然，當明輝夫妻離開之後，何貞剛提了一句這件事情，明義就道：「大姊，我的事不急，眼下該辦的是妳跟穆大哥的婚事。」

何貞搖頭。「我當年發過誓，你們幾個不安頓好，我不出門的。」

「大姊，何必這樣自苦呢？老家來信，里正大伯他們也詢問妳的婚事，說明大家都沒有計較當年的誓言，妳真的不用那麼守著。而且我跟大哥已經做了官，大哥娶了大嫂，明睿身上也有功名，我們都算是立業了。有三個哥哥，小妹婚事根本不愁。大姊，其實妳的誓言也做到了的。」明義努力勸她。「妳也想想穆大哥，他可不小了，就算我們再不捨得妳，也不能再這麼拖著妳了。」

何貞知道他說得對，可是還有些猶豫。「我會考慮的，過了年再說吧。」已經是臘月裡了，就算是有什麼安排，今年也已來不及的。

然而就在臘月衙門封筆前，穆家人再一次震動朝野。

穆靖之在齊王死後，一狀告到了大理寺，要求給父親和兄長平反冤案，洗刷當年私通北戎的罪名。其實這件事根本就沒什麼可調查的，齊王的案子定了，齊王都賜死了，自然是證明通敵的人是他，而不是老鎮國公父子。說白了，真凶有了，原來的嫌疑人就應該判無罪的。可是偏偏鎮國公的案子是御筆親批，沒人敢說皇帝錯了，所以經手齊王案的官員有志一同地忽略了這個細節，只把齊王判了有罪，卻沒提鎮國公的事。

皇帝也不知是不是有意，反正也沒提，甚至一連五天沒有上朝。

這也可以理解，親生的兒子，還是長子，做出了這種出賣祖宗的事情，被他親自奪了性命，老皇帝憤怒之外也傷心。原本就年邁，之前二皇子的事出了，他就病了一場，現在身體更是承受不了，再次臥病。

好不容易有了點精神，大理寺丞又把穆靖之的事報了上來——沒辦法，按程序是應該他接這案子，可是他接是接了，哪裡敢審呢，還是得來請示皇帝。

皇帝沈默許久，叫他正常辦理。等人退下去了，他才吐出一口血來。

偏偏秦王殿下還不消停，在朝中糾集了一批文人來罵穆靖之。他們找的罪名很重，大不敬，畢竟穆靖之試圖證明皇帝錯了。這個其實也說得通，所謂「雷霆雨露俱是君恩」，怎麼為人臣子的還覺得委屈？誠然，這話讓他們拿忠君體國的「大義」一粉飾，也很有那麼幾分道理：你們不是忠臣嗎？皇帝給你什麼你都要高高興興地接著，怎麼還不滿意了呢？

可是大臣也是人，嘴上那麼說說罷了，又有幾個人會發自內心的這麼想？所以朝堂上大部分人都保持了沈默。

惠郡王難得地表達一次自己的意見。「武將守衛邊疆，是拿自己的性命在為國盡忠，的確不能輕率處理，尤其不能任由小人構陷。這是欺負武將嘴皮子沒有讀書人索利，還是將士們遠在邊關得不到朝中的動向？過去的事情自有父皇定奪，你們這樣攻訐忠臣之後，是何居心呢？不然把你們也送到邊關去打一仗如何？」

他沒有直說支不支持穆靖之，甚至還帶了幾分耍無賴的意思，可是那些文臣咬死了讓穆家被冤枉了也不能作聲。同樣是無賴的做派，卻不如他無賴得光明正大。沒出聲的大臣們心中也有數，這位王爺因為不得聖寵，早年一直在軍中歷練，自然是更同情武將一些的。只是他說得不無道理，原本沈默的大臣就更沈默了。

靖和二十七年的新春就在這樣怪異的氣氛中到來了。

第七十六章

穆家的案子拖到跨了年，終於在春暖花開的時候迎來了皇帝的聖裁——鎮國公及世子通敵叛國一事，實屬子虛烏有，故去除一切罪名，恢復鎮國公及鎮國公世子封號，由一等鎮國公升至超品鎮國公，襲爵三代。因原鎮國公府已經官賣，另賜國公府一座，並錢財地產若干。

「皇上還是不甘心的，襲爵三代，是把老鎮國公和世子都算進去的，所以現在先生這個國公，就已經是第三代了。」明義嘆氣。「穆大哥身上不會有任何爵位。」

何貞並不覺得可惜。「這有什麼關係。他想要什麼，自己不會去掙嗎？難道你覺得他是那種靠祖蔭過活的人？最重要的是先生一家的冤案終於昭雪了。能讓皇上開口認錯，推翻了自己的聖裁，已經是一件很不容易的事了，還能指望皇上給補償不成？」

明義輕笑。「大姊，妳還說妳什麼都不懂，就這幾句話，妳就比朝堂上的大人們都高明了。」

「哪裡是我高明，是你們這些人身在官場，想要的東西太多了。」何貞搖頭。

接著，穆永寧來跟何貞告辭。「爹和我都告了幾個月的假，我們要回鄉去祭奠祖父，把這道旨意拿到他老人家面前去。還要在老家修個祠堂，長久供奉祖父他們的英靈。等我回來，咱們就開始走禮，娶妳過門。」

何貞想了想，叫長樂跟著一起回去，往家裡捎些東西給長輩們，也瞧瞧家裡的產業，收收銀子。

他們回去待的日子不短，回來的時候已經是盛夏了。

長樂剛跟何貞說完老家的情況，交了拿回來的九百多兩銀子，長喜就急匆匆地跑回來，臉上帶著驚惶之色。「大姑娘，出大事了！皇上駕崩了！二少爺讓小的回來通知您，趕緊給大家都換了白布，皇城裡的喪鐘都敲了。」

他們住在外城，聽不大清楚，可是這樣的事情做不得假。好在長樂回來了，何貞也有個幫手，給他支了十兩銀子去採買白布，又安排人撤下紅燈籠什麼的，忙得團團轉。就連在後院待著的何慧也被叫出來幫忙，正好讓秦嬤嬤教教她們，國喪之時如何安排家中內務。

明輝是三品的武將，這個時候是要攜家眷回來奔喪的。不過等他們快馬加鞭趕回京城的時候，已經是先帝殯天十天之後了，所以也就是在家待一個月的時間，等先帝停靈七七四十九天送進皇陵，也就要回遼東去了。

「陛下在軍中多年，對遼東軍感情也深，底下的人必然不會過於為難你們。以後糧草補給之類的不用你們擔憂了，這是好事。」為官之人一百天內不能飲酒作樂，穆永寧下了值來何府喝茶，說起新帝，神色間要比對先帝的時候恭敬不少。

新帝就是原來的惠郡王。老皇帝身體越來越差，秦王蹦躂得厲害，得了他好幾次申斥，魯郡王永遠都是一副書生樣子，腿腳又不大好。朝中大臣們對皇位的歸屬也算是心中有數，所以在老皇帝臨終前當著重臣的面宣佈傳位於惠郡王的時候，根本沒人提出異議。新帝初登皇位，除了定下了新的國號「豐泰」，以明年為豐泰元年之外，就以為先帝守孝為名，並沒有對朝局做特別大的改變。

「只是我跟你們大姊的婚事，又得往後拖一拖了。」穆永寧無比鬱悶。雖然說朝廷明文規定，官員家庭百日內不得婚娶宴飲，可是一般大家會守一年，顯得更加恭敬一些。尤其是穆家，之前的風頭出得夠多了，更不好急急忙忙辦婚事，怎麼也要到明年才行了。

何貞也很鬱悶。皇帝駕崩，民間四十九天內不得屠宰，她的飯館只好暫時歇業了。她照常給林掌櫃和夥計們發著薪水，可自己就要倒貼銀子進去，本來家裡今年銀子就不大充裕，這下更是讓人頭疼。

好在進了八月解了禁，她的鋪子裡生意格外紅火，這才稍微安撫了一下她的焦慮。這個時候就看出買地的好處了，老家的收入一直穩定，田地油坊甚至小吃鋪子都絲毫不受影響，過了年，五叔還從四海錢莊給她寄了一千四百兩銀子，非常可觀。

豐泰元年夏天，一年的國孝守滿，穆家開始籌辦穆永寧和何貞的婚事。穆永寧終於被新皇加封了從三品的懷遠將軍，羽林軍統領，到京郊去給皇帝練兵去了。雖然他隔三差五才能回家一趟，可到底是在京城裡，不影響婚事的籌備。

何家根基淺，卻也沒刻意攀附什麼了不起的人物，就請了陳宣夫妻做女方的媒人。按說陳家畢竟是商戶，可是如今新帝上位，他家成了新出爐的皇商，地位可就不是一般的商人能比的了。陳宣的妻子是個八面玲瓏的人，跟官家夫人們打起交道來滴水不漏，禮數周全，穆夫人見了也鬆了一口氣。她不是嫌棄對方，而是因為知道兩個孩子各有各的不容易，總想把他們的婚事辦得圓滿些。

穆家請的媒人地位可就高了。魯親王從郡王升到親王，辦的第一件大事就是給穆家作媒，一改從前深居簡出的低調，帶著王妃往來了好幾趟。畢竟已經是新帝的天下，之前一些遮遮掩掩的事情，現在也不必要了，鎮國公府跟魯王府便有了些日常往來。皇帝都很賞識穆永寧，魯王做個大媒也是錦上添花的事情。

跑了幾趟何府，魯王夫妻倆總算發現了不得了的事情——他家跟何家的緣分還深著呢！

京城官宦人家，對婚事的三書六禮要求特別嚴格，所以到了八月，六禮也才行了三禮，而何家卻又有了更重要的事情：明睿要回鄉去考鄉試了。

這兩年，明睿的長進不小，學問做得怎麼樣不好說，為人處世上卻是通透又沈穩，有點明義當年的樣子了。回去鄉試，他也就帶著長樂長笑兩個人，還是先回府城考試，考完回老家去待些時日。已經不是第一次回去考試了，他一點也不忙亂，有條不紊地收拾好要帶的東西，就跟哥哥姊姊告別。

緊接著，穆靖之從禮部郎中調任兵部，升為從四品武選司司正，負責武將的甄選、提拔、培訓等事宜。用皇帝的話說，就是「穆家家學淵源，不能浪費了」。雖然穆靖之一向淡然，可是熟悉的人還是看得出來，如今他的笑才是發自內心的愉悅。

何貞盤算了家裡的銀錢，家裡的銀子也有個五、六千兩，她要出嫁，總不能把家底掏空，所以滿打滿算準備花五千兩。而剩下的家業，她也準備以後就都交給明義打理了。「我帶三千兩銀子，另外置辦些衣裳首飾什麼的花一千兩，再就是陳三爺那邊給我的半成分紅算我的。剩下的家裡的這些東西，都由你照管，回頭帳目清楚了，你們兄弟分家的時候也簡單。」她這麼跟明義說。

明義不置可否。「婚期定在臘月，到那時候再最後定也不遲。」

十月時，明睿回到京城，小小的少年在院子裡還是一本正經地叫跟著的人回去休息，可進了何貞的堂屋，卻馬上換了一副樣子。「大姊，妳知道了吧，我考中了呀！平南縣的莊子能再免八十畝地的賦稅呢！」

何貞哭笑不得，戳著他的腦袋訓他。「合著你考學就是為了給我買地是吧？你看你那點出息！」

明睿也不惱，笑嘻嘻地承認。「是呀是呀，我比不上我二哥嘛，這回是第八還是第九來著，反正跟頭名解元差得老遠了。不過大姊，我這好歹也是考上了，妳不給我慶祝慶祝嗎？」

「你想要什麼？說吧。」這確實是個拒絕不了的理由，而且何貞壓根兒也不會拒絕。

明睿眼珠轉來轉去。「大姊，妳馬上就要出門子了，給我做兩天飯吃唄，往後想吃也不容易了。」

這一點也不難，只是讓這孩子一說，何貞心裡倒是生出幾分傷感。到了這個時候，總算是真切感受到，她就要離開這個自己一力撐起來的家了。

明義回到家，就發現餐桌上的菜式格外熟悉，讓他原本有些心事重重的表情都舒展開來。「大姊，怎麼親自下廚了？不忙著準備嫁妝嗎？」

何貞解了圍裙交給小雨，自己在桌邊坐下，說：「是明睿說的。他中了舉，合該獎勵獎勵他。這孩子也沒什麼要求，非要吃我親手做的飯菜，只是我好些日子沒做了，你們都嘗嘗，還是不是那個味道。」

還不等明義說話，何慧就先點頭了。「就是這個味道，大姊燉的雞塊格外香些。」

兄弟姊妹幾個歡歡喜喜吃過飯，還如當初在何家村村口的院子裡一般。明睿也說：「住在咱家的宅子裡，我一點也不覺得粗陋。我看只有那些眼皮子淺的傻子才會覺得城裡一定比鄉下好呢。我在那裡長大，那個家最親切了。」

何貞看一眼明義，他就點頭。「以後我會叫長樂年年回去看看，那是咱們的家，我會打理好的。」

這就不可避免地談到下個月何貞出嫁的事情。明義又說：「我今日收到了大哥的來信，他說大嫂已經在路上了。他不能離開遼東，就叫大嫂回來送大姊出閣。估計再過幾日，大嫂就該到家了。另外，還有一事。」他看了看四周，先吩咐了一句「都下去吧」，等到房間裡伺候的人都離開，門也關上了，他才問何慧。「小妹，妳可認得魯王家的世子？」

「魯王，就是原來的魯郡王是嗎？二哥說的是原來的九皇孫？」何慧先確認了一下，然後點頭。「認得的，在夏家見過一次，後來上元燈會見過一次，然後同幾個小姊妹出去踏青時碰到過一次。他跟八皇孫來家裡找大哥二哥的時候碰到過一次，還有上次在穆先生家見過一次，王妃來商定大姊婚事的時候，世子來接王妃，也見過一回……」

小姑娘記性特別好，似乎對魯郡王世子印象也不壞，不急不忙地慢慢數著他們的每一次見面，卻沒發現她的哥哥姊姊們已經目光交錯了好幾次。

「你們見過這麼多次了啊？」本來明睿是一頭霧水的，可是聽來聽去，又看到二哥的神情，頓時覺得事情可能真是他猜的那個意思。明明妹妹還那麼小呢。「我們怎麼都不知道？」

何慧回憶完，見哥哥姊姊們都神情嚴肅，也跟著緊張起來。「是不是我不應該跟他說話打招呼啊，他是壞人嗎？可我聽說魯王是文人，並不參與朝政的，世子也是呀，而且他很知分寸的，沒有提起過哥哥們。我、我沒有單獨見過他，都有很多人在場的。」

何貞看著小妹妹清澈的眼睛。看得出，何慧的態度是先坦然後緊張，大約是擔心認識魯王世子的事情會對家裡人不利，而不是自己有了什麼怕人發現的心思。她雖然相信妹妹不會做出什麼早戀的事情，可看她這個反應，還是比較欣慰的。她拉著何慧的手，微笑著安撫她。「別緊張，聽妳二哥說。」

何貞能看得出來的，明義當然也能。他想得更多些，畢竟有秦嬤嬤教養，何慧不會做出什麼出格的事情；可是若沒有秦嬤嬤，說不定今天的事情還不會發生呢。他也不繞彎子了，就直言。「是這樣的，魯王殿下今天到戶部去找我，跟我說起了妳的婚事，想要為魯王世子求娶妳。當然，不是馬上成親，只是先定下婚事。據他說，是世子自己喜歡上了妳，所以我只能先問問妳，這是怎麼回事。」

何慧的臉頰以肉眼可見的速度染上了緋色。她低下頭，聲音雖輕，卻也說得清楚。「我不知道，我並沒有什麼不該有的心思。」

「妳答應了？若是這樣就定下來，可也太過草率了！」何貞皺眉。「他就算是天潢貴胄，也不能這樣隨意吧？」

明義搖頭。「沒有定下來，他只說讓咱們不要急著給小妹定下婚事。他是王爺，這樣的要求，我根本不能拒絕。」

其實以何家現在的境況，何慧嫁個一般的官宦子弟那是沒問題的，就是勛貴家的少爺也不是配不上。可是嫁到魯王家裡，做皇帝的姪媳婦，這委實是大大的高攀了。可以說，只要人家開口，他們根本就沒有拒絕的餘地。現在魯王這麼說了，除非他家主動提出不要何慧了，不然何慧只能進魯王府。幾個人都清楚這個事實，所以幾個人一時陷入了沈默。

明睿想了想，有些不滿意地說：「魯王也太做得出來了吧，想叫陛下放心，就專門找個門第不高的親家。可是大哥二哥又前途大好，將來說不定還能扶持扶持他們，這可是裡裡外外的好處都占了！」

「閉嘴！」明義瞪了他一眼，訓斥他一聲。「這是你抖機靈的時候嗎？你可知道禍從口出嗎？」

「二哥，你別說三哥了，這話雖不大好聽，其實也是事實。我雖然天天待在家裡，可這些道理也是懂的。」何慧臉上的緋色已經淡去，她抬起頭來說出自己的態度。「我並沒有不願意。我也不討厭那魯王世子，只是，我不想做妾。二哥，如果可以，你就替我周旋一番吧。若是不能，也不要為難，我就是覺得如果做了妾，會對哥哥姊姊不好。」

何貞握緊了何慧的手。小姑娘其實並不相信魯王會聘自己做正頭媳婦，只以為是做妾室之類的，所以並不興奮，反而是很快就冷靜下來了。

明義搖頭。「這妳倒是多慮了。如果是做側室，魯王不會出面的，最多就是王妃來相看相看妳。他來找我，自然是正室。妳的意思我明白了，不需想太多，只管該做什麼就去做便是，我們會給妳安排好。大姊，妳回頭問問秦嬤嬤，她既是小妹的師長，這事情她也該知道。且她畢竟是從宮裡出來的，聽聽她的意見有好處。王爺的意思，過個幾天，正好趁著走禮的時候，王妃到咱們府上，也會正式地相看小妹一次。這次跟以前的見面還是不同。」

何貞點頭表示明白。

秦嬤嬤知道這件事之後，稍微怔了片刻，就笑起來。「大姑娘，老身可得給妳道喜。從前不曾想過，如今這麼一想，這確實是一樁好姻緣呢！魯王府上是沒有妾室的，人口簡單，家宅平順，王爺王妃都是好性子的人。世子自小讀書上進，二公子是這幾年才得的，也還小著；便是將來有了妯娌，這歲數差得多，也沒那許多煩惱。不是老身自誇，二姑娘是老身教導出來的，在那樣的環境裡必然能過得好日子。」

照她的話說，這事情居然很可靠。

「可是，都說齊大非偶，咱家畢竟根基淺了些。」何貞嘆氣。

秦嬤嬤搖頭。「這裡頭的考量，想必大姑娘和二少爺都明白得很，並不算大事。咱們府上大少爺有爵位有實權，二少爺前途無量，大姑娘您眼瞅著就是鎮國公府的嫡長媳，比不上公侯之家，卻也不很差了。而且，公侯之家靠的是祖宗的蔭蔽，咱們府上靠的可都是主子們的本事，再過上三十年，誰沾誰的光可不一定呢。」

這話就跟明睿說的是一個意思了。何貞點頭，最後確認了一遍。「依嬤嬤所說，這門親事做得？」

秦嬤嬤微笑。「做得，金玉良緣。」

她們交談的時候沒有讓何慧迴避，事關她的終身大事，不能自己戀愛也就罷了，該獲取的訊息還是要多獲取一些的。何貞扭頭看她，發現小姑娘半低著頭，唇角含笑，是完全不排斥的樣子。

儘管心裡還是有些妹妹要早戀了的怪異感，可是這種沒什麼選擇餘地的婚姻當中，當事人不反對且抱有期待，總是一件好事。現在再想想魯王世子，何貞的印象並不是很深刻，好像是一個很斯文的少年，大概還不錯吧！

祁二娘帶著人，拉著兩大車的東西，風塵僕僕地趕回了京城，還來不及敘一敘，就得準備第二天接待上門的魯王妃了。在得知了何慧的事情之後，她大為不捨。「這麼好看的小妹子，才這麼小就要許人家了？這樣，我教妳一套拳法，他們要是敢對妳不好，妳就打他們！」

何慧臉色微紅，抿著嘴點頭。「我會好好學的，大嫂。」

「真乖。」祁二娘忍了又忍，還是摸了摸小姑娘水嫩的小臉蛋。她自己是個在江湖上奔波慣了的人，雖說相貌明豔，可終究比何慧這樣嬌養著的小姑娘粗糙些。她又年長，格外喜歡這個乖巧懂事的小姑子，從前就沒少給何慧帶東西，這次回來更是給小姑子一個人就搬了四、五個大箱子。

對於這樣的場景，何貞喜聞樂見。她再怎麼想要照顧弟弟妹妹們，等她一出嫁就沒那麼方便了，有一個喜歡他們也肯照顧他們的大嫂，無疑是他們將來的福氣。

祁二娘給了何貞三千兩銀票。「大姊，這裡頭二千兩是我們給妳添的嫁妝，另外一千兩是給家裡的。我們在遼東的鏢局現在生意好得很，我的分紅銀子有得是，妳可不要推辭。」

「妳的分紅銀子是妳的嫁妝，怎麼能給我呢？」何貞不贊成。「就是往家裡交，也是從明輝的俸祿裡給，怎麼能妳給呢？」
祁二娘很坦蕩。「大姊，我家的鏢局在遼東開了好多年了，一直不溫不火的，可是明輝去了遼東，又是我家的姑爺，這不生意才好起來的。現在那些賣山珍異寶的啊、賣皮子的啊都用我們走鏢，說是我家的生意，誰還不知道是怎麼回事啊？所以妳就放心大膽地拿，這是我給的，妳還怕我們兩口子鬧意見不成？」
何貞這才接受下來。「往後要妳來操心的事情就多了，咱們家裡孩子多，得多勞動妳這個大嫂。」
祁二娘擺擺手。「大姊，我跟妳說實話，掏銀子我行，撐腰打架我也行，可若真要是那些囉哩囉嗦的什麼應酬，我就不行了，還得指望二弟娶個大家閨秀的媳婦操辦。等到那時，我就聽她的。我不吃心，也不會挑理，反正我跟明輝各自能把日子過好。至於這個家裡的東西，其實都是大姊妳掙來的，我也沒那麼大的臉去爭。」
何貞看著她，好一會兒才感慨。「明輝打小就老實，不像下面那兩個兄弟那麼多心眼，可是他還真有福氣，娶了個好媳婦。」

第七十七章

魯王妃今天上門有兩件事，第一是商量何貞的嫁妝，好正式送聘禮，第二就是來相看何慧。何貞頭一天晚上跟全家人商量好了，這會兒就由祁二娘出來跟魯王妃回覆。

明義去年就找了人打好黃楊木家具，價值比不上紫檀之類的貴重，卻也做工精美，實用大方，光這一套，就價值二千兩銀子。再加上祁二娘帶回來的一車稀有的皮子、兩對長白山老山參，也是拿著二千兩在京城仍買不到。首飾不多不少，是何貞自己找銀樓拿穆永寧從前送她的珠寶打製的，衣裳料子之類的她乾脆就沒準備，反正聘禮裡頭會有，她帶走就是，省得浪費。

這些東西總共能值個四、五千兩銀子，再拿三千兩的壓箱銀，大概就這麼多。家裡的田地鋪子這些她統統不要，只有西北幾個州府陳三爺生意的半成紅利歸她。這件事情說得比較隱晦，只是道她有一些入股的生意，每年有些分紅，大概一千多兩的收益。魯王妃是個識趣的人，並不打聽是什麼生意，而是快速合計了一下，笑道：「這些我心裡有數了，等我傳了話，就等著穆家來下聘禮就是。」

這件事談完，魯王妃又說：「何夫人，妳家小姑可在家裡？上回見了她我就喜歡得不行，能不能叫出來跟咱們說幾句話？正好她身邊的那個嬤嬤，我原也是熟悉的，可以一起敘敘舊。」

這都是早就說好的，祁二娘便叫丫鬟去叫人。

何慧雖然才十二歲，可是個子不矮，身形曲線不大明顯，卻也有了亭亭玉立之姿。魯王妃出身不高，娘家也並沒有什麼適齡的姪女之類，既然兒子喜歡、丈夫同意，她就也喜歡。何況見過何慧一次之後印象原本就不錯，今天這個所謂的相看就純粹是個形式了。

她從袖中取出了一對手工精美的金累絲鑲紅藍寶石蝴蝶髮釵，輕輕別到小姑娘的雙髻上，微笑著說：「我也沒個女兒，手裡的首飾都是給我這個老婆子用的，就這對『歡天喜地』的樣子活潑些，妳戴著果然好看。」

時下的規矩就是這樣，女方同意相看，自然是同意的，而男方若是也同意了婚事，就由準婆婆給插釵。儘管兩家已經有了初步的默契，到了這一會兒，祁二娘也才覺得鬆了一口氣。這官宦貴族的婚事實在是複雜，她生怕給搞砸了。

魯王妃其實看得出她的緊張，也不說破，跟秦嬤嬤敘了幾句話才客客氣氣地告辭。

穆家給的聘禮就很豐厚了，下聘的隊伍堵滿了水井胡同，熱鬧了一整天，晚上祁二娘一盤算，價值大概是自家嫁妝的三倍左右。他們當然不會留下來，回頭給何貞一起帶走。「這麼著，大姊的嫁妝也有個四、五萬兩，很看得過去了。回去我跟明輝說說，他也該放心了。」

何貞出嫁前三天，家裡居然來了宣旨的太監。這還是明輝封輕車都尉之後，家裡再一次迎來宮裡的太監。好在接旨這項業務，何貞已經有了經驗，且太監面帶笑容，大家也不那麼惶恐。這次倒不是皇帝的聖旨，而是中宮的皇后下的懿旨，給何慧和魯王世子賜婚。

等厚禮送走了宣旨的太監，祁二娘才笑道：「難怪那天魯王妃說讓咱們等好消息，這樣可好，有了皇后娘娘的懿旨，咱妹妹往後就更有底氣了。沒聽娘娘都誇咱妹妹好嗎？」

她說話直，卻也是那麼個道理，當哥哥姊姊的也為何慧高興。

「大姊，妳可再沒什麼不放心的了吧？往後的日子我們不會永遠拖累著妳了。」明義帶著長樂過來，等著弟弟妹妹都到何貞房裡，交代一下家裡的產業事務。

「什麼叫拖累？再來一百回我也不嫌累。」何貞不同意他這麼說。

人到齊了，她就說：「往後我出了門，明輝夫妻在遼東，家裡的事情就暫時由明義看著，等到明睿也娶妻成家之後就分家。現在，你們有俸祿的要往家裡交一份，當然外頭遇上了要用銀子的地方，家裡也一定支持。

「現在家裡的東西不多，老家五百畝山地，一直種著花生，這一項一年租子能有五百多兩。油坊、開元縣城的小吃鋪子和家裡的奶糖作坊，一年下來能收入一千五百多兩；所以老家的產業一年出息是二千多兩，差不多兩千一百。京城這邊，除去家裡一大家子上上下下的開支，最後一個月能剩一百一十兩銀子左右，這裡頭火鍋鋪子差不多一百兩，平南縣的小油坊十兩，鋪子的生意不錯。另外平南縣我置辦了一百七十畝地，一年兩批糧食，能收入二百七、八十兩。對了，有五十畝地要交田稅。再就是這座宅子了。」何貞想了想，沒有什麼遺漏的。「總之，一年下來，產業能收個接近四千兩。」

對此，明義心中大概有數。祁二娘因為鏢局賺銀子容易些，也不大在意數字，聽著就點點頭。有趣的是兩個小的，似乎沒想到家裡有這麼多進項似的，兩人一起眼光灼灼地看著大姊。

「當初明輝娶你們大嫂的時候，聘禮總共大概價值一萬兩銀子。」何貞看一眼祁二娘，見她也點頭，微微一笑。「所以你們兩個以後要娶妻，也照著這個數來，多了的，咱們家裡就不出了。記住，小妹年紀還小，雖說婚事定了，真正出嫁卻也還要過上幾年，到時候嫁妝要好好置辦，只能比你們兄弟多，不能比你們少。」

「那不行！怎麼也得多很多才是！咱們小妹是要嫁到皇家去的，嫁妝少了哪行？」祁二娘先發話了。「咱們這就開始準備起來，給妹妹尋好東西！」

明義明睿紛紛做同意狀。

「等你們各自成家，兄弟三個就把家分了，往後各自經營，別因為錢財損了兄弟情分。咱們相依為命長這麼大不容易，這一輩子都好好過下去。」何貞眼眶微濕，仔細叮囑。

真正給何貞的驚喜是第二天來的。

巳時正，她就被明睿拉著上了馬車。「大姊，咱們現在出門，正好趕上接人。」

何貞一看，何慧和祁二娘都在馬車裡，笑咪咪地瞧著她，更是一頭霧水。「妳們這是約好了？接什麼人？明輝不是不回來嗎？妳們真胡鬧。慧兒說，這是怎麼回事？」

「咱們四叔五叔他們都來京城了，等會兒就要到啦！」何慧大眼睛裡盛滿笑意。「早前妳不是說盼著老家的親人們也能來京城送妳出閣嗎？三哥回去考試的時候就跟家裡提啦！因為大家都忙，怕他們不一定能騰出功夫來，萬一來不了，再讓大姊空歡喜一場，我們就都沒說。大嫂回來那天，二哥收到了消息，家裡好些長輩都要來呢！」

這可真是讓何貞既驚且喜，她張口結舌了一會兒，才幽幽地說：「可見我這是要出了這個門了，這麼大的事情都不跟我說一聲。」

「大姊，妳這些日子什麼都不該操心，就踏踏實實地等著出門子就是了。咱們這麼多人呢，家裡又有下人，還能應付不過來？」祁二娘挑了車簾子往外看。「我雖說嫁給了明輝，可是當時時間緊張，也沒回老家給爹娘上墳，如今總得給家裡頭的長輩們磕個頭吧，這事我自然得安排好。」

原來因為臘月裡運河封航，何家村的親人們若是要上京城，是沒法搭船的，只能走陸路。祁二娘聯絡了人，讓沂州府的虎威鏢局派了人回何家村去接人，然後沿路護送過來，這才能讓他們準確地知道大家的行程。

「都有誰來？」何貞問。

明睿說：「五叔一家子，四叔一家子，何文大哥一家子，咱爺爺，咱二叔，應該就是這些人了。唉呀大姊妳就放心吧，咱家前院稍微收拾收拾，騰出幾間屋子臨時住住，也是足夠的，這些長輩沒人嫌棄住得擁擠。」

這是長輩們的一番關愛之意，也是弟妹們的心意，何貞領這個情，也不再多問，一心期待起和大家的團聚來。

除了明睿說的親人們之外，他們還帶了兩車東西，都是大家的一番心意，在城門口接到了人，浩浩蕩蕩地回家去。

幾年的時光給大家都帶來了不少改變。當年跟在明義後面跑的何磊何壯也都成了翩翩少年，因為都讀了書，還都中了童生，瞧著更是文質彬彬的。就連跟雙胞胎同齡的何剛和四叔家後來得的小兒子何康也都成了讀書郎，跟在已經做了縣教諭的何文身後，規規矩矩的。四叔跟五叔兩個，雖說不至於養尊處優，可是都有些微發福，眉眼間有了些精明之色，讓人一看就覺得像是個小地主或者店鋪掌櫃的。

五嬸還如從前一樣眼窩淺，見了何貞幾個就落了淚，且哭且笑。「好姑娘，總算到妳大喜了，我都高興得好些天睡不著覺。這可真是苦盡甘來，往後全是好日子了。」

「妳看妳，好歹也是個管事的，怎麼又這樣了？」四嬸眼角有了淡淡紋路，不過氣色很好，頭上也簪了根金釵，拉著何貞的手，一一指點著對面的人。「託了你們幾個的福，咱們村子裡現在家家日子都過得好，別說幾年都沒餓過肚子了，妳不知道，老黃帶著他大兒子，爺兒倆殺豬都忙不過來，現在吃肉都不是稀罕事了！再有你們跟穆家年年給村塾裡頭掏銀子，現在男娃女娃的都識字。雖說狀元郎就明義一個，可是童生秀才都出了好幾個了！瞧瞧這些，念書的、當官的，都出息著呢！」

「也是咱們明輝明義不忘本，聽文哥兒說，這兄弟倆都給縣太爺送過信，說是要庇佑鄉鄰，如今咱們村裡的人出去做工做買賣，再沒人欺負的！」四叔也高興，話匣子也打開了。「有文哥兒他爹看著，咱村裡倒也沒有欺負人的人，都好好過日子呢。老百姓嘛，吃飽穿暖不受人欺負，娃娃還能念書識字，那就是天上的日子了！原來有些人唧唧歪歪的，現在都消停了呢！」

在這樣熱鬧歡喜的環境裡，何老漢的沈默就很有幾分尷尬了。他畢竟是親祖父，自然是該來的，可是當年的事情大家都看在眼裡，何貞幾個更是不可能忘記。這些年來，幾個孩子往家裡捎東西從來也沒少了他那一份，可是他每每拿著就覺得燙手，這會兒坐在京城的宅子裡，看著進進出出伺候的下人，他越發不知道怎麼開口了。

順著何貞的視線看見他，四嬸的笑容收了收，放低了些聲音說：「他一開始說不來，還是文哥兒他爹和他爺爺去勸的。說好的不聽，只好說他要是不來，那就是故意給你們沒臉，要坑你們，他才來的。誰都看得出來，他這是後悔呢，不是為難你們，妳也別放在心上。」

何貞搖頭。「沒事，我們都明白。」

「對了，這個金鐲子是妳姑讓我帶給妳的。」四嬸從袖子裡掏出一只足金的鐲子。「咱們村幾乎家家都翻新了房子，連著一些有親戚的村子裡也有不少人種花生多得了錢，正修房子呢。妳姑父他們那蓋房的活計成天不斷，日子好過著呢。妳兩個表弟也讀書，不過似乎不大成，就跟著他們爹攬活，反正能賺銀子。本來她也是要來的，這不她婆婆瞧著不大好了，就沒敢離開。」

何貞點頭。姑父做建築挺厚道，工程品質也好，大家富裕了，他的業務忙是必然的。有活幹有飯吃，都是好事。她收起金鐲子，接著聽家裡的事。

「咱們村裡，連著姓黃的跟姓薛的，都過得不錯，姓何的就更不用說了。真要說起來啊，還就是妳三叔混得瞎。妳二叔是個碎嘴，自從當不上里正後也消停不少，趕車拉活也能過日子，又多了你們那兩畝地，這不準備給兒子說媳婦了？妳那三叔啊，咳，高不成低不就，還是回回都去考，回回考不中。妳那三嬸也不是個好貨，越發潑辣了，村裡人過好了，她心裡不舒坦，就很少回村。」四嬸說話快，噼哩啪啦地就把家裡的情況說了個明白。「就是妳奶奶，唉，越老越糊塗，不知道她成天想啥哩。」

五嬸就拍了她一下，不叫她當著孩子說這些長輩的壞話。「鎮上陳掌櫃的還叫我問妳好呢。孟家的跟張家的都有了孩子，給妳做的鞋我也帶來了，等妳得空了慢慢收拾。我叫剛子給寫了小紙條，誰家的東西都有記號。現在作坊裡頭也挺好，薛城也說了媳婦了，來年就要娶進門，你們這些孩子可都是成家立業啦。」

一時熱熱鬧鬧地吃過飯，祁二娘就正兒八經給何老漢磕了頭，又一一給長輩們行了禮，算是補全了認親的儀式。也許是來之前都商量好了的，幾位長輩都給了紅包，就連何文的妻子也拿了個紅包，說是替婆婆和祖母給的。祁二娘這個時候倒是不好意思起來，不停地看何貞。

「嬸子大娘們喜歡妳，妳就拿著唄，往後可別忘了家裡就是了。」何貞笑著點頭。她看出來了，估計紅包裡頭都是銀子，大家也還真是實惠。

「就是呢，你們從了軍的，那就是軍令不由人，沒有空回家也是正常，咱們都明白。你們給的禮我們可都收了好幾回了，妳看看，我們幾個人身上的皮襖可都是妳給的皮子！就這麼點見面禮，妳有什麼不好意思的？不嫌少就行。」四嬸拉著祁二娘熱情說著，又嘆氣。「我聽說妳也會武？可了不得！唉，你們在外頭不容易，心裡想著我們就很好了，我們哪可沒少沾你們這些孩子的光。」

這幾天因為祁二娘住在後宅的緣故，穆永寧雖說心裡十分惦記何貞，很想過去見見她，可到底還是忍住了，老老實實地等著吉日。

臘月十八，陰冷了多日的京城難得的暖陽高照，水井胡同何家的大姑娘被早早就來迎親的羽林軍統領給搶上了花轎，迎進了鎮國公府的大門。

一系列繁瑣又喜慶的儀式之後，總算後宅裡安靜了許多。穆永寧坐在床邊，眼睛一眨不眨地看著已經揭了蓋頭的何貞，好一會兒才嘆口氣。「真不容易啊，我可算是把妳給娶回家了。」

「怎麼不容易了？」可能是因為自小相熟、而且自己親力親為地準備出嫁的一切事宜的緣故，總之，到了洞房花燭的時候，何貞也沒有覺得什麼曖昧啊緊張啊什麼的，就是和平常一樣的聊天。

「我還提前請好了接親的幫手呢，那也費了好大的力氣。妳那個弟弟，啊，打小就跟個黑芝麻包子似的，現在更狠，他一個六元及第的狀元郎，非得跟我比作詩！」穆永寧想起來就鬱悶，接著是慶幸。「好在我帶的人好，成功地把他的心思給吸引過去了。妳知道是誰嗎？魯王世子！幸虧他能扛一扛那些作詩作對的事了。」

「他還是我們的準妹夫呢，明義兩個肯定不會放過他的，你可真夠奸詐！」何貞一想就知道後果會怎麼樣了，肯定是誰都不留餘力，好好拚一把了。

穆永寧是見到了那個場面的，也笑了。「還可以吧。反正他們拚著，我才有機會趕緊搶到妳啊！可是妳那個弟妹啊，果然沒有大家閨秀的教養，居然跳出來跟我打！」

何貞樂不可支。「你沒打過她吧？」

「什麼叫沒打過啊？我一個當姊夫的，總不能真把小舅子的媳婦給打趴下吧？我那是讓著她！這種悍婦，妳以後也離她遠點啊。」穆永寧說了會兒話，覺得不那麼緊張了，便伸手把何貞摟在懷裡，壯著膽子去解她的衣裳帶子。「媳婦，妳往後是我老婆了，得多想想我了啊，我多不容易啊！」

何貞終於覺得空氣有些升溫了，臉頰也升起了熱氣，卻仍沒動彈，靠著他，聽著他變快的心跳，隨口問：「你怎麼不容易了？」

穆永寧把人撲倒，嘴唇擦著她的耳邊說：「我喜歡一個姑娘，喜歡了十年才把人娶回家，這可不就是不容易？」

「這樣說來，好像是有點可憐。」何貞輕笑。

「所以啊，妳得親親我，抱抱我，安慰我，獎勵我……」穆永寧每說幾個字，就親她一下。

何貞便聽見自己說：「好啊。」

邊城的風又冷又硬，砸在臉上讓人分不清是不是其中夾雜著細碎的沙礫。祁二娘滿身是傷，狼狽不堪地倒在地上，身邊跟隨的鏢師也如她一般，毫無戰力。看著快速圍攏過來的北戎強盜，她只覺得從心裡泛出一股寒氣，讓她狠狠地打個冷戰。

「還有個女人！那是個女人！」強盜們中有人看清了他們的情況，越發興奮起來。「男人殺了！女人和財寶一起帶回去！」

常年在西北邊陲奔走，祁二娘雖然說不好北戎話，聽懂卻是沒問題的。打習武以來都不知道什麼是害怕的她，這個時候第一次害怕了。她渾身無力，就連提起刀來自己了斷都做不到。

「李春這個王八蛋，竟然給咱們下藥！」身邊的鏢師低低罵了一句，可是儘管他心中恨極，發出來的聲音也是有氣無力的。

「這次……是我……連累了……你們。」祁二娘就算之前不明白，現在也清楚了。李春只是他們這次鏢隊裡的小角色，自然不是主謀，背後的人是他的師傅任武，也就是她父親的師弟，為的自然是除掉她了。誰讓老爹臨死前說過，鏢局永遠有她的一份呢？

大地傳來震動，躺在地上的祁二娘聽得出來，來人不少，都是騎士。現在圍攻他們的這一批北戎人不多，就是出來幹散活的，可是他們都被下了藥，力氣盡失，拚盡全力才暫時扛了一二，還馬上就要喪命刀下。若是再來了援兵，他們只有死路一條。

可是總不能落到他們手裡生不如死，祁二娘心一橫，決定拚上最後一口氣，迎著北戎人上去，只要對方下意識地揮刀，她就死了。

馬蹄聲轉眼就到了耳邊，祁二娘咬破了舌尖，掙扎著爬起來，朝對方撲過去。作為用刀的高手，她最能感知到刀鋒的速度和殺意，冰涼的氣息襲來，她鬆了口氣——雖然慫了些，好歹能死得乾淨體面。

然而也不是很體面，臉著地了。

祁二娘瞪大了眼睛。當然在對面的人看來，也只是微微睜了睜眼，顯示出她還活著。

「姑娘！能聽到我說話嗎？妳還好嗎？」有人在問她，說的話挺客氣，可聲音一點也不溫柔。

等祁二娘再次醒來的時候，是在一個非常簡陋的房間裡。她動了動，感覺藥效已經過去了，手腳活動自如，只是身上的傷疼得厲害，好像也沒怎麼處理。好在她手邊放著些紗布藥粉之類的，正好能讓她自己包紮。

衣服還是原來的樣子，並沒有被侵犯，祁二娘大大放了心，看了看關著的房門，便動作麻利地處理起傷口來。她行走江湖，受傷流血是常事，這點疼對她來說根本就不算什麼。很快把自己收拾好，她豎起耳朵聽了一會兒，覺得外頭應該有人，就推開門走了出去。
這是一個很簡陋的小院，院子裡有兵士站崗，還有一個老頭在研磨藥粉。從他們的穿著打扮上來看，都是燕朝人。祁二娘剛一推門，那老頭就回過頭來，笑咪咪地說：「姑娘醒啦？妳的同伴在那間屋裡，估計一會兒也該醒了。妳的內力不錯，醒得倒是快。」
「是您救了我？多謝！」祁二娘抱拳道謝。「這是哪裡？」
那老頭擺擺手。「別謝我啊，老頭就是個大夫，是咱們守備大人救了妳。這是寧夏守軍的軍營，也是妳運氣好，正好趕上咱們守備大人巡到妳那一片，可不就把妳救了？妳說這要是沒趕上，妳好好一個姑娘，落到那幫畜生手裡，可怎麼辦呢？」
「守備大人？寧夏守備？」祁二娘擰著眉頭想了好一會兒。「是那個新來的年輕守備？」依稀記得那人十分年輕，原來是他。
「正是。咱們這個何守備啊，年輕，功夫好，還勤快，打來了就天天帶著人出去四下巡巡，妳呀也不是第一個被救回來的人。」老大夫回身繼續磨藥粉，嘴裡卻誇起來不停。
「老王，今天帶回來的人醒了嗎？要是沒事了我就帶他們出去。」院外跑進來一個十分年輕的士兵，一邊跑一邊噼哩啪啦地說起來，嗓門也不小。「大人說他們應該有自保能力，讓他們就回家去，別在營裡頭逗留呢。喲，您醒啦？」
「我能見你家大人一面嗎？救命之恩，總要當面道謝才是。」祁二娘問他。
來的人是明輝身邊的小伍子。出城的時候他就在明輝身後，一眼就認出了祁二娘，連忙擺手。「大人在那邊有事呢，你們外人不能靠近。他經常救起咱們邊城的百姓，不用妳謝的。你們的東西都在那兩個兄弟房裡，我們都沒動，等他們醒了，妳看看沒什麼問題就走吧，我送你們出去。」

正說著話呢，兩個鏢師的房裡也有了動靜。他倆的傷是老王處理過的，只是因為功力不如祁二娘，被藥迷暈的時間就久了些，這會兒才剛醒。

祁二娘想了想，也不為難他。「行，你帶路。」

走到軍營外，她才笑了笑。「你們大人夠小心的。剛才那個小破院子，外頭最少已圍了好幾十號人吧？得得得，我知道我知道，軍營重地嘛，我這也確實說不通，有功夫還被放倒了，這個我也不說了。你回去跟你家大人說，虎威鏢局祁二娘，謝過他的救命之恩。今日之恩，他日必報！」

——全書完

2023年2月出版

一勺獨秀

文創風 1137～1138

沒讓她穿成女主就算了，穿成一個人人喊打的女配，
老天為什麼要這樣捉弄她呀？
幸好現代的知識讓她穿來自帶技能，掌勺、擺攤都難不倒她，
希望她這個女配突然變得這麼能幹，不要被懷疑才好……

步步反轉，幸福璀璨／南小笙

如果喬月可以選擇，她絕不會想穿越成一本書的女配！
說起這個女配，因為出生時臉上有一塊胎記，被認定不祥而被拋棄，
剛巧蘇家人經過，把她救回去當作親生女兒養大，
誰知女配不知感恩，犯下一連串不可原諒的事，最後下場淒慘……
身為讀者的她當時看到這裡還覺得大快人心，現在簡直欲哭無淚，
她不能背負這些爛名聲，她要翻轉人生，改寫結局！
首先，蘇家人最重視的就是老三，也就是男主蘇彥之的身體，
蘇彥之滿腹才華，是做官的好苗子，卻因為身體不好沒少受折騰，
原書中女配屢次私吞他的救命藥錢，還為了貪圖榮華對他下藥，
如今若能醫好蘇彥之的病，是否就能翻轉整個蘇家對她的偏見？
可她記得，這個男主雖然個性溫和儒雅，對女配卻一直沒有好臉色，
看來她得想個法子，讓蘇彥之願意對她敞開心胸才成……

2023年1月出版

金匠小農女

文創風 1131～1133

怎麼剛剛還在溫暖被窩，醒來卻陷入生死一瞬間?!
接著又發現自己不但是個痴兒，還是不受待見的伯府假千金，
這尷尬身分如何是好?伯府待不下去，不如回農村過舒心小日子!

真假千金玩轉身分，烏鴉鳳凰誰知輸贏／藍爛

平平都是穿越，怎麼她一醒來卻是快被溺死之際，手裡還有武器?!
原來她不是剛穿越，而是已在這大晉朝以廣安伯府小姐身分活了十來年，
可她因記憶未融合，成了個痴兒，在伯府懵懵懂懂又不受待見地過日子；
如今真正的伯府小姐歸來，簡秋栩才知自己是被調包的假千金……
既然如此，她一刻也不想多待，包袱款款立馬跟著親生家人離開；
不過雖與廣安伯府斷得乾淨，展開了上山找木頭、下山弄竹子的生活，
另一方面，卻有人暗中監視，早已盯上她的一舉一動……

2023年1月出版

當個便宜娘

文創風 1129～1130

一串冰糖葫蘆抵得上兩碗麵條了，村裡的孩子幾乎很少人吃過，
兒子乖巧懂事，都沒敢多看它兩眼，可她這後娘不忍心啊，
不就是幾文錢罷了，她又不是沒有，買，兒子想吃她都買！

行過黃泉，情根深種／宋可喜

一塊紅布擋住了視線，嘴裡也堵著團布，手腳則被麻繩緊緊捆綁著，
莫非，她被人綁架了？但她不是已經死了嗎？怎麼又活過來了？
而且，白芸能感覺到自己的骨相發生了變化，這根本不是她的身體啊！
正想著，一個老婆子掀開紅布，警告她今日若敢出啥么蛾子就打斷她的腿！
她堂堂算盡人事的相神，別人向來對她恭敬有加，現在竟被人揪著耳朵罵？
但現在不是生氣的時候，看這陣勢，難不成她穿越了？還穿成個新嫁娘？
隨著原身的記憶漸漸湧現，她總算明白了眼前的情況——
她是父母雙亡、被奶奶綁到宋家嫁給病入膏肓的宋清沖喜抵債的小可憐！
雖說她一肚子火，但無奈被餓了兩天，渾身乏力，只得乖乖和大公雞拜堂，
好不容易進入洞房，眼前竟溜進個可愛的小男娃衝著她喊「阿娘」，
所以說，她的身分不僅是個隨時會當寡婦的新娘，還是個現成的便宜娘？

2022年12月出版

下堂妻幫夫改命

文創風 1122~1123

阻止前夫黑化成反派，拯救蒼生的重任就包在她身上！
她有現代人的智慧，老天的金手指，娘親的「鈔」能力，
這妥妥的天選之人，要翻轉命運豈不信手拈來？

一朝和離為緣起，千里流放伴君行／樂然

好心沒好報啊！救人出車禍竟穿越了，一醒來她就身穿喜服在花轎上，
更離譜的是剛拜完堂，屁股都還沒坐熱，一紙和離書下來就要她走人？
從新娘轉作下堂婦也就罷了，還被託付一個三歲小叔子要她養？
要不是繼承原主的重生記憶，這一波三折，她的心臟早就承受不住。
原來貴為國公的夫家，遭人構陷通敵賣國，一夕之間被抄家流放了，
天知地知她知，若放任前夫晏承平黑化成滅世暴君，那可不是開玩笑的！
為了扭轉命運的軌跡，她只能偏向虎山行，喬裝打扮帶著小叔上路，
好在老天給她神奇空間開外掛，娘親生前也留給她一大筆私房錢，
她能順利打點好官兵，又能護晏家人周全，一路將流放過成郊遊。
當散財仙子助晏家度過難關，她是存了一點抱金大腿的私心，
等前夫跟上輩子一樣成功上位，屆時論功行賞肯定少不了她一份，
未料，這人突如其來示好要她喜歡他，徹底打亂了她的盤算。
先不要啊！單身那麼自由，她可沒有復合再婚的意思……

1158

起家靠長姊 3 完

國家圖書館出版品預行編目資料

起家靠長姊 / 魯欣著. --
初版. -- 臺北市 ： 狗屋出版社有限公司, 2023.04
冊 ； 公分. --（文創風；1156-1158）
ISBN 978-986-509-419-5（第3冊：平裝）. --

857.7　　112003229

著作者　魯欣
編輯　張蕙芸
校對　吳帛奕
發行所　狗屋出版社有限公司
地址　台北市104中山區龍江路71巷15號1樓
電話　02-2776-5889～0
發行字號　局版台業字845號
法律顧問　蕭雄淋律師
總經銷　知遠文化事業有限公司
電話　02-2664-8800
初版　2023年4月
國際書碼　ISBN-13　978-986-509-419-5

本著作物由北京晉江原創網絡科技有限公司授權出版

定價280元
狗屋劃撥帳號：19001626
網址：love.doghouse.com.tw　E-mail：love@doghouse.com.tw